U0075987

風雲時代

風雲時代

羅剎夫人

朱貞木

近代武俠經典復刻版

朱貞木 著

上

藏金之秘

推薦序

奇詭懸疑的羅剎夫人

《武俠小說史話》作者　林遙

朱貞木（一八九五～一九五五）原名朱楨元，字式顓，浙江紹興人，出身官宦人家。自幼在家讀私塾，喜愛詩賦和繪畫，更喜愛文學。在紹興讀完中學後考入浙江大學文學系，畢業後曾在上海求職並從事創作。一九二八年經友人介紹進入天津電話南局做文書工作，後升任文書主任。一九三四年將妻女接來天津，並定居於此。其人多才，能詩善畫，善治印，文筆清麗。二十世紀二〇年代後期，還珠樓主李壽民也到電話局供職，兩人曾為同事。

還珠樓主在《天風報》連載《蜀山劍俠傳》，引起轟動，朱貞木也步其後塵，在天津《平報》，發表《鐵板銅琵錄》（即《虎嘯龍吟》第一集），可惜未產生影響。

一九三七年「七七事變」爆發，華北淪陷，日本侵略軍佔領天津，朱貞木因家庭原因繼續留在電話局，但其個性清高自尊，不願長期做忍氣吞聲的工作，遂於一九四〇年自動離職，在家閒居，以繪畫、篆刻自娛，也寫散文和詩。

此時有出版社登門邀請他寫武俠小說，於是他將一九三四至一九三五年在天津《平報》上連載的處女作《鐵板銅琵錄》續成長篇，易名《虎嘯龍吟》出版，此後又陸續寫下了《龍岡豹隱記》、《羅剎夫人》、《蠻窟風雲》、《飛天神龍》等十餘部作品。除武俠小說外，朱貞木還寫有歷史小說《闖王外傳》和社會小說《鬱金香》、《紅與黑》。

一九四九年後，朱貞木嘗試按照新的文藝觀念進行創作，寫了一些獨幕話劇，而正在創作的武俠小說由於政策原因，半途中輟。一九五五年冬，朱貞木因哮喘病與心臟病併發，在天津市總醫院去世，享年六十歲。

二十世紀四〇年代後期，朱貞木的武俠小說逐漸引起人們的注意，其小說佈局格調奇詭，內容俠情兼備，筆法細膩柔韌，內涵不拘傳統，在作品中描寫人物情感理想化、武功細節現實化，逐漸成為比肩還珠樓主、王度廬、白羽、鄭證因的武俠小說作家。

朱貞木的小說兼採各家精益，運用新名詞，注重推理，富有趣味，成為後來台港新派武俠小說作家繼承和模仿的對象，有舊派武俠小說的殿軍人物之稱。同時，學界還將朱貞木視為新派武俠小說之祖，他在武俠小說的發展歷程中承前啟後，功莫大焉。

朱貞木的武俠小說創作大約始於一九三四年八月，在《天津平報》上開始連載處女作

《鐵板銅琵錄》。張贛生先生認為是還珠樓主在《天風報》發表《蜀山劍俠傳》一舉成名，朱氏見獵心喜而作。

《鐵板銅琵錄》究竟連載多久、是否連載完畢暫時無法得知，推測約有兩年之久。大約在一九三六年九月，《天津平報》上又開始連載朱貞木的另一部武俠小說《馬鷂子傳》。「蘆溝橋事變」爆發後，《天津平報》不肯附逆，自動停刊，該小說也就停止連載。

一九四〇年十月，天津大昌書局結集出版《鐵板銅琵錄》，書名改為《虎嘯龍吟》並一直沿用至今。一九四二年十一月，天津合作出版社出版《龍岡豹隱記》，該書的前面部分就是只連載年餘的《馬鷂子傳》，可謂是在續寫該書。

不過《龍岡豹隱記》也並未寫完，據作者自敘，寫到第五集就擱筆了，沒有提到原因，後在書商和讀者的要求下，朱貞木以該書未完結的後半部分加上手頭已有資料，寫成一部故事完整的《蠻窟風雲》並出版，可見朱貞木對於武俠小說創作的不斷嘗試。

抗戰勝利後至二十世紀五〇年代初這段時間，武俠小說出版迎來一個短暫的新高潮，朱貞木的小說也出版了不少，如流傳極廣的《羅剎夫人》（一九四八），《飛天神龍》（一九四九），《豔魔島》（一九四九），《煉魂谷》（一九四九）三部曲，以及《龍岡女俠》（一九四七）、《七殺碑》（一九五〇）、《塔兒岡》（一九五〇）、《闖王外傳》（一九四八）、《鬱金香》（一九四九）等，出版量是日據淪陷期間的幾倍，其中既有武俠小說，也有社會小說，還有歷史小說。

關於朱貞木的武俠小說創作態度，一九四三年《三六九畫報》曾對其有過介紹：

他現在作的書有兩部，一部是《虎嘯龍吟》，一部是《龍崗豹隱記》，最近要印一部名字叫《碧血青林》，但到現在還沒有出版，他作的這兩部書，以《龍崗豹隱記》最佳，內容十分曲折，朱貞木先生並不指著賣文吃飯，他不過是閒著沒事，做一點解悶而已，在寫武俠小說的作家說，朱貞木先生是一位傑出人才，獨樹一幟，另闢蹊徑，所以將來的成功，殊不可限量。

從中可見朱貞木當時生活境況頗佳。生活的安定，使他對於武俠小說創作，也有自己的想法和追求，這在武俠小說作家中是不多見的。

文中提到的小說《碧血青林》，一直未見出版，而一九四八年十二月出版的《闖王外傳》序言中，居然提及本書原名《碧血青磷》，或許是同一部書，亦未可知。

早在一九三四年，朱貞木開始寫處女作《虎嘯龍吟》（連載名《鐵板銅琵錄》），他在序言中就感慨，小說的出版有量而乏質，原因在於社會不景氣，認真的作品沒有銷路，大家都要有口飯吃，於是就「卑之無甚高論」了，對此他認為：

在寫下這篇東西，本來用語體記述了許多故老傳聞、私乘秘記的異聞軼事，藉以遣悶罷了，後來因為這許多異聞軼事確係同一時代的掌故，也沒有人注意過，而且看見小說界的作品，風起雲湧，好像做小說容易到萬分，眨眨眼就出了數萬言，不覺眼熱心癢起來，重新把它整理一下，變成一篇不長不短、不新不舊的小說，究竟有沒有違背時代的潮流，同那個小說界的金科玉律，也只好不去管他，俺行俺素了。

顯然，朱貞木十分清楚小說的真正要求是什麼——客觀環境所限，走消遣的路子罷了。即便如此，他也並不是向壁虛構，胡亂編故事進行應付。

《羅剎夫人》（一九四八）的附白中，他明確地提出：「武俠小說，驚奇過甚，必入於神鬼怪誕；江湖過甚，亦必流入徒先師繼、宗派爭雄的俗套；免此二端，亦費神思，姑以此冊，試為讀者一換口味何如？」

這一時期他寫下的《苗疆風雲》（一九五一）、《羅剎夫人》（一九四八）、《七殺碑》（一九五〇）等，充分顯示了他佈局奇詭多變，描寫脂香粉膩的個人特色。

朱貞木的小說構思精妙，敘述生動，引人入勝。《蠻窟風雲》（一九四六）從沐天瀾誤飲金鱔血意外昏迷不醒開始，引出瞽目閻羅救人收徒、金翅鵬的出場以及被龍土司納入麾下，跟著紅孩兒的出場，解釋了瞽目閻羅的來歷以及與飛天狐結怨的經過，又為後文獅王、飛天狐侵入沐王府，瞽目閻羅捨身血戰等高潮部分做了鋪墊。

又如《庶人劍》（一九五〇）一書，講述陝西山村中，一對拳師夫婦失蹤多年突然歸來，在村中教幾個徒弟，自娛晚景。然而他們意外收了一個來歷不明的上門徒弟沒幾年，就遇到多年前的仇敵上門尋仇。

老拳師懷疑這個徒弟，結果誤中圈套，幸虧這個徒弟忠心為師門，救下了老拳師父子，而仇敵五虎旗之來，則源自老拳師夫婦二人當年離家，與師兄弟一起走鏢，技震江湖。朱貞木以倒敘的筆法娓娓道來，在平實流暢的敘事中營造出一種氛圍，創造出一種情趣，故事本身環環相扣，緊湊嚴密，形成獨具特色的敘事節奏。

縱觀朱貞木的武俠小說，取還珠樓主筆下的詭異氣氛和神奇景色，王度廬的情感纏綿，白羽、鄭證因的玄妙武功，顧明道的冒險刺激以及文公直的附會歷史人物等，脫胎換骨，獨樹一幟。

朱貞木的武俠小說與其他同時期的武俠作家相比，除了具備雋妙綺麗的文字、完整統一的情節結構外，他還注重在小說中追求奇詭的敘事佈局、人情風物的刻畫和環境氣氛的烘托。

在武功描寫上，朱貞木筆下的「武功」與白羽、鄭證因相比較，要更加靈動、神秘，除了玄妙莫測的拳掌功夫以及獨門兵器、獨創暗器外，更仿效還珠樓主役使奇禽異獸，但又不過分的超離世間。同時，朱貞木又注重通過書中人物之口講述武功心法，將武功理論化，並在武功中滲透儒釋道的思想意識。

在寫情上，朱貞木則學習王度廬「俠情」特色，但又不悲哀傷感，專以「俠」、「情」作為小說人物的性格基調和小說故事的基本情節，在寫俠客的兒女私情時，「情」、「慾」並進，春色嫵媚，風光旖旎，開創了「眾女戀一男」的俠情模式，為後來武俠小說寫作的「情海翻波」做了前期示範。

另外，朱貞木還對滑稽小說中的喜劇、鬧劇手法加以借鑑，以便更好地描摹氣氛和塑造人物。如《鑾窟風雲》（一九四六）裡描寫九子鬼母，明明凶醜無比竟說自己「好花剛到半開時」，獅王普輅被嚇得稱之為「仙婆」不是，「仙姊」不行，連「仙妹」也不妥。後來的新派武俠小說裡，諸如此類插科打諢的人物形象十分常見。

朱貞木擅長在平實流暢的敘事中，營造氛圍，創造情趣，令讀者不知不覺陷入其中，欲罷不能，其小說語言行文曉暢明快而富於變化，忽如大河奔至，奔湧向前，忽如小溪蜿蜒，遊行山間。作為「山藥蛋」派文學的創始人趙樹理，也曾經推崇朱貞木的文字，甚至向作家鄧友梅推薦過。

朱貞木還有意識地吸收「新文學」的寫作形式，具體表現為：其一，採用新文學樣式，短語隨意，對傳統章回體的對仗回目棄而不用；其二，好用現代新名詞，融入段落的敘述當中。

《羅剎夫人》

《羅剎夫人》的寫作時間較晚，具體時間無考，現存最早版本，其出版時間是一九四八年，由天津雕龍出版社出版，它是《蠻窟風雲》（一九四六）、《苗疆風雲》（一九五一）系列作品中的一部，共分三十三章，約四十萬字。

書敘明代世襲黔國公沐英後人沐啟元遇刺身亡。其子沐天瀾驚聞噩耗，連夜奔回，路遇仇人秘魔崖九子鬼母之子和女弟子黑牡丹。沐天瀾奮神威殺了九子鬼母之子，卻又險遭黑牡丹毒手，幸遇九子鬼母另一女徒「羅剎女」羅幽蘭相救，兩人相親相愛，私定終身。滇南滇西各寨叛亂，白蓮教又趁機舉事，正在此時，沐、羅二人結識了「羅剎夫人」。三人聯合各方力量平息騷亂，除去風魔嶺中以奇毒控制人神智的怪人孟小孟，沐天瀾帶著羅剎女和羅剎夫人，一男兩女「偕隱山林」。

《羅剎夫人》的最大特點和成就，在於小說結構的奇詭，情節推進頗具懸疑性，書中有「羅剎」綽號的人，不僅有老一輩的羅剎大王、羅剎夫人夫婦，還有羅剎女、羅剎夫人，甚至還有假冒羅剎聖母來欺騙愚民的九尾天狐，「正是人間到處有『羅剎』」。

朱貞木在小說佈局結構上獨具匠心，羅剎女出場時，其人品、武功已是出眾當行，結合書名，讀者自然認為這就是「羅剎夫人」，可發展至第八章，主角羅剎夫人出場時讓人瞠目結舌，這位不但品貌堪與羅剎女比美，機智、武功還遠勝羅剎女，一連串的馴虎、驅猿、鬥蟒，本領高深莫測。

小說在結構佈局中，最見功力之處是第廿一章。沐天瀾被岑猛之妹捉住，岑猛設計用紅綢紮束其身，捆在木板上當靶子，試探羅剎夫人。羅剎夫人將計就計，將沐天瀾與岑猛之妹調包，結果岑猛用飛刀殺了親妹。

此章情節都在緊張、懸疑中進行，朱貞木以生花妙筆，巧思妙構，將讀者一步步引入預設的情節，使人們在吃驚、疑懼、恍惚之後，幡然大悟，達到了情理之中、意料之外的藝術效果。

《羅剎夫人》的「奇詭」，還表現在人物形象的「詭異」。「白國因由」一段講解「羅剎」佛典，更是「殊形詭制，各異其觀」。作為全書主人公的羅剎夫人，是「匪首」又是「情種」，殺禿老左全家，心狠手辣；對自己所愛的人，溫情脈脈。她踪跡詭秘，甚至和沐天瀾定情之後，策劃放土司、奪藏金的行動中，仍然對沐天瀾暗施狡計。難怪沐天瀾和羅剎夫人「一夜恩情」之後，會發出這樣的感慨：

經過一夜光陰，沐天瀾對於羅剎夫人一切一切，依然是個不解之謎，只覺她情熱時宛若一盆火，轉眼卻又變成一塊冰。有春水一般的溫柔，也有鋼鐵一般的堅冷；溫柔時令人陶醉，堅冷時令人戰慄。

然而，正如羅剎夫人猙獰的人皮面具後面有著一副花容月貌一樣，她的詭譎言行中，是一顆「獨善之中寓兼善」的「大心」。桑苧翁說她是個「譎不失正，智不悖理」的「性情中人」，最能「勘破夢境」，又最能「製造趣夢」，正道出了作者塑造這一形象的意圖。

遺憾的是，由於作者刻意塑造了羅剎夫人的強勢，男主人公沐天瀾，形象顯得頗為蒼白無力，完全淪為了「男花瓶」。儘管作者很想把沐天瀾寫成一位容貌英俊、武藝超群、滿腹經綸的英雄，但是書中出現的實際形象，幾乎成了個思想平庸，被「英雌」們爭奪戲弄的「小白臉」。作者也許是想通過這種方法突出羅剎夫人，但太過不對等的描寫，反而影響了羅剎夫人的形象塑造。

《羅剎夫人》的故事有歷史人物的痕跡，如沐天波、張松溪等，但皆屬情節的過度和點綴。雖然以蠻荒地區的少數民族生活為客觀依據，但卻基本是個幻想世界。深山幽谷裡馴猿驅虎的神奇女傑，她的由「人」而「猿化」，復由「猿」而「人化」，一直到武功絕眾、才學滿腹的經歷……霧靄繚繞的絕壁深洞、秀麗挺拔的奇峰怪石、蒼蒼的原始森林，其間飛馳著馬形虎爪的「鹿蜀」，生長著葉如碧玉的「沙琅稈」、奇毒無比的「鉤吻」，能把生物變成「機器」的「押不蘆」，構成了虛虛實實、瑰麗譎詭、燦爛無儔的奇境。試看下面一段：

兩人說著話的工夫，在重山復嶺之間左彎另拐，又走了一程，已遠離龍家苗境界，約有幾十里之遙。馬前山勢漸東，來到一處谷口。兩邊巉巖陡峭，壁立千尋，谷內濃蔭匝地，松濤怒吼，盡是參天拔地大可合抱的松林，陰森森的望不到谷底。谷口又是東向，西沉的日色從馬後斜射入谷，反照著鐵麟虬髯的松林上，絢爛斑駁，光景非常，陽光未到之處，又那麼陰沉幽悶。有時谷口捲起一陣疾風，樹搖枝動，似攫似拿。松濤澎湃之中還夾雜著山竅悲號，尖銳淒厲，從谷底一陣陣搖曳而出，令人聽之毛骨森然。

此段寫龍在田、金翅鵬帶五十名獵手尋山，尋至玉獅谷，這兒正是羅剎夫人的駐地，有人猿、群虎、巨蟒，這一段帶有神秘、緊張、恐怖氣氛的景物描寫，正是為下面人獸爭鬥、羅剎夫人的出場作了鋪墊。

朱貞木筆下的環境不僅有詭異、恐怖，也有輕快、寧謐：

桑苧翁當先領路，走盡這段礙道。從岩壁間幾個拐彎，忽地眼前一亮，岩腳下露出銀光閃閃的一道寬闊的溪澗，如鳴錚琮，而且溪澗兩岸，奇岩怪壑，犬牙相錯。這條山澗，也隨著山勢，變成一轉一折的之字形。兩面溪岸，雜花恣放，嘉樹成林，許多整齊幽靜的竹籬茅舍，背山面水，靜靜的畫圖一般排列在那兒。紙窗竹牖之間，已隱隱透出幾點燈光，茅舍頂上，也飄起一縷縷的白煙。似乎村民正在晚炊，景象幽靜極了。只有那面靠山腳的溪澗中，時時發出一群輕脆圓滑的歡笑聲，和拍水推波的戲水聲。隱綽綽似乎有幾個青年女子，在那兒游泳為樂。因為兩岸高岩夾峙，日已西沉，遠望去霧影沉沉的已瞧不清楚了。

在作者筆下，一派山清水秀、鳥語花香的苗寨風光映入眼簾。這段景致描寫，既寫出了苗寨風光的優美，又對比了前面盜賊橫生、凶殺遍地的描寫，表達了作者對無為而治的世外桃源的嚮往，這也是對後文風魔嶺摧殘人性的假世外桃源的反諷。

朱貞木筆下的奇禽異獸很多，顯然是受還珠樓主影響。《羅刹夫人》將故事的背景放在苗疆，與還珠樓主寫蜀山的用意一樣，取的也是奇景異俗。

突見對面岩頂射下兩道碧瑩瑩的奇光，從對面高高的岩頂到藏身的大枯樹，中間還隔著一大片黑沉沉的林影子；這樣遙遠，岩頂上發射的兩道光閃，竟會照射到藏身的樹上來。

從神奇的眼睛的描寫就可以感受到怪蟒的巨大，不僅如此，小說中羅剎夫人還具有馴虎、驅猿、鬥蟒的本領，神奇無比。這些描述在還珠樓主的小說中均可見到，但與還珠樓主比較起來，朱貞木設立了一個「度」。他不像還珠樓主那樣，寫得人獸不分，生死無界，人就是人，獸就是獸，人總是能馴服獸的；生就是生，死就是死，生命終是有極限的。

全書寫情更加讓人稱道，在同時期武俠作家中甚為少見。

第廿二章「有情天地」中，為了避雨，三人躲到破樓下，羅剎夫人和羅幽蘭同為女人，面對羅剎夫人，羅幽蘭挽留：「我們三人可以夫妻而兼手足。」羅剎夫人則說：「我這樣的熱情，只圖了一夜恩愛麼？」覺得羅幽蘭與沐天瀾「珠玉相稱」，正是天造地設的一對，不願奪人所愛，只能暗恨自己慢人一步，讓沐天瀾不再在玉獅谷逗留。羅剎女又妒又愛又恨又羨又氣又敬的微妙心理，嬌嗔的口吻和舉動，羅剎夫人以退為進、引人入彀的心智手腕，沐天瀾左右周旋，情急窘迫的心境、舉止，被作者款款道來，異常傳神。

這種孤男眾女、一牀數好的寫情旨趣，改變了王度廬寫情的哀婉幽怨的悲劇格調，給後世的武俠小說中愛情描寫帶來了啟迪。

《羅剎夫人》中較多採用了新詞語，如第五章第一段：

沐天瀾載美而歸，理應歡天喜地，無奈背上的人頭，老在他心裡作怪，老是懷著一則以

喜，一則以懼的觀念。女羅剎忐忑不寧的心情，他也一樣意識得到。不過此時他是主體，他明白自己家中的環境。進城門時，在馬上打好了應付環境的計畫草案，走到沐公府相近處所，馬頭一轉不進轅門，特地從僻道繞到自己府後花園圍牆外面。兩人一縱下馬，一聽府內正打二更，牆外悄無人影。兩人喊喊低語了一陣，便把沐天瀾的計畫草案通過了。

這裡一系列的新名詞：觀念、意識、主體、計畫草案等等。這在同時期其他武俠作家的作品中極少見到，而朱貞木用得頗為自然，並不刺目，不使人有厭煩之感，這也是他的高明之處。

書中的諸多傳說，如白國因由、羅剎神話、大理境內的「天龍八部」等，被金庸繼承於其作品《天龍八部》中。而梁羽生《白髮魔女傳》中的「玉羅剎」形象刻畫，則受其「羅剎夫人」「羅剎女」等形象的影響。

此外，對奇禽異獸的役使，以及「透骨子午釘」等獨門暗器，劈空掌、陰陽三才奪、鴛鴦鉤等奇形兵器，人皮面具、迷失人性的毒藥「押不盧」等等，均對後世武俠作家影響甚大，被他們直接繼承使用。

目錄

推薦序　奇詭懸疑的羅剎夫人　林遙　3
第一章　爵邸喪元戎　19
第二章　荒山逢巨寇　32
第三章　巧遇女羅剎　45
第四章　英雌黑裏俏　57
第五章　夜擒紅孩兒　67
第六章　異龍湖傳警　81
第七章　五十勇士失蹤之謎　92
第八章　羅剎夫人初現　106
第九章　桑苧翁談往事　129

第十章　仙影崖的秘徑　146
第十一章　仙道無憑　159
第十二章　玉獅子　175
第十三章　猿國之王　203
第十四章　鐵面觀音石師太　218
第十五章　美男計　234
第十六章　插槍岩寶藏　253
第十七章　鐵甕谷　268
第十八章　色授魂與　285
第十九章　玫瑰與海棠　306

第一章　爵邸喪元戎

滇南哀牢山脈分支的金駝峰，在石屏州異龍湖畔，山勢險峻，出產富厚。在金駝峰五六十里方圓以內，盡是龍姓苗族。無形中這金駝峰五六十里方圓，也變為龍家苗的勢力範圍，滇人稱為龍家金駝寨。金駝寨為首土司叫做龍在田，威儀出眾，武藝過人；曾經跟隨鎮守雲南世襲黔國公沐英後人沐啟元，剿撫滇邊苗匪有功，於土司外加封世襲宣慰司的頭銜。因此雄視其他苗族，氣焰赫赫，也算是金駝峰的土皇帝了。

龍在田年齡五十不足四十有餘，生得鷹瞵虎步，紫髯青瞳；額上偏長出一個紫瘤，遠看更像一隻肉角，滇南人們又加上他一個「獨角龍王」的綽號。

苗族強悍，本來崇尚武事，又加上龍家苗依附沐府，屢次替朝廷出力，征剿苗匪，未免被其他苗族懷恨仇視。尤其是歷年被沐公府剿平的幾股凶悍苗匪，和叛亂未成的六詔秘魔崖九子鬼母餘黨，於金駝寨視同世仇，屢謀報復；因此龍土司解甲歸來以後，便將金駝寨龍家苗族，用兵制管束。

好在苗族聚居村落都是倚山設壘，壘石樹柵，男女老幼隨身都帶腰刀標槍。經龍土司精心佈置，把金駝峰出入險要所在，築起堅固碉砦；由部下心腹頭目率領苗卒分段把守，稽查出入，一時倒沒有輕捋虎鬚的人。

獨角龍王龍土司左右，有一個結義弟兄，叫做金翅鵬，卻是漢人，是龍土司唯一無二的好臂膀。這人是龍土司隨沐府出征時，從苗匪俘虜內洗刷出來的一位無名俠士；後來探出這人是黃牛峽大覺寺少林名家無住禪師的俗家徒孫，武功卻是無住禪師親自傳授的。龍土司推心置腹，一路提拔，軍功由記名都司積到忝遊，他卻不以為榮，一心輔佐龍土司，圖報知己。

軍事結束，他依然跟著龍土司回到金駝寨。他本來一身以外，無家無業，龍土司把他當作手足一樣。金駝寨龍家苗族都非常尊重他，忘記他是漢人；因他年紀比龍土司小一點，上上下下都喊他為「鵬叔」。

龍土司唯一心腹「鵬叔」以外，還有一位賢內助，便是他妻子祿映紅，是華寧州婆兮寨土司祿洪的妹子，也是苗族的巾幗英雄；貌僅中姿，心卻機警，自幼練得一手好飛鏢，百不失一。金駝寨基業，日見興隆，一半還是這位賢內助的功勞。獨角龍王對於這位賢內助，言聽計從，畏比愛多。

這時夫婦膝下有一對朝夕承歡的兒女，長女名叫璇姑，年十七，次生男孩，年止八九歲，上上下下喊這孩子叫做「龍飛豹子」。這種怪名稱的來由是因為龍飛豹子出世時，龍土司正率領近身勇士，在金駝峰深山密林內合圍行獵，適有一隻牯牛般的錦毛花豹，被打獵的人們鼓噪驚起，從一座壁立的高岩上面飛躍下來。龍土司正想舉起餵毒飛鏢，聯珠齊發，忽聽金駝峰上各碉砦內長鼓齊鳴，梆梆之聲，四山響應。

苗寨長鼓，並非漢人用的蒙皮大鼓，卻是一段空心鏤花的大木，是苗寨傳警報訊的利器。當時龍土司聽得各碉砦長鼓傳遞聲，從鼓聲節奏中，便可聽出龍土司府內發生喜慶之事，和平時聚眾傳警之聲，大有分別。鼓聲一起，土司府內頭目已飛馬趕到，報稱夫人產下一位少土司，奉命請爺快回。

龍土司大喜之下，顧不得再用飛鏢獵取花豹，急忙率領勇士們驟馬趕回，因此把生出來的孩子取名飛豹。後來龍家苗族連姓帶名，加上語助詞，叫作「龍飛豹子」，喊順了口，驟聽去活像江湖上的綽號。

這一對嬌兒愛女，生得玉雪聰穎，在苗族中實在不易，龍土司夫妻自然寵愛異常。龍家苗族歸化又早，事事效法漢人；龍土司更是與沐公府淵源極深，一切起居飲食，極力模仿漢人的閥閱世家。有了這對寶貝兒女，又希望他們克承父志，光大門楣；所以從小便請一位漢儒，教授讀書識字，一面又請鵬叔教授武功。

鵬叔也喜歡璇姑和龍飛豹子，一點不藏私，恨不得把自己壓箱底的本領，傾囊倒篋的傳授他們。龍飛豹子年紀還幼，璇姑較長幾年，卻真肯用功。這樣過了幾年，姊弟都有了幾層功夫；金駝寨也太平無事，龍土司夫妻著實享了八九年安閒的清福。

有一年昆明沐公府世襲黔國公的沐啟元突然病故，黔國公世爵照例由長公子沐天波承襲。還有一位次公子沐天瀾原在哀牢山內，拜列滇南大俠少林外家掌門人葛乾蓀門牆，刻苦精研武功絕技。他父親死得奇特，由他哥哥立派急足飛馬，接他兄弟回來奔喪，一面也派家將飛馬到金駝寨報喪。

龍土司和沐府唇齒相依，感恩銘骨，一聞訃音，大驚之下如喪考妣，立時同金翅鵬率領廿名得力頭目晝夜趕程，第二天清早便趕到昆明。一進沐府的轅門，只見層門洞開，白衣如雪，官府紳民赴弔的轎馬，已擠滿了東西轅門一條長街。

沐府家將和執事人等，排班的排班，奔走的奔走，萬頭簇動，人聲如潮。

龍土司一踏進箭樓高峙的第一重大門，已經神色悽惶、淚落如豆，而且步履蹌踉，瞪著一對滿含淚光的環眼，向甬道上奔去。站班的家將們，當然認識他，早已一路傳呼：「龍將軍到！」

金翅鵬慌緊趨幾步，跟在龍土司身後，直搶到大堂口點將台滴水階前。抬頭一看，大堂內素帳重重，靈幃高掛，而且香煙繚繞燭焰騰空。階上下哀樂分班迭奏，大小官吏正在依次拜奠。龍土司趨上台階，從大堂內跑出沐公爺生前兩員貼身家將，一色素盔素甲，啞聲兒急趨至龍土司身前，分左右單膝一點地，倏的起立，便來扶持龍土司。

龍土司一見這兩員家將，霍的鐵臂一分，拉住兩將，岔著嗓音喝問道：「公爺究竟得的什麼病？怎的一得病就歸天了？事前為什麼不向我通個消息？」

兩將立時面色如灰，低聲答道：「請將軍息怒，實在事出非常，便是我家二公子，現在尚未回來。此刻我家少公爺，正在大堂內苦哀回禮，一時不便出來迎接將軍，特命末將們先來招待……。」話還未完，龍土司、金翅鵬二人已聽出沐公爺此次突然病故，中有叵測。

龍土司一發急得雙眼如燈，跺腳喝道：「怎麼？二公子尚未回來，這是什麼一回事？快說！真要急死我了。」兩員家將，雖已略明內情，哪敢說明？一陣支吾。龍土司猛地雙手一分，推開兩將，直趨大堂。

兩家將被龍土司猛力一推，蹌蹌踉踉的望後倒退，幾乎來個倒座，勉強立定身，慌又趕過來，攔住龍土司，躬身說道：「大堂內只是虛設的靈幃，受百官拜奠。真正的靈幃，設在府中內堂，所以末弁們奉命邀請將軍進府，不必和百官們進入大堂了。」

龍土司和金翅鵬被兩員家將一路引導，繞出大堂進入後面儀門，到了內宅門口，抬頭一瞧，便吃了一驚。只見儀門以內五步一崗，十步一哨，雖然一色素盔素甲，可是個個弓上弦，刀出鞘，如臨大敵。遠望內宅崇樓巧閣上面，也隱隱布滿了匣弩手和刀斧手。這是舉行喪禮，不應如此佈置的，更令龍土司、金翅鵬詫異萬分。

兩人疑雲滿腹，不顧一切，大踏步闖進沐府宅門。步入走廊，已聽見大廳內姬妾們的隱隱哭聲。龍土司一顆心突突亂跳，幾乎不能舉步。猛然噹的一聲鈸響，立時兩階鼓樂奏哀。龍土司踉蹌進廳，果然孝幃幃室中間，赫然一幅沐公爺戎裝佩劍的靈襯，宛然如生。龍土司大吼一聲，立時俯伏在地，叩頭如蒜，大哭大嚷道：「在田罪該萬死！公爺歸天，竟不能見最後一面嗎？」哭了又說，說了又哭。

龍土司哭得昏天黑地之際，猛覺後面有人連扯衣襟，止住悲聲，回頭一看，卻是金翅鵬也跪在身後。見他向身側暗指，這才看到長公子沐天波，不知在什麼時候，一身麻冠麻衣，匍匐在左側草荐上連連叩首。

龍土司慌膝行過去，抱住沐天波痛哭起來。兩人對哭了一陣，龍土司突然問道：「公爺何時大殮？」

天波哀聲答道：「便在今晚子時。」

龍土司聽了這話，一躍而起，大聲說道：「請後面孝眷們迴避一下，在田立時要見一見公爺遺容。」

此語一出，沐天波大驚失色，哭喪棒一拄，掙扎起來，要攔住龍土司。哪知龍土司不顧一切，也不管靈幃後面孝眷們迴避淨沒有，一邁步，舉起手拉開靈幃，便搶入裡面，只見靈床上雖然躺著沐公爺遺體，卻被極長極寬滿繡金色經文大紅吉祥被幅，從頭到腳蓋得密不通風。

魯莽的龍土司滿腔悲酸，不顧一切定要見一見遺容，毫不躊躇一伸手從頭頂上拉起吉祥被的一角。哪知不瞧還好，這一瞧，龍土司立時面如噀血，兩眼突出像雞卵一般，額角的汗竟像雨一般掉下來，兩隻手臂卻瑟瑟直抖，被他扯起的一角被幅，也從指上落了下去。這樣魁偉的身軀，竟支持不住自己身體。騰的一聲，一個倒坐，癱在地上，兩眼一直，竟急暈過去了。

等到龍土司悠悠醒轉，兩眼睜開，人已臥在一處錦帳委地、珠燈四垂的複室內。龍土司似乎從前到過這間密室，猛然想起當年阿迷巨寇，率領「六詔九鬼」大鬧沐府時，自己同沐二公子教師瞽目閻羅左鑑秋、婆兮寨土司祿洪和公爺，便在這間密室密商抵禦之策。萬不料幾年光陰，仁慈的沐公爺依然遭了毒手。竟死得這樣奇凶極慘！

他這樣一回想，立時淚如雨下。猛又一聲大吼！霍地一翻身，跳下錦榻，屹然山立，仰天拱手，大聲說道：「在田受公爺天地之恩，不替公爺報此血仇，誓不為人。」語音未畢，錦幔一動，進來兩個素衣的垂髫女子，一個托著盥洗之具，一個捧著酒壺錦盒。安排妥貼以後，便默不一聲的退去。

待龍土司盥洗以後，金翅鵬也跟著走了進來。龍土司一見金翅鵬，慌一把拉住，先看一看幔外無人，才低聲說道：「老弟，愚兄幾乎急死痛死。你知道公爺怎樣歸天的嗎？」

金翅鵬滿臉如霜咬著牙，點著頭，斬釘截鐵的說道：「我知道，公爺六陽魁首被仇家拿去了。靈床的假頭，是用檀香木臨時雕成配上的。」

龍土司滿面詫異之色，嘴上噫了一聲，指著他說：「我進靈幔時，你定然跟在我後面，也看見吉祥被內的假頭了。」

金翅鵬搖頭道：「不是！將軍暈倒靈幃內，待我趕進去，少公爺已指揮貼身家將把將軍送到此間，靈床上吉祥經被已蓋得嚴密如常。什麼也瞧不見了。這當口，少公爺把我調到另一間密室，暗地告訴我老公爺出事情形，我才明白的。此刻才已末午初，前面百官未散，少公爺實在不能在內宅久留；所以命我代為轉告，二公子大約今晚五更以前可以回府，那時仇人是誰，或可分曉。」接著金翅鵬便將沐天波告訴他的慘事，秘密的轉告了龍土司。

據說老公爺沐啟元因這幾年苗匪不大猖獗，總算太平無事，和本省官員也懶得交往，時常屏除姬妾，喜歡獨室靜養。少公爺天波除早夕問安以外，也不敢常常隨侍在側。老公爺晚上憩息所在，在這後院一所高樓內，樓下原有十幾名家將護衛。

出事這一晚，誰也聽不出有什麼動靜。第二天清早，少公爺照例率領姬妾們上樓問安。先瞧見老公爺寢門外，兩個年幼侍婢死在地上；一個額上、一個心窩都插著一支餵毒袖箭，寢室半扇門也微微開著。天波嚇得一聲驚喊，直奔寢室；揭開綉帳一看，血染錦榻，老公爺只有身子沒有頭了。

天波急痛攻心，立時暈死過去。幸而樓下十幾名家將都是心腹，而且也擔著重大干係，立時守住這所內院，不准出入，一面救醒天波，四面察勘。才知賊黨從屋頂只揭開了幾張鴛鴦瓦，弄開一尺見方的小孔，用輕身縮骨法躍入室內；盜了首級，然後啟窗逃走。再驗勘出入足跡，似乎只有一人，足形瘦小，還似個女子。

當時沐府出了這樣大事，沐天波急得手足無措，一時又未便聲張，只可暫時嚴守秘密，假稱老公爺有病，謝絕賓客謁見。一面立派貼身幹練家將二名，騎了快馬，不分晝夜，趕往哀牢山內，迎接二公子沐天瀾火速回府，能夠請得二公子師父葛大俠同來最好。

二將領命登程。沐天波算計從昆明到哀牢山最少有一二百里路程，最快也得兩天才能趕回。時值春末夏初，昆明氣候素來溫煦，老公爺屍首萬難久擱。慌與心腹幕僚密議，只可假稱老公爺急病中風，先行報訃發喪；等到二公子到來再行入殮，暫時雕一香木代替老公爺首級。

這一發喪，沐府上下立時哀聲動地，亂鬨鬨熱鬧起來。

到了出事第二天起更時分，迎接二公子的兩員家將已經拚命趕回，二公子卻未同來。據說二公子得耗痛不欲生，因葛大俠先已出山雲遊，只好留函代稟，馬上隨著二將飛馬起程。半路碰見形跡可疑之人，二公子疑心和本府有關，決計跟蹤一探虛實，囑二將先行趕回報信，自己最遲至今晚五更以前定必趕到。

沐天波一聽，雖知自己兄弟機智過人，武功盡得乃師真傳，半途逗留定有緣故，又怕他年輕冒險，別生枝節，越發心驚肉跳，坐立不安起來。

原來二公子沐天瀾年剛十九，長得俊秀不群，文武兼資，而且智謀過人。從小拋卻錦繡膏粱的公子生活，深入哀牢山中，拜在滇南大俠葛乾蓀門下，刻苦練功，盡得少林秘傳絕技。平時足不出山，每年只許春季回家一次。本年因師父雲遊未歸，回家省父比往年稍晚了幾天，原擬等候自己師父回山，稟明以後，到省城來省親問安。萬不料突然來個晴天霹靂，得知父親身上出了這樣滔天大禍，怎不驚痛欲絕？恨不立時插翅飛回。

所以二將一到，沐天瀾立時一身急裝，背起自己師父賜他的一柄斬金截鐵的長劍。這柄寶劍絕非凡品，自柄至鍔，三尺九寸，瑩若秋水，叩如龍吟，名曰「辟邪」。據說是秦漢古物，端的是一件稀世寶物。當下歸心如箭，率領二將，一同飛馬向昆明進發。

沐天瀾和兩員家將快馬加鞭，半途絕不停留。從清早趕到起更時分，已越過老魯關，來到征江府邊境椒山。過了椒山，踏進廟兒山，便是省城地界。這晚，三匹馬飛一般馳進椒山，因為山路崎嶇崗嶺起伏，偏又月黑風高難以馳騁，只可緩行下來。這樣又走了一程，人雖不乏，馬已遍體汗淋，力絕氣促，再走便要倒斃。在這荒山深谷之中，又難掉換座騎；兩員家將一路奔馳，也鬧得骨散氣促。

沐天瀾心急如焚，仗著自己一身功夫，意欲拋下家將、捨卻牲口，獨自施展夜行飛騰之技，先行趕回府中。一看前面山坳中黑壓壓一片松林，微透燈光，略聞人語，似有幾間草舍。心裡一打主意，一偏腿，跳下鞍來。吩咐兩名家將帶住馬匹緩緩趕來，讓三匹牲口喘口氣兒，自己先到那邊問明路境，順便弄點餵馬草料。

他說罷，便向燈光所在一伏身，弩箭一般向前趕去，眨眨眼便沒入黑影之中。兩員家將好生慚愧，這點事反讓公子自己出馬。好在這位公子爺與人不同，待人非常和氣，年紀輕輕又有這樣俊的本領，真是勝爺強祖了。

沐天瀾走進山坳，一看此處離開官道有一箭路，松林下面搭著疏疏落落的幾間草屋。最近一間屋外搭著松棚，挑著招子；柱上斜插著一支松燎，火頭迎風晃動。似是山村小店，兜攬行路客商藉此歇足，買點酒菜。沐天瀾眼光銳利，遠遠借著松燎火光，看出松棚下面有兩個裝束詭異、身背包袱兵刃的人，一東一西，對坐吃酒。

沐天瀾心裡一動，立時放輕腳步，悄悄的穿入松林，藉松樹蔽身，躡足潛蹤，掩到松棚所在，暗地偷看兩人形狀。

只見面朝自己的一個，紫絹包頭，生得瘦小枯乾形若猿猴，貌相非常凶惡，背面坐著的人，看不出面貌，卻長得膀闊腰寬。

天瀾一看兩人舉動穿著，便知不是漢人，多半是無惡不作的滇南苗匪。

驀地聽得對面瘦猴似的一個，嘆了口氣道：「自從我母親中了人家詭計，命喪秘魔崖以後，這些年，我處處倒楣，事事彆扭。最可恨是桑家丫頭，吃裡扒外，鐵筒一般的秘魔崖，一半送在這狠丫頭手上，現在和三鄉寨何天衢結成夫婦，竟做起土司夫人，恨得我牙癢癢的。我早晚要這對狗男女的性命！」說罷，舉起椰瓢做的酒碗，嘓的一聲喝了一口，接著吁了口氣，似乎這人滿腹牢騷，借酒澆愁。

卻又聽得背著身的壯漢，一拍桌子，大聲哈哈笑道：「我看你舊情未斷，還吃這多年陳醋幹麼？你現在這位夫人，也是你家老太一手調理出來的頂呱呱的人物。除出臉蛋黑一點，哪一點不比桑家丫頭強？你也應該知足了。從前你家老太的三位義女，除出桑家丫頭和你夫人以外，還有一朵有刺的玫瑰花，叫做女羅剎的；這人貌美心狠，獨往獨來，倏隱倏現，誰也摸不著她藏身處所。可是一提到她，誰也得伸大拇指，說是普家老太的血海冤仇和留下的弟兄們，只有她擔當得起來。」

那瘦漢聽了這話，似乎忿火中燒，啪的一聲，把酒碗一擲，恨恨的說道：「你知道什麼！女羅剎才不是東西哩！我母親死時，她詭計多端，將我母親歷年收羅來的珍寶統統劫走，表面上裝得大仁大義，推說秘魔崖火起時無法取走，一齊葬送火窟了。事後我去搜查，房子雖燒了片瓦無存，藏珍寶的洞內卻沒有火燒痕跡，這且不去說它。她明是漢人的子孫，卻故意冒充苗族；我母親部下偏有許多傻蟲，受她籠絡，聽她指揮。最近還出了一樁事，我便為這事趕來的。」

那壯漢詫異道：「現在又出了什麼事？」

瘦漢道：「我們猓猓族的宗風，你當然知道的。誰能得到公眾大仇人的腦袋，拿回來高供在屋頂上敬神祭祖，便是天字第一號英雄，誰也得服從這人的命令，替他賣命。女羅剎想收服我母親舊部，便揚言不日單槍匹馬獨往昆明，去取黔國公沐啟元的首級，替大家出口怨氣。」

沐天瀾一聽這話，大吃一驚，慌壓住怒火，耐心細聽再說些什麼。這時聽得壯漢接過話去，冷冷笑道：「既然她有這口勇氣，你是老太的兒子，你為什麼不自己下手，在眾人前露臉呢？」

瘦漢大聲道：「你不要忙，話還沒有完呢。前幾天飛天狐趕到阿迷，通知我們這樣消息，我們明知女羅剎並不是替我們報仇，是想乘機取巧。我內人原與女羅剎不和，想起從前暗探過沐公府，路徑熟悉，現在沐府又沒有能人守護，何必讓女羅剎佔盡便宜？三人計議之下，便由內人連夜奔赴昆明，想趕在女羅剎前面下手。我同飛天狐分派地段沿路接應，探得已經得手。算計日期，內人定必從這條路上回來，所以我先在這兒歇一歇腳，回頭迎上前去，便可分曉了。」

瘦漢話畢，對面壯漢，喊一聲：「好！有志氣，祝你們馬到成功。」

第二章　荒山逢巨寇

天瀾偷聽多時，眼含痛淚，心如火焚。暗想：照這賊黨的話，我父親已命喪兩個女賊手中，偏有這樣巧法，被我誤打誤撞的聽出情由。也許我父親在天之靈暗中默佑，我從這條路上定可找到殺父的女賊。這樣機會，不可錯過，眼前這兩賊，也不能放過！應先下手剪除賊黨羽翼。

立時打好主意，正欲拔劍上前，猛聽得官道上馬匹嘶嘶長鳴。他明白這聲馬嘶，是自己兩個家將跟蹤尋來。偷眼看松棚下兩個匪徒，已聞聲驚愕，霍地站起身來。心裡紡車似一轉，慌一撤身，悄悄退出松林。一伏身，鷺行鶴伏，施展開夜行術，宛似一道輕煙，馳到官道上。攔住兩名家將，悄悄吩咐火速先行回府，報告大公子，只說此地有形跡可疑的匪人和老公爺身上有關，必得親身探個水落石出。又說：「好在此地離省城沒有多遠，最遲明晚我必趕回家中。快去，快去！」

兩個家將哪敢違拗，只可先回昆明。沐天瀾卻帶住自己這匹騎馬，故意加重腳步，露出行藏，向山坳走來。穿入松林夾道的一條小徑，看到那兩個苗匪已離開松棚，迎面走來。

兩匪一見沐天瀾很安詳的牽著馬一步步走近來，立時站住。大約起頭聽得馬叫，以為便是這人的牲口，又疑是趕路錯過宿頭，望見火光，尋來借宿的。等得沐天瀾走到跟前，一看他年紀雖輕，氣度非凡，身後背著長劍，頓又不住眨眼珠的上下打量。

那個膀闊腰粗的匪人，這時才看清他長相，濃眉聯心，怪眼如血，滿臉凶惡之相。卻見他大步上前，兩手一攔，高聲喝道：「喂！小夥子，你走岔路了。這兒不是官道，也不是宿店，趁早回身趕路是正經。」

沐天瀾故意露出怯怯兒的形相，打著滇南鄉話，拱手說道：「在下貪趕路程，一路趕來。不意起了風，月亮兒被雲遮沒了，這段山路又難走。在下沒有走過長道，路境不熟，膽又小；這樣黑夜，難保前途不出事，委實不能前進了。兩位行好，不論什麼地方，讓我度過一宿，天一亮水米不沾便趕路，定必重重厚謝。」

其實沐天瀾故意沒話找話，同匪人磨牙，為的是打量兩個匪徒以外，松棚後面幾間草屋內，還藏著匪黨沒有？說了半天，沒有其他匪人出來，便知只有他們兩人。再偷偷看後面立著的瘦漢子，一聲不哼，只把一雙賊眼盯著自己，似乎已起了疑。

不意沐天瀾一陣哀告，前面的凶漢立時兩道濃眉一立，怒喝道：「哪有這些囉嗦？太爺們有事，好意放你一條生路，你倒願意找死。那你就不必走了！」話音未絕，這凶漢一上步，右臂一舉，張爪如箕，來抓沐天瀾的肩頭。他以為這樣的怯小子，還不手到擒來。行家一伸手，便知有沒有！沐天瀾何等角色，一瞧這匪徒還練過鷹爪力，又顧慮到後面那個瘦漢子動手，或有其他匪黨前來相助，便打定速戰速決的主意。等得匪徒鋼鉤似的手指，剛一近身，一聲冷笑，下面丁字步不離方寸；只一矮身，雙臂一錯，左臂一圈一覆，便已扣住匪徒向下抓來的寸關尺。同時右腿起處，實篤篤正踹在匪人「關元穴」上。匪徒連招架功夫都沒有，啪噠一聲，被橫踹出七八尺遠，跌進松林，早已暈死了。

在匪徒跌入松林當口，猛聽得那邊瘦漢一聲斷喝：「憑你也敢行兇！」右臂一抬，赫的一支飛鏢向前胸襲到。沐天瀾原式未動，只一塌身，那支飛鏢便擦著左肩頭射向身後。

沐天瀾身形一起，瘦漢子一個箭步已到面前；左掌一晃動，右掌「獨劈華山」當胸砍下。掌帶風聲，便知功候。瘦漢原是個急勁，先用飛鏢暗襲，原想救那匪徒性命；鏢一出手，身隨鏢到，疾如飄風，而且立下煞手，總以為敵人難逃掌下。

哪知沐天瀾哀牢山中十年少林內外苦功，盡得師父真傳，人家二三十年的造詣，還沒有他的精純。掌風一觸，頓時身法陡一變，微一吸胸，便望後退去四五步去。厲聲喝道：「且住！報上你的狗名再鬥。」

瘦漢大怒，卻也知道遇上勁敵，也是微一退身，立從身後解下包袱掣出一對奇形兵刃；似戟非戟，似鋏非鋏。通體約有三尺長短，頂上一個鴨嘴形的矛鋒，下面托著血擋；血擋下面又有曲尺形的兩根鋼刺，五寸長、一指粗，一上一下，分列左右。

這種外門兵刃，沐天瀾聽自己師父講解過，知是峨嵋玄門派的傳授，名叫「陰陽三才奪」，又名「指天劃地」。利用血擋下一上一下鋼刺，善於鎖奪人家兵刃，頂上鴨嘴形矛子，兩面微凹，見血透風，異常歹毒！沐天瀾一見賊人手上兵刃，猛想起從前有人說起過，九子鬼母的兒子便用這種兵刃，賊人的形狀也與所說相符。

這時瘦漢凶睛外突，灼灼放光，恨不得一口水把沐天瀾吞下肚去。右手三才奪一指，咬牙喝道：「小子，叫你死得明白。太爺便是阿迷碧虱寨土司普明勝。你家土司爺奪下不死無名之鬼，小子！報上萬兒來。」

沐天瀾一聽，正是九子鬼母的兒子。並不答話，一反腕，掣出背上的辟邪劍。更不亮出門戶，左手劍訣一領，赫的一個箭步，爛銀似的劍光，宛似一道閃電直奔敵人。

普明勝潑膽如天，倚仗一身武功，不把沐天瀾放在心上。喝一聲：「小鬼，你想找死！」立時雙奪一裹一分，野馬分鬃，盪開劍光，接著身形一轉，倏變為「大鵬展翅」，右手陰陽奪由外向內，向沐天瀾左脅猛搠。左手奪由內向外，似封似閉，連環進步，虛實並用。

沐天瀾識得這種外門兵刃，又賊又狠；立即氣沉丹田，施展開劍法秘奧。靜則淵渟嶽峙，動則翔鳳遊龍，倏而劍光如匹練繞體，倏而劍光如瑞雪舞空。一剎時雙方對拆了十幾招，似乎未分勝負。

其實沐天瀾有事在身，哪肯同他遊鬥？無非先探一探對方功夫虛實。在普明勝方面，怒吼如雷，還不知這人是誰，心裡又惦著沐府人頭，恨不得立地把敵人制死。無奈對方年紀雖輕，劍術卻變化無方，用盡方法也得不到半點便宜。普明勝意狠心毒，便想施展毒手。

恰好沐天瀾雙足一點，騰身而起，劍隨身走，向普明勝左側滑過。忽的一轉身，「玉帶圍腰」，劍光如虹，繞著普明勝身子滴溜溜轉起圈來。普明勝的雙奪揮動如風，自然隨著劍光繞起圈子來。但他卻也識貨，知道這是少林太極劍的招數；踩八卦、步陰陽，順逆虛實，變幻莫測，越轉越快。一不小心，便暈頭轉向，看不清敵人劍點，非落敗不可。

普明勝猛的一跺腳，「一鶴沖天」竟拔起一丈多高。半空裡腰裡一疊勁，雙臂一展，變為「野鳥投林」，竟向左側松林落下。意欲施展峨嵋獨門暗器餵毒聯珠鏢，取敵人性命。不料沐天瀾劍走輕靈，「龍形一式」，早已如影隨形，趕到跟前，人方落地，劍光貼地如流，已向下部捲來。鬧得他手忙腳亂，哪容得他施展暗器？

普明勝恨怒交並，蹦躍如鬼，有心拚命，適值沐天瀾隨勢變招，使了一招「遊蜂戲蕊」，劍花如流星趕月，分上下左右罩向敵人。普明勝汗流氣促，把雙奪上撩下掛，右擋左封，已是守多攻少。

沐天瀾明知自己用的長劍是古代奇珍，究因閱歷較少；對方雙奪器沉力猛，老防被敵人鎖住勒住，這一來敵人卻佔了一點便宜。恰巧這時普明勝野心勃發，大喝一聲：「不是你，便是我！」一矮身，左奪「進步撩雲」，右奪「撒花蓋頂」；一長身，倏又變為「順水推舟」。不管不顧，盡力展開進攻招術。沐天瀾知他力絕拚命，故意一錯身，使了一招「攔江截舟」，微一撥開雙奪，一沾便走。

普明勝一見敵人露了破綻，喝一聲：「哪裡走！」一聳身，雙奪如怪蟒吐信，一伸一縮，已襲到背後。沐天瀾猛地一個「犀牛望月」，雙奪便一齊落空；一轉身，一個「白虹貫日」，劍鋒已點到他左脅。

普明勝吃了一驚，勢子正在向前，萬來不及吸胸退步，一甩肩頭，猛力收回雙奪，向劍身一推一鎖，滿以為這一招可以緩過勢來。誰知敵人原是虛招，待雙奪遞出，倏變為「撥雲見日」。微一盪開雙奪，一抽一吐，一上步；忽又變為「玉女投梭」，唰的一劍直貫胸窩。普明勝五官一擠，渾如厲鬼；猛地一聲慘叫，撒手丟奪，望後便倒。

沐天瀾順勢一個滑步，抽出劍來，斜刺裡退出五六步去，抬頭一看，普明勝胸口的血，箭一般標出老高。沐天瀾卻又走近一步，用劍指著地上普明勝喝道：「惡賊，叫你明白，我便是沐二公子，沐天瀾。」說罷，地上普明勝突又一聲低吼，兩腿一伸便已死掉。

沐天瀾卻淚如雨下，寶劍一舉，仰頭向天，看見一輪明月，剛從一塊黑雲堆裡吐了出來，又被一塊厚厚的烏雲吞了進去。風推雲湧，好像無數魔手從四面八方擠攏來，要捉拿皎潔光明的一輪明月；月亮拚命掙扎著、逃避著。山上松濤悲吼，樹枝東擺西搖；偶被黑雲堆裡逃出來的月亮閃電般一照，便似無數巨鬼張牙舞爪、發出厲吼向天上追去一般。

這景象端的陰森可怖。可是悲憤填膺的沐天瀾，不顧這些，淚眼望天，低低哭道：「父親！兒子先殺賊黨，再去尋那女賊報仇雪恨。求父親陰靈默佑，稍減不孝兒的罪孽。」祝罷，插劍還鞘，便欲尋馬登程。猛一回顧地上兩具陳屍，又一轉念，仍然拔出寶劍，走到跌進松林的無名賊屍跟前，一試還未斷氣，加上一劍才算了帳。回身又走向普明勝屍旁，一俯身，寶劍一揮，割下首級來；拾起首級走入松棚，插劍還鞘，順手拔下松燎，已經燒成了短短一段。

他一手舉著松燎，一手拾著首級，向幾間草屋巡視，卻是寂然無人，也沒有什麼惹眼東西。門口衝著松棚的一間，屋內無非一灶一榻，榻上堆著被服之類；灶上燒著沸水，擱著一瓦罐米飯、一荷葉包的熟肉，灶旁埋著一只水缸。後壁角還有一扇竹編的小門；推開一看，門外似乎有座馬棚，拴著一匹馬，大約是普明勝騎來的。緊靠馬棚有一圈短短的籬笆，圈了一畝多點地；大約越過短籬，可以繞到草屋前面。

沐天瀾察勘清楚，回進草屋，順手把松燎插入土牆裂縫。卜通一聲，又把普明勝腦袋擲進水缸。轉身出屋，在松棚下桌上尋得一隻粗碗、一雙竹筷。又反身進來，舀了點沸水，吹著喝了幾口，又吃了點冷飯冷肉，便算解了饑渴。然後提起水缸裡載沉載浮的腦袋，湊近火燎一看，血污業已沖刷盡淨，一缸水卻變成紅水了；又從榻上撕下一幅布被把首級包好，拿在手內。

一聽門外風聲業已停吼，樹木也漸漸靜了下來。大風一停，天上明月也透出陣雲來，屋外布滿了月光，向光處好像亮晶晶的罩上了一層霜，四山寂寂，沉靜得自己一顆心的跳聲好像都聽得出來。

沐天瀾諸事停當，這兒已無可留戀；向牆上拔起松燎，投入水缸。嗤的一聲，火便熄滅。提著普明勝腦袋，便欲離開草屋，猛一抬頭，倏的一退身，把身子隱在門旁暗處。定睛向門外偷瞧時，只見月光照處，松棚下靜靜的坐著一個人。

說他是人，實在不像有生氣的人，最可怕是一張人類中尋不到的面孔。一副瘦小的面孔，沒有眉毛，沒有血色，沒有表情，分不出五官的明顯界線；眼和嘴所在，好像閉得緊緊的，只剩一條線。頭上披著長髮直垂到肩下，雙肩下削，披著一件黑衣，自腰以下被桌子擋著，看不出什麼來。可是身材瘦小像個女的，是觀察得出來的。

沐天瀾偷看了半天，見她始終紋風不動，筆直的坐著，活像一具石雕或泥塑的東西。沐天瀾這樣的人物也看得毛髮直豎，心裡直跳。疑惑深山荒林真有鬼怪出現，偏被我遇見，真是怪事！難道我還要和這樣鬼怪爭鬥一陣嗎？但是我有要事在身，時機稍縱即逝，不管她是人是鬼，只要沒有礙我的事，何必管她？主意已定，提著人頭，按一按背後的寶劍，悄悄從後戶走出。越過竹籬，斜刺裡趨入松林，已看見自己馬匹好好的拴在樹上；回頭看那松棚下時，那個怪物已無蹤影。

他幾乎疑心剛才一陣眼花，或者果是鬼怪出現？驚疑不定的走向拴馬所在，解下繩索，把人頭繫在鞍後，跨上馬鞍正要走去。禁不住又在馬上轉身去瞧松棚下，依然寂無人影。

忽地一眼瞥見棚下桌上，擱著一件東西，似乎是一個四方木匣子。記得自己躲在松林偷聽匪徒說話時，沒有這件東西，瞧見女怪時，一心注在怪物身上，卻沒有留神桌上。難道這東西是怪物留下的嗎？這真是怪事了！心裡一動，一縱身跳下馬來；隨手把馬繩往判官頭上一搭，又走回來。他回身走近松棚，四面一瞧，月光如水，樹影在地，靜悄悄的毫無動靜。

沐天瀾疑雲陡起，未免懷著戒心。咻的掣出長劍，邁入松棚，細看桌上擱著的尺許見方的木匣，四面用繩勒著，頂上還有一個挽手。他把長劍向地上一插，一伸手解開匣上繩來，揭起匣蓋。這一揭不要緊，幾乎把他嚇死！驚死！痛死！原來他一揭開匣蓋，只見匣內周邊盡是晶晶的鹽粒，中間卻埋著一個龐眉長鬚滿面慈祥愷惻的面孔。這面孔是他從小到大深藏心目，而且朝夕思念的面孔，尤其是一對似睜似閉、佈滿魚尾紋的雙目，活似要朝他說話一般。

這一下，沐天瀾神經上受的刺激，可以說是無法形容的，周身血脈似已停止，四肢瑟瑟直抖，已難支持身體，兩目痛淚直掛下來，迷糊了四面境物，忘記了自己身在何處。半晌，猛地一聲驚喊，「天呀！」立時俯伏在地，痛哭起來。

沐天瀾哭了一陣，神智漸漸恢復，猛地驚悟。一躍而起，拔劍在手，向草屋內厲聲喝道：「萬惡賊婦，還敢裝神裝鬼！快替我滾出來，劍下納命！」

原來他想起剛才兩個匪徒對話，一個賊婦得手以後要從這條路來，現在首級在此，賊婦當然也到此地。剛才親眼目擊的怪物，不是她是誰？但是為什麼要做出這樣詭秘舉動？又生成那樣的奇特恐怖的面孔？這時又把首級匣子擱在桌上，人卻不知去向。這種種舉動，實在無法推測。

他所意識到的，根據先時兩個匪徒對話，還有一個名叫「女羅剎」的賊婦，也想利用自己父親首級，取得猓猓一族信仰；來的不論是誰，當然不肯把首級隨意棄掉。也許賊婦鬼鬼祟祟，故作玄虛，溜入屋內別有詭計，所以他向屋內連聲怒喝，哪知屋內屋外都無動靜。

沐天瀾這時疑鬼疑怪的心理已經去掉，認定仇人隱藏近處。寶劍一橫，便欲排搜幾間草屋。他一邁步，忽聽得遠處一陣足音，幾聲呼叱，其聲雖遠，其音甚嬌。

沐天瀾愕然返身，側耳細聽，松林下起了一陣沙沙踏葉的馬蹄聲。急慌趨出松棚，向林內遙望。月光照處，只見一個嬝嬝婷婷的身子，身後牽著一匹白馬，緩緩向這面走來。

他以為來的定是鬼怪似的賊婦了，立時劍眉一挑，蓄勢以待。

來人漸漸走近，卻見她從容不迫的把那白馬拴在一株樹上，拴得和自己那匹馬很近。一回頭，似乎看見了自己，點了點頭，行如流水的走了過來，路旁看到兩具賊屍，又點點頭，輕喊一聲，「殺得好！」

一忽兒，走近沐天瀾跟前，俏生生的立定身軀。一對秋水為神的妙目，把他上上下下打量了好幾遍，驀地發出銀鈴般聲音問道：「喂，你是誰？殺死那兩個惡賊是你麼？桌上匣子裡的人頭是你什麼人，剛才為什麼哭得這樣傷心？」

這一連串問句，問得他瞠目直視，呆若木雞。他滿以為來人不出自己所料，哪知這人漸漸走近，漸漸的看出不對，等得這人迎著月光走到跟前，看清她的面貌，覺得所有世上形容女人美麗的詞句，都適合於她的身上。

自己從小生長錦繡，見過美麗女子不少，同她一比，彷彿她是月亮，其餘女子都是小星星。尤其是她這身出色的打扮，頭上裹著攏髮的青絹，齊眉勒住，後拖燕尾；絹帕中間，綴著一顆燁燁耀光的大珠。全身修短合度，穿著窄窄的密扣對襟青綢夜行衣，纖纖柳腰，束著一條香色繡花汗巾。足下套著一對小劍靴，身後斜背著雌雄合股劍，左腰跨著一具鏢囊，一件紫呢風氅卻搭在左臂上，輕盈曼立，姿態欲仙。

沐天瀾竟看呆了，暗想剛才碰著妖怪般的女人，此刻又突然來了這樣一位女子，今天真奇怪，莫非我在做夢麼？可是一切一切都在目前，絕非夢幻。他心裡一陣顛倒，眼裡一陣迷忽，竟把對面幾句問話忽略過去，忘記回答了。

那女子玲瓏剔透，低頭一笑，嬌嗔道：「你是啞子麼，怎的不答人家的話？」這一來，沐天瀾大窘，口裡哦哦了幾聲，偏又問道：「你問的什麼？」

女子嗤的一笑，笑說道：「瞧你的……原來對牛彈琴，我不同你說了。」說罷，伸出白玉似的手指，向他身後松棚柱上一指。

沐天瀾急忙返身，走近幾步，朝棚柱上看時，只見柱上插著一支透骨子午釘。知道這種子午釘，任憑多大功夫也搪不住，一經中上，子不見午、午不見子，是江湖上一種最厲害的暗器。沐天瀾一見這種暗器，頓時冒了一身冷汗，霍地回身，正色問道：「此釘何來？你指我看釘是什麼意思？」

女子眼波流動，好像從眼內射出一道奇光，在他面前一掃而過，冷笑道：「剛才我用了兩枚子午釘，救了一條不見情的性命，卻憑空和那人結了仇，此刻我正在後悔呢！」說完，便扭動柳腰，伸手拔下透骨子午釘放入鏢囊，一轉身，向沐天瀾瞟了一眼，似欲走開。

沐天瀾鬧得滿腹狐疑，不由的低喊道：「請你慢走。」這一張嘴，聲音卻低得連他自己都聽不出來。奇怪，那女子卻聽出來了，微一停步，回眸一笑。沐天瀾慌把手上長劍還入鞘內，向女子拱手道：「女英雄見教的話，事出非常，不易瞭解。究竟怎樣一回事，務乞暫留貴步，賜示詳情。」

女子轉過身來，嗤的笑了一聲，說道：「這樣年紀輕輕，說話斯文一脈，江湖上還真少見。」這幾句話，好像對他說，又像對她自己說。沐天瀾卻聽得起了一種微妙的感覺，見她朝向自己一招手，翩然走進松棚，伸手把桌上首級匣子向遠處推了一推，指著對面叫他坐下來，沐天瀾真還聽話。

兩人坐下以後，那女子對他說道：「我從廟兒山騎著馬一路行來，走到這兒官道上，遠遠看到這兒火光晃了一晃便滅，不久又聽得有人哭喊。一時好奇，跳下馬來，把馬拴在隱僻處所，悄悄竄進這片松林，繞到草屋側面；縱上一株高大松樹，借枝葉隱身，隱住身子向下看時，正瞧見你獨個兒蹲在地上，哭得昏天黑地。

「我正想跳下樹來，猛見一個披髮怪物，在你身後不遠處出現，肘後隱著耀光的兵刃，躡著腳尖，一步步向你走近。你卻一點沒有察覺。到了貼近松棚時，怪物舉起兵刃，便要向你下手。我吃了一驚，距離又遠，不忍見死不救，只好用我獨門透骨子午釘代你擋她一下。但是我一面替你解危，一面也不願同人結仇，只要把她驚走也就罷了。」

「我這子午釘有毒無毒兩種，鏢袋裡分裡外層藏著。我用的是無毒的一種，發出去時，故意擦著她面頰釘在柱上。怪物不料螂螳捕蟬，黃雀在後，一見我的暗器，卻也識貨，馬上飛身退走。你卻哭昏了心，連耳目都失靈了。我不放心，跟蹤追出山坳，那怪物正在飛身上馬，向我說了無數狠話，才飛一般逃走了。這樣，我才把自己的馬順手牽了進來，向你仔細探詢一下。」

第三章　巧遇女羅刹

沐天瀾默默的聽了這番入情入理的話，不由他不感激人家救命之恩，暗暗喊聲好險！想起剛才那怪賊婦裝神裝鬼，把父親首級留在桌上，是故意試驗我和沐家有無關係。定是看得我哭得這樣痛心，才想暗地下手。但又想到眼前這位救命恩人，未免來得太巧了，又長得秀麗如仙，一點不帶江湖匪野之氣，真是一位不可多得的紅粉英雄。今晚的事，真像做夢一般。

剛才那賊婦一副死人面孔，已經世上稀有，偏又來了個絕色無雙的巾幗英雄，更是奇而又奇。假使今晚沒有這位巾幗英雄暗中保護，我剛離師門便遭慘禍，不用說父仇難報，父首難回，連自己怎樣死的都無人知曉。這樣一想，猛地省悟，自己一個勁兒低著頭沉思，把對面這位恩人可冷落了半天，連感激圖報的話還沒遞過一句，未免顯得太不合適了。

他一臉惶恐的抬起頭來，恰巧對方梨渦微暈，孤犀微露，一對攝魂勾魄的秋波，正脈脈含情的注視著。和她一對眼光，心頭亂跳，急慌立起身來，向她躬身施禮，誠惶誠恐的說道：「今晚蒙女英雄暗中救護，得免毒手。真叫我刻骨銘心，一輩子報答不盡……。」沐天瀾話還未完，換了口氣，便想趁此問她姓名來歷。

那女子一面欠身，一面卻像開玩笑似的笑說道：「是真的嗎？怕是信口開河罷！」

沐天瀾慌不及辯正道：「在救命恩人前，哪敢說謊？」

女子看了他一眼，低語道：「未必罷，遲遲疑疑琢磨了半天，為什麼呢？其實萍水相逢，偶管閑事，江湖上算不了什麼。現在事已過去，本來我還想問你幾句話，此刻我也懶得顧問了。好，再見！我要先走一步了。」說罷，微微嘆了口氣，又死命盯了他一眼。倏的亭亭起立，向外便走。

沐天瀾吃了一驚，暗想果然人家見怪了。驚慌失措之下，顧不得什麼冒昧和嫌疑，一聳身，攔住去路，連連作揖，吃吃求告道：「請您寬恕在下，還求你暫留貴步，容我說明下情。」

那女子一聽這話，頓時柳眉一展，妙目凝住，似嗔似喜的笑道：「你這人……真是！……一忽兒疑疑惑惑，一忽兒又急得這樣。你有話快說罷！」

沐天瀾不假思索，立時把自己身世、家中慘事，從哪兒來，到哪兒去；以及殺死匪徒、巧得父首、悲痛失常各節，一五一十和盤托出。那女子聽得並不十分驚詫，只眉尖深鎖，神色悽惶，勉強點頭道：「原來有這樣的事，這就難怪了。足下非但是滇南大俠的門人，而且是一位貴公子，失敬，失敬。早知如此，我真後悔不該放那怪物逃走了。」說罷，竟自柳腰輕折，向上面木匣跪了下去深深萬福，嘴皮微動，似乎祝告一般，沐天瀾慌不及一旁賠禮。

那女子行完了禮，遲疑了一陣，轉身說道：「沐公子，你的事情我明白了，大約你心裡急於想知道我的來歷。無奈我現在處境，比你難得多，不到相當時期，實在不敢宣佈我的姓名和過去。但是在你面前，我又不願說謊。天啊！老天爺安排得這麼巧，不早不晚，此時此地會碰著了你這樣的一個人；偏偏又是你……」

她說到此處截然停住，而且音帶悽楚，眼含淚光；就地一跺小劍靴，竟從臉上迸落幾顆珠淚來。沐天瀾聽得莫名其妙，最後幾句零零落落的話，弦外之音，似解不解；偷眼看她，又正眉頭深鎖，愁腸宛轉，好像有無窮幽怨一般。

兩人目光相對，癡立半晌。鬧得初出茅廬的沐天瀾心頭鹿撞，問又不敢問，走也不願走。忽聽得對面嬌喚道：「沐公子，時光不早。你快把尊大人法體帶好，我們走罷。」

沐天瀾唯唯應是，慌不及回身進棚，向木匣跪下去叩了幾個頭，站起身來，猛覺身後還跪著一人，一回頭，正是那女子。沐天瀾也是天生情種，老往好處想，以為她多禮；一時忘其所以，急慌用手相扶，連說：「不敢當，不敢當！」

那女子扶著他手臂盈盈起立，沐天瀾覺得她手臂發涼，情不自禁的說道：「此地天氣倏熱倏涼，此時夜深多露，你把風氅披上罷。」她一聽這話，嘴角露喜，流盼送情；立時展開臂上搭著的紫呢風氅披上身去。

沐天瀾匆匆把首級匣子照舊用繩束好，背在身上；然後兩人並肩走到拴馬所在，解下韁繩，一齊登路。那女子一指林內兩具賊屍，向他說道：「你且候一會兒。」一說完，一躍下馬，飛身進林。似乎見她從懷內一掏，在兩屍身上不知灑了一點什麼東西，立時回身走來。

上馬時，沐天瀾道：「你用的是『化骨丹』罷。聽我師父說，這種東西配製甚難，用處卻廣，想不到你倒有這寶貝。」

那女子笑道：「我用的又是一種，叫做『歸元散』，將來我教你配製方法，其實你也用它不著。」

兩人說著話，已走到官道上。沐天瀾滿臉惜別之色，幾次想張嘴說話，結果卻未說出口來。那女子早已察覺，一帶韁繩，雙馬相併，微笑道：「現在離天亮還有相當時間，這條路上苗匪隱現無常。你大事在身，武功雖得真傳，江湖上閱歷一點沒有，我真不放心。我也要回廟兒山去休息一下，順水人情，送你一程罷。」

沐天瀾嘴上未免客氣幾句，心裡卻暗暗喜道：「固所願也，不敢請耳。」

世上鍾靈毓秀的人們，天生有出眾的智慧、才具、姿采，往往顧影自憐，具有一種尊傲高貴的感想，把一般普通人看不入眼。偶然機會湊巧，碰著了同氣相感的人，立時一見如故，如磁吸針，尤其是異性，一旦見著和平時心理上幻想虛構的對象，大致相同的人，自然而然一拍即合，固結難解。

然而世上月圓花好的時間最短，月缺花殘的故事最多，才使世上平添了無窮的悲劇。沐天瀾和那女子，卻又是悲劇中的奇劇。

兩人一路並馬聯騎，雖然不多說話，但是你看我一眼，我對你一笑，這一眼一笑中，已經交換了無數心曲，不必再用語言來表示。在這時他們一張嘴好像是多餘的，只覺得茫茫天地間只有他們兩人，希望這條官道伸展到無限長，一生一世走不完才對心思。女的忘記了過去和未來，男的忘記了背上和鞍後兩顆人頭。

但是無情的路程，除非老釘在路上不動，既然邁步總須到達。這時兩人已經來到廟兒山山腳，再進便是昆明省界。

那女子向前一看，略一沉思，忽地一俯身，越過沐天瀾馬頭；手韁微勒，一催馬腹，從山腳下一條小道上跑了過去。沐天瀾也迷迷忽忽的跟在身後，走了一程，才省悟怎的不走官道？剛想動問，那女子已甩鐙下馬，向他一做手勢，他只可照樣躍下馬來。

兩人牽著馬轉入仄徑，幾個拐彎，來到一座小小的碉砦跟前。她隨意撿了一粒石子，一揚手，卜噠一聲，中在砦內一間樓閣上。半晌，樓閣內火光一亮，砦下粗竹編排的兩扇柵門，伊啞的開了。

那女子在他耳邊悄聲說道：「此處是我過路落腳之處，你放心跟我進去。你累了一天一宿也乏了，好在此地到省城不過半天路程，我知道你府上有事，但也不爭這一些兒工夫。你且進來喝口水，我有許多話和你說呢。」說罷，一伸手拉住沐天瀾，帶著牲口進了砦門。

進門時似乎有一個精壯苗漢立在暗處，一見女子立時俯下身去行禮，似乎對這女子非常敬畏。卻見她全不理睬，只喝一聲道：「快接過馬去，好好兒餵點馬料。鞍上東西，不准亂動。」吩咐之間，樓下門內鑽出一個壯碩苗婦，手上擎著一支燭火，睡眼惺忪的立著門旁，侍候他們進樓。那女子當先引路，卻反手拉著沐天瀾登梯上樓。

樓上小小的兩間房子，卻佈置得乾乾淨淨。兩人一到樓上，那女子一翻身，便替他解開胸前繩鈕，很仔細的解下背上首級木匣，恭恭敬敬的擱在外屋桌上。然後一陣風似的，拉著他推開側面一扇門戶，同入另一間屋內。

可笑這時沐天瀾好像一切不由自主讓她安排，彷彿她一顰一笑都潛蓄著一種支配自己的威力；不由人不乖乖的服從她，連自己也莫名其妙。何況她一舉一動都在情理之中，即使自己急於趕路，也不忍違背她的種種好意。

沐天瀾跟著她身後，一進這間側室，眼前一亮。想不到這小小碉砦內，一所簡陋的小樓，還佈置著這一間華而不俗的精室。室內東西不多，卻是錦裘角枕，文几綉墩，色色精巧。四壁糊著淡綠花綾，映著四支蟬翼絳紗，流蘇四垂的明燭宮燈，幾上燃著一爐篆香，裊如遊絲，幽芬襲鼻，聞之心醉。沐天瀾暗想，剛才說過這兒是她憩足之所，像她這樣天仙化人，應該像自己家中的崇樓傑閣供她起居，這小室雖然差強人意，替她設想，還是委曲萬分的。

那女子看他四面打量，若有所思，嬌笑道：「這間屋子是我來往暫憩之所，你看如何？不致委曲你罷。」

沐天瀾詫異道：「委屈了我，我看你才委屈呢！」

她急問道：「怎樣才不委屈呢？」

沐天瀾嘆口氣道：「我家中枉有許多華麗處所，卻沒有像你配住那種屋子的人。」

她聽了這話，妙目一張，神光直注，一個身子彷彿搖搖欲跌。她伸手一扶，趁勢偎在沐天瀾懷內，呢聲說道：「我明白你意思，只要你有這個心，我死也甘心……。」剛說到這兒，樓梯一響，兩人霍地一分。一個苗婦進來，獻上兩杯香茗、一盤細點。那女子一揮手，苗婦便俯身退出，下樓去了。

那女子把沐天瀾推坐在綉榻上，榻旁文几上擺上茗點；又把他背上寶劍解下捺在榻旁，然後自己撩開榻後軟幔，走了進去。一陣悉索，再走出來，身上風氅、寶劍、鏢囊、腰巾已統統解下，僅剩薄薄的一身玄綢夜行衣服。一歪身，貼著沐天瀾身旁坐下，一面細談，一面伸出白玉般手指，鉗起盤內細點，不斷的餵入他的口內。

沐天瀾嗤的一笑，她問道：「你笑什麼？」

他答道：「你真把我當作小孩子了。」
她問道：「你今年幾歲，有太太沒有？」
他搖搖頭答道：「我才十九。」
她秋波一轉，笑說道：「還不是一個小孩子，我比你略大幾歲，你應該叫我聲老姊姊……喂！我問你，你這樣貴公子居然肯吃苦，到哀牢山去練武功，真是難得。憑我眼光觀察，你確已得到少林的上乘功夫，可是人外有人，天外有天！你還得多歷多練，還得我老姊姊指點指點。」
這一句話，沐天瀾有點不大願意入耳；微微一笑，右手一伸握住她的左手，在手心裡握了幾握，軟綿綿的柔若無骨，笑道：「這樣細膩滑嫩的手，連我握著都不敢用力，居然能打透骨子午釘，已是不易；如要用這嫩手同人揮拳制敵，總覺玄虛。雖說練內家功夫的，能夠練到『練精化神，練神還虛』不著皮相的絕頂功候，世上不是沒有，可得三四十年純功，還須得天獨厚。像你我這樣年紀，你又是嬌小玲瓏的身體，在我面前還吹大氣哩！」
她聽得並不作聲，眉梢一起，微微一笑，左手仍然讓他握著，一側身，右臂一起，擱在他的肩上，笑吟吟說道：「小孩子懂得什麼，老姊姊得管教管教。」
一語未畢，沐天瀾猛覺握住的手，漸漸有異，柔若無骨的嫩手，漸漸變成鋼鐵一般的堅硬，春筍一般的指頭，漸漸變成五支鋼條，而且一齊往外伸展，已有點把握不住。自己左肩頭擱著一條玉臂，也突變為沉重異常的鐵棍，越來越重。換一個人，怕不骨折肩塌。

沐天瀾暗地一驚，才知她果然身懷絕技。這樣內家潛力，已經貼肉近身，倘然對方是個仇人，立時可以使自己重則致命，輕則殘廢。慌亦暗運內勁抵禦。但是對方適可而止，並不使人難堪，可也沒有收回功力，似乎要試一試他怎樣破法?沐天瀾肚裡明白，這位考官出了難題。如果是插拳過掌，還可以閃展騰挪，用招術破解，現在可是並肩促膝，旖旎風光，無論如何也不能拳來腳去，大煞風景。

這其間沐天瀾果然聰明極頂，大約也看透了對方弱點，突出奇兵，不管她內功如何精純，只雙臂一分，向前一撲，攔腰一抱。業已臉兒相偎、胸兒相貼。只聽她嚶的一聲驚叫，又嬌顫著一聲：「冤家……你……」雙雙便已跌入榻內。

次晨，紅日射窗，那個健碩苗婦咬著牙、嘻著嘴，捧著盥漱之具和早餐盤盂之類，在室內室外躊躇了幾次，便聽到室內喁喁細語之聲。（作者一支禿筆，急急變成峨嵋派的無形劍，鑽了進去。）

只見沐天瀾坐在榻旁綉墩上，那女子整個身子偎在他懷裡，隱隱啜泣。

沐天瀾輕憐蜜愛，百般的撫慰，說了無數在天比翼在地連理的誓言；又從貼身解下一塊雕工極精血花密佈的漢玉佩，替她繫在身上。她也從身上掏出一個羊脂白玉的小瓶，上面配一顆祖母綠的瓶蓋，有點像現代人玩的鼻煙壺，塞在他手內，說：「瓶內是寶貝的『歸元散』，蓋下連著一個小勺，只要舀一點灑在屍身上，頃刻化成一灘黃水，用時可得當心！」

這一交換紀念物品，離別的情緒，卻格外濃厚了。

女的抹著淚眼，又嗚嗚咽咽的說道：「你大事在身我當然沒法留你，可是你要明白，我現在雖然浪跡江湖，在未遇你以前，還是一個黃花閨女，現在我這身子已屬於你，你一走，我這顆心也跟著你走了。你要知道，一個非凡的女子，假使沒有得到意中人以前，一顆心、一個身子沒有歸宿，也許做出萬惡滔天的罪孽來，得到意中人憐愛以後，她定然後悔欲死。

「萬一她的滔天罪惡被意中人覺察，變愛為仇、兵刃相見，我相信她絕不怨恨，而且挺著胸脯，甘心死在意中人的劍下。這樣的死法，在她認為殉情而死，比伏法而死好得多，我便是這樣的人。喂，你信不信？」

她說完這番話，依然偎在沐天瀾懷裡，滿臉悽楚之色，滿眼乞憐之光。

沐天瀾大吃一驚，緊緊抱住她的身子，問道：「你究竟是誰？難道像你這樣的人，從前還做出萬惡滔天的罪孽來嗎？即使真個陷溺入江湖盜賊一流，人孰無過，過而能改，便是聖賢。你要明白，從今以後，你便是我的妻子，只要我親手報了父母不共戴天之仇以後，我們二人便是同命鴛鴦。」

語音未絕，懷中的她淚流滿面；掙開懷抱，一躍而起，哀聲呼道：「天啊……世上惡人多得數不清，也沒有見到什麼報應，惟獨對我一個女子，報應得這樣嚴酷！朝不遇，晚不見，偏在這時碰著了多情的要命冤家。死罷，教我怎樣拋得下他，不死罷，教我怎樣對得起他？」

說罷，面色慘變，小劍靴狠狠一跺，回身便奔綉榻，一伸手抽出沐天瀾的辟邪劍，一面解開對襟密扣，露出凝脂堆玉的胸脯。一手倒提長劍，向沐天瀾一遞；一手反指自己酥胸，婉轉嬌啼道：「親愛的丈夫，可憐的冤家！你狠狠的朝這兒刺罷，因為你妻子後悔做錯了事，沒有面目踏進你沐家的門。生不如死！死後如果還不解恨，把你妻子剁成肉泥，決不怨你狠心。橫豎這身子屬於你的。冤家！我再看你一眼，你快下手罷！」

事出非常，沐天瀾幾乎急瘋了，因為話裡話外，已有幾分瞧料；但疑竇層層，還不敢十分斷定。只急得劍眉直豎，俊目圓睜，厲聲喝道：「你是誰？快說！」一聲喝罷，接住寶劍一躍而起。哪知在這一躍而起當口，窗口嗤嗤……兩支餵毒袖箭，已釘在他座後壁上。如果躍起得晚一步，怕不命喪袖箭之下。

兩人正在恩仇生死，難解難分當口，耳目都已失靈，幸而突來兩箭，不覺魂靈歸竅，精神一振。卻聽得窗外一個女子口音，大罵道：「好一對戀姦無恥的狗男女，快替我滾出來領死！」

沐天瀾大怒，便欲提劍躍出，卻被她拉住，低低說道：「快去保護老大人首級要緊，當心暗器。」說了這句，急急扣好胸襟，躍入榻後幔內。一把抓起自己雙股劍，束上腰巾，掛上鏢囊，一個箭步，竄到外間。一看沐天瀾人已不在，首級匣子也不見了。慌一聳身，躍出窗外；再一躍，飛上砦頂。

立時看到相近林內空地上，沐天瀾和一個蒙面女子性命相搏。

第四章　英雌黑裡俏

原來沐天瀾驚急之下，提劍躍出外屋，一看桌上首級匣子尚未搶去，慌忙背在身上。正在背身緊緊胸前絆鈕當口，嗤的一支袖箭，又從窗外襲到背後。巧不過，托的一聲，正釘在背後首級匣子的木板上，這木匣子又救了沐天瀾的性命。

沐天瀾一塌身，「犀牛望月」，猛見窗口一張披髮可怕的死人面孔，一晃便隱。雖然一瞥，已看清楚是昨夜月下所見的怪物。此刻在日光下看去，更是難看得出奇。沐天瀾一聲怒喝：「賊婦還想行兇，立時叫你難逃公道！」身形一起，竄出窗外一看，敵人好快的身法，剎時不見了蹤影。

沐天瀾腳一點，已到碉砦上，身剛一落，砦下土坡後面嗤的又射上一支餵毒袖箭，向胸口襲到。這次已留了神，箭上有毒不敢接手，趁下落之勢，一矮身舉劍一揮。辟邪劍真是利器，克叮一聲，把那支純鋼袖箭攔腰截斷，掉下砦去。更不停留，飛鳥一般撲向土坡，坡上一墊腳，唰的又縱出七八尺遠，落在一叢矮樹後面，橫劍四面一探。那怪賊婦在左面林內一片空地上現身，倚立如鬼，煞是怕人。

沐天瀾一個箭步，竄入林內，劍鋒一指，喝道：「賊婦通名。」

那怪賊婦先不答話，伸手向自己臉上從下往上一抹。真奇怪，一張可怕的死人面孔，立時變了樣，連頭上披著的幾縷長髮也不見了。沐天瀾倒被她嚇了一跳。急定睛看時，原來她起先繃著人皮面具，一露出本來面目，卻是個面色微黑的鵝蛋臉，五官秀媚，依然有幾分姿采。尤其是閃閃發光的一對丹鳳眼，頗具煞氣。

她去掉面具以後，又解下外面玄色風氅，露出一身玄色緊身短裝打扮，挎著一具皮囊，頭上包著青絹，腳套軟皮小劍靴，身材也頗苗條。而且從容不迫的藏好面具，隨手把風氅一捲搭向樹枝上，一轉身，從背上拔出銀光閃閃的一對鴛鴦鉤。這種兵刃是從古代吳鉤劍脫化出來，形如長劍，不過劍鋒微彎，略似鉤形，也是峨嵋獨門兵刃，江湖上使這種鉤的真還少見。

沐天瀾明白能使這種兵刃的，必有厲害招數，又見她挎著皮囊，袖箭以外必定還有歹毒暗器。自己一袋金錢鏢卻未帶在身邊，尚掛在馬鞍上，因為自己老師素不主用暗器，功夫一到，任何東西都可借作暗器。自己的金錢鏢，還是小時跟著瞽目閻羅學的；雖已練得出神入化，卻只備而不用。此刻大敵當前，自己除一劍之外，別無利器，未免吃虧一點，但自問未必便走下風。

忽聽得對面黑裡俏的賊婦嬌喝道：「拚命不必忙，有話得先說明。現在我明白你是老沐的寶貝兒子沐天瀾，怪不得昨夜哭得那樣痛心！明人不做暗事，我便是阿迷碧虱寨土司普明勝的夫人，你也應該知道我黑牡丹的厲害。你家中枉養著許多家將，我黑牡丹說來就來，說去就去。不但取你父親的人頭，宛如探囊取物，便是殺死全家老小，又有何難？不過冤有頭，債有主！我報的是當年我翁姑太獅普輅和九子鬼母的血仇。不料老娘一念仁慈，反弄得惹火燒身，更不料那賤人和你混在一起……」

這時沐天瀾明白對面賊婦黑牡丹便是殺父仇人，立時怒火萬丈，目眥欲裂，再也忍耐不住，一跺腳，竄上前去，一招「長虹貫日」疾逾電閃，刺到敵人胸前。

卻見黑牡丹不慌不忙，喝一聲：「好小子，你敢踏中宮？」就在這喝聲中，身形一錯，右手鴛鴦鉤一領劍訣，左鉤當胸一立，一上步，竟自欺到身前。卻不遞招，睜著閃電似的鳳目，射出一道奇光，釘住了沐天瀾面上，嘴上還沒閑著：「小子，且慢找死，我得問問你。我丈夫普明勝是你殺的，還是那賤人殺的？你和那賤人是從前結識的，還是昨夜才結識的，你說……」

沐天瀾真不防她有這一手，那敢逼到跟前面對面說話？一陣陣粉香脂香，往面上直衝，因為欺得太近，手上長劍竟被她封住，有點施展不開。心裡氣極，瞪眼喝道：「賤淫婦！你丈夫是我殺的。我殺的是為父報仇，為民除害的惡強盜。你待怎樣？」在喝罵當口，足跟一摯勁，人已倒縱出去七八尺遠。

黑牡丹鴛鴦鉤向他一指，恨著聲說道：「這還有什麼說的？欠債還錢，殺人償命。小子拿命來！」語音未絕，鉤影縱橫，帶著風聲捲將過來。

沐天瀾這時神凝勢定展開師門心法，把手上辟邪劍使得劍影如山，呼呼帶風，和黑牡丹鴛鴦雙鉤戰得難解難分。這一次交戰，沐天瀾卻沾了辟邪劍的光，黑牡丹也是大行家，自己鴛鴦鉤雖然力沉勢猛，卻不敢硬搪硬接，怕損傷了自己珍如性命的雙鉤。而且也覺得沐天瀾名師傳授，畢竟不凡，自己幫手，尚未到來；稍一俄延，那賤人趕來，以一敵二便要吃虧。沒法子，狠一狠心，先送這小子回姥姥家去，教那賤人白歡喜一場。

她心裡一轉，手上立時變了招數，猛使一招「螳螂獻爪」；待對方撤劍還招，倏變為「白鶴亮翅」；同時向後一縱，一退丈許，雙鉤一合，騰出右手。正擬施展獨門暗器，忽聽得一聲嬌喊：「飛蝗鏢何足為奇，你還比得了當年九子鬼母嗎？」

音到人到，從林外宛如飛進一隻玄鶴，一落地，俏生生地立在沐天瀾身旁，手上已分拿著澄如秋水的雙股雌雄劍。

沐天瀾一看，她趕來相助，心上立時覺得一陣輕鬆。倒不是懼怕黑牡丹，仗她壯膽，完全是剛才樓上她哀怨啼號慘景，自己疑心她是殺父仇人，後悔求死。現在黑牡丹當面承認，疑心盡去，得此嬌妻尚復何求？所以心裡感著輕鬆了。

在他感覺輕鬆當口，黑牡丹黑臉泛紫，目含凶光，指著沐天瀾冷笑道：「看你們恩愛得蜜裡倒油，你這小子的魔力真不小。混小子，且慢得意，你這凶女羅剎，只要一沾沐家的姓，一進沐家的門，凡九子鬼母部下的人，不論是誰都要把她恨如切骨，制她死命。讓她通天的本領，也難逃公道！再說，你父親確是我殺死的，你父親門外兩個丫頭，也是我賞她們兩支毒箭弄死的。不錯，這都是我的事，我黑牡丹敢作敢為，誰也不怕。可是取你父親項上人頭的主意，可是由你們這位心上人敲的開場鑼。

「她本是你們漢人，你們漢人詭計多端，哪肯為我們報仇？無非藉此籠絡人心，稱王道寡罷了。假使我遲到你們家中一步，你們這位女羅剎也下手了。便是昨夜她潛藏松林，無非想奪我手上人頭。大約看見了你這活寶，立時豬油蒙了心，失神落魄起來，連對我多年的姊妹們，也忍心下辣手了。人心可怕呀！變也變得太快呀！」

黑牡丹巧舌如簧，滔滔不絕的一頓臭罵。女羅剎不動神色，兩眼盯住黑牡丹一隻撫著鏢袋的手。可是沐天瀾便不然了，只聽得心亂如麻、六神無主；恨不得立時趕過去，將黑牡丹刺個透心涼。嘴裡剛罵出一聲「萬惡賊婦！」便聽得女羅剎悄悄吩咐道：「快沉住氣，這是她的詭計。當心她的手，她的暗器。」

一語未畢，對面黑牡丹哈哈一聲怪笑。笑聲未絕，罵聲又發：「小子，你瞧怎樣？你們這位意中人，被我罵得心服口服了罷。喂，混小子！你這條小命遲早會送在這狐狸精手上，你明白不明白？」便在這一聲「喂」的幾句話裡，黑牡丹右手假裝一指，已經發出兩支餵毒純鋼袖箭，分向二人心窩襲來。

沐天瀾還料不到話裡夾箭，幸虧女羅剎神已專注，只喝一聲：「你快退後！」單劍呼的一掄，當前兩支袖箭一齊擊落。

哪知道黑牡丹先發兩箭，原是個虛幌子，跟著便從腰口皮袋裡摸出兩支飛蝗鏢，向前一甩。真奇怪，這種飛鏢並不是走直線，走的卻是弧形。兩支鏢分左右兩面飛來，銀光閃閃，其聲嗚嗚竟像活的一般。

這面女羅剎低聲急喊道：「她一筒袖箭已經發完。急不如快，往前進攻，使她緩不過手來，我自有法制她。」沐天瀾真也聽話，大吼一聲，施展絕頂輕功，「一鶴沖霄」，斜飛上去一丈五六，半空裡腰裡一疊勁，兩臂一合，勁貫劍鋒，展開越女劍最厲害的招術「玉女投梭」，疾如流星，直向黑牡丹當頭刺到。

黑牡丹真還看不出他有這樣上乘功夫，未免吃了一驚；再想發飛蝗鏢，已經來不及。只好雙鉤一分，一個滑步，往後遠退。哪知沐天瀾誓報父仇，人如瘋虎。身方落地，倏的又騰身而起，挾著猛厲無匹之勢，劍光如飄花舞雪，又復刺到身前。

黑牡丹大怒，雙足一點，一個「野鶴投林」拔起六七尺高，竟向沐天瀾頭上飛越而過，已落在一丈開外。黑牡丹身方落地，唰的一劍從斜刺裡截來。一看是女羅剎，氣得咬牙大罵！

原來女羅剎對付這兩枚飛蝗鏢，原用不了多大功夫，早已用劍擊落，收入鏢囊。這時趕來加入戰團，卻用雙劍逼住雙鉤，喝道：「今天我看在昔日情份，不為己甚。放下屠刀，立地成佛；各有天良，回頭是岸。你自己慢慢去想罷！」說罷，撤劍後退。

黑牡丹一聲冷笑，一點足竄到林邊，拿起搭在枝上的風氅，指著兩人罵道：「早晚叫你們識得老娘厲害！」剎時隱入林中不見。片時又聽到蹄聲得得，才知她真個逃走了。

黑牡丹逃入林內當口，沐天瀾還想趕去，女羅剎把他拉住，說道：「報仇不在一時，剛才你背著老大人和人交手，你知我心裡怎樣不安？我又想起你家中多少人盼望你回去，我現在也有許多要緊事和你商量。剛才我只想一死，才對得住你；不料被黑牡丹一攪，又加上一頓大罵。我此刻想起你身上許多事來，便是你要殺死我，我也不讓你殺死了。」

沐天瀾一手提劍，一手挽著女羅剎玉臂，嘆口氣道：「你的心事，現在我都明白了。想起來，我們兩人都該死，都該死在我父親首級面前。但是這樣的死，於我父親有益嗎？於你我本身有益嗎？無非落得個自己慚愧，仇人竊笑，世人唾罵罷了。我們應該留著這有用之身，想法贖我們該死的罪孽。到了我們自問無愧，應當可死之日，我們再雙雙攜手作同命鴛鴦。你以為我這話對不對？」

女羅剎淒然說道：「我剛才也有點覺悟，不過沒有像你這樣透徹。好，我們準定這樣做去，做一步是一步。真要使我走不過去的時候，再死不遲。現在未來的事，且不去說他，眼前便有為難的事，應該立刻解決才好。」

沐天瀾道：「我也有事和你商量，走，先回樓去再說。」

兩人又回進碉砦，卻見那個精壯苗漢被人捆綁在地，慌替他解開，幸而人未受傷。那個苗婦也躲在屋角顫抖，再察看馬匹，繫在鞍後的普明勝人頭卻不見了。想是黑牡丹進砦時先行偷去的。兩人到了樓上，仍把首級匣子供在外屋。

到了內室，女羅剎把插在壁上兩支袖箭拔下，向他笑道：「這種袖箭一筒只可裝六支，這兒兩支，你背上木匣中了一支，被你用劍斬斷一支，連林內發出兩支，一共發出六支；所以剛才我放心叫你上前，便是這個道理。可是黑牡丹死黨飛天狐吾必魁能夠左右齊發，兩袖都裝箭筒。萬一遇上，可得當心！

「還有你一身武功，若論師門傳授，你確在黑牡丹之上，無奈你初涉江湖，應變不足。即如剛才我因結束身上，遲了一步；待我躍上碉砦，遠遠瞧見你不知怎樣一疏忽，黑牡丹竟欺到你身前。你的寶劍，竟被她封出外門，把我嚇得要死！幸而那淫婦起了髒心，忘了夫仇，你才得緩開手腳。因為這樣，我才格外擔心。

「現在賊黨們對你我二人，怨仇深結，隨處得留神。你說得好，我們是同命鴛鴦！你的命在，才有我的命在，何況你現在有大事在身，殺盡惡徒，也抵不了你一條命，所以我決計一步不能離開你。但是我們名份未定，我這女羅剎的匪號，以往混跡賊黨的罪名，怎能進你沐家的門？天啊！真要把我急死愁死了。」說罷，嗚嗚咽咽的哭了起來。

沐天瀾跺著腳道：「你一哭，我心裡越亂。不用說你不放心我，我如果一天不見你，我也得愁死想死。我們都有罪，我一人回去，也得帶罪進門。走！我們一同回家。我哥哥聽我的話，我想總有安置你的法子。此後二人要合力報仇贖罪，而且我沐府也得仗你保護內宅。你知道，我現在只有哥嫂，沒有父母；其餘家將們那就不必管了。」說罷，便催女羅剎一同起身。

她明白兩人已成一體，只許合不許分，沒有法子走第二條路，再一想：我剛才情願死在他面前，連死都不怕，還怕什麼呢？兩人計議停當，立時心安理得，掃除了滿腹的愁雲慘霧。一看日影，時已近午，索性在此用了午餐，然後結束行裝，備好馬匹；沐天瀾背著首級木匣在先，女羅剎緊護於後，從廟兒山向昆明進發。

一路縱轡疾馳，到了入夜起更時分，已進省城。女羅剎縱橫江湖藝高膽大，從來不曉得心驚膽寒，也不懂得含羞帶愧；不料今晚跟著沐天瀾一進城門，立時手足冰冷，心口蹦蹦亂跳。

她暗想：我們一夜之間成為夫婦，如照世俗禮節講起來，我們一世也抬不起頭。何況他是堂堂貴公子，又是熱孝在身。雖然這是我們自己的事，自己心裡明白；可是我們這樣恩愛情形，誰也看得出來。即使一時半時可以矇人耳目，終久要露出馬腳。再說我們年輕的孤男寡女，一路行來並不覺得難為情。只是一忽兒進了沐府，公侯府第排場是大的，人口是多的，我們這樣進門，只要每人看我一眼，我就得羞死臊死！暗地裡刺我一刀或者打我一鏢，我都有法破它；這許多人的眼光，我實在沒法搪。

她越想越怕，好像怕讀書的小孩子被父母逼著上學去，腳上好像拖著幾十斤的鉛，一步懶似一步。說也奇怪，像女羅剎這樣海闊天空、放蕩不羈的女子，一落到愛情的「情」字中，便被世俗禮法織成的巨網，逼得透不過氣來了。

古人造字，據說字字都有來歷，都有講究；獨有這「情」字，似乎欠通。兩情相投，一顆心沒有不燒得滾熱通紅，應該心旁加赤才對。講愛情的人們，鐵青了面皮尚且不可，如果鐵青了心，那還要得麼？

有人說，自有男女便有愛情；有了愛情，便發生了無量數稀奇古怪的悲劇。一生最有用的時間，也就是扮演悲劇的時間，誰也逃不過。便是沒有舞台演出，也得串出野台戲。串戲時代，總是青年時代居多；所以心旁加青，明明說是青年的心。又有人說，大約造字的古人閱歷有得；或者看遍了悲劇的酸甜苦辣，結果只剩下一股酸氣。於是恍然大悟，造成了心旁加青的情字。青是酸的象徵呀！這是笑話，不提。

第五章　夜擒紅孩兒

沐天瀾載美而歸，理應歡天喜地，無奈背上的人頭，老在他心裡作怪，老是懷著一則以喜一則以懼的觀念。女羅剎忐忑不寧的心情，他也一樣意識得到。不過此時他是主體，他明白自己家中的環境。進城門時，在馬上打好了應付環境的計劃草案，走到沐公府相近處所，馬頭一轉不進轅門，特地從僻道繞到自己府後花園圍牆外面。兩人一縱下馬，一聽府內正打二更，牆外悄無人影。兩人喊喊低語了一陣，便把沐天瀾的計劃草案通過了。先把兩匹馬拴在相近樹上，然後一齊飛身進牆。

沐天瀾並不驚動家人，帶著女羅剎在自己府中展開輕身絕技，一路竄房越脊，直奔內室。一忽兒到了內宅正院。兩人正要縱下房去，猛聽得對面廊頂上喀喀幾聲，一排匣弩向二人射來；慌一伏身，向暗坡一滾，躲過一排匣弩。沐天瀾一挺身喝道：「自己人，休得亂放！」

喝聲未絕，唰的一條黑影，從下面竄上簷口。一定身，高聲喝道：「金翅鵬在此，來人通名受死！」沐天瀾一聳身，到了金翅鵬身前，低喝道：「噤聲，是我，金參將，我回來了。」

金翅鵬吃了一驚，定睛一看，雖然多年不見，身形挺拔，依稀還認得出來，慌不及躬身施禮，口中說道：「職弁冒昧，不知二公子駕到，望乞恕罪。公子怎的從屋上進來？」

沐天瀾道：「說來話長，見過我家兄再行奉告。」

金翅鵬一看公子身後，還立著一個身披紫氅、頭包青絹的異樣女子，心裡想問又不敢問。沐天瀾似已察覺。身形一閃，正色道：「這位女英雄羅家姑娘，是我救命恩人。我一路趕來，幸虧這位姑娘暗中救護，否則已遭兇徒毒手了。」

金翅鵬唯唯之間，立向女羅剎拱手行禮。女羅剎微一欠身默不出聲。這當口沐天瀾做派十足，躬身說道：「姑娘，恕我無禮，先引導了。」說畢，一躍下屋。

女羅剎看了金翅鵬一眼，低聲說：「將軍請。」金翅鵬連說不敢。女羅剎一看屋下許多人，把沐天瀾捧鳳凰似的捧了進去，齊喊：「二公子回來了！」頓時心裡直跳，把風氅一提，一飄身，硬著頭皮也縱下去了。

金翅鵬在屋上呆了一呆，暗想：「這女子輕功已到爐火純青地步。真怪道，哪裡跑出這位羅姑娘來？」

待金翅鵬跳下屋來，前面沐公爺停靈之所，已是哭聲震天。他走上玉石台階，恰好獨角龍王龍土司大步從密室趕出來，大聲說道：「聽說二公子暗地從屋上進來，其中必定有事。你已見著二公子嗎？」

金翅鵬點點頭道：「剛才伏弩連響，我以為有匪人，上屋勘查。不意二公子到來，還同來了一位女英雄。據公子說，半途遇險，虧那女子救護出險。匆匆一說，未知其詳。據我猜想，九子鬼母餘黨害了老公爺不算，定然還要斬草除根，二公子英氣勃勃，當然要手刃父仇。以後的事正未可料呢！」

龍土司和金翅鵬知道二公子剛回來，自然有一番悲痛，兄弟親眷們見面，更必另有一番體己話說。此時不便參與，兩人便回轉憩息之所。待了不少工夫，忽見一個家將進來稟報：「奉公子二公子命，請龍將軍、金參將敘話。」兩人跟著家將穿廊過廈，走入靈堂。沐二公子已經全身披麻帶孝，當先搶過來，喊了一聲：「龍叔！」便匍匐稽首起來。

龍土司慌一把抱起，向沐天瀾仔細瞧了瞧，哭道：「可憐我佛爺似的老公爺竟這樣歸天，龍某死不瞑目。二公子你從小英雄出眾，這些年深山練藝定是不凡，斬仇誅寇的千斤重擔，要落在你二公子身上了。龍某身受尊府厚恩，金駝寨自龍某以下不論是誰，只要你一句話，立時拔刀向前替你賣命。」說罷，跺腳大哭。

他這一哭鬧，別人只可陪他垂淚。等他抹淚止哭，才看清大公子沐天波也在，後面身旁還亭亭玉立了一位全身素的絕色女子。

金翅鵰卻認出便是那位羅家姑娘，不過她居然一到便換孝服，難道是沐府的近親麼？他哪知道沐天瀾手段不凡，一進內院便把女羅剎交與嫂子，引入別室招待，自己拉著哥哥沐天波直奔靈堂，解下人頭木匣，供在靈桌上，然後哭倒於地。

他哥哥起初看到他弟弟和一女子從屋上下來，已是詫異；此刻見到靈桌上木匣更是驚奇，慌勸住痛哭，同到密室一問，沐天瀾刪去自己一段旖旎風光和礙於出口的事，刪繁摘要據實說明經過；便覺詞正義嚴，無懈可擊。而且口口聲聲說是自己屢次受險，沒有她非但得不到父親人頭，連性命也難保全；將來保護府第，殺賊戮仇，全仗她同心合力，務懇哥嫂另眼相待。又把她「女羅剎」匪號和從小寄跡匪窟情形，故意從話裡略一帶露，免得日後分說不清。

沐天波對於這位兄弟從小便愛護異常，自己雖然以長子地位承襲公爵，卻有自知之明；將來要光大門楣、克繼勛業，非得這位文武兼資的弟弟出力贊助不可。雖然察覺有點突兀，可是父親首級去而復回，已是萬幸；將來報仇殺賊，自己一籌莫展，更非這位兄弟不可。哪還敢尋根究柢？

兄弟兩人正在密密細談，沐天瀾的嫂嫂已引著女羅剎姍姍而來，而且外面已罩上一身素服，益顯得淡雅欲仙，丰姿絕世。經這位嫂嫂從中引見，居然嬌聲喊著「大哥」，向沐天波斂衽致敬。

天波慌不及回身還禮，而且深深致謝救護兄弟之德。他妻子看了他一眼說道：「這位羅家妹子說是路上我們兄弟囑咐過，老大人歸天，上上下下都得帶孝；我家兄弟既然有話，我便不好十分攔阻了。」這一句話，已經露骨，她卻文章做得過火，又向沐天瀾道：「兄弟，你不怕委屈羅家姑娘嗎？」

沐天瀾感覺有點難以回答，女羅剎含笑道：「嫂子，小女子理當如此，您不必見外了。」

沐天波看了他兄弟一眼，有點料到了。暗想「女羅剎」這名號，從前似乎聽人說過，名頭絕對不小，不想進了我家，剪頭去尾，變成羅家姑娘了。肚內暗笑，可不敢露在面上。

忽聽羅姑娘向沐天瀾道：「你怎的還閑著？快和大哥大嫂商量商量，得把老大人首級縫上才好裝殮呀！」這一句話便把這位大哥臊得面上一紅。

沐天瀾不假思索的說道：「這事還不能假手外人。大嫂，你成麼？」

這位大嫂嚇得幾乎喊出「媽」來。心想我的好兄弟，我不敢得罪你羅家姑娘呀！心裡這樣想，嘴上卻不敢說出「怕」字來。一陣沉默，女羅剎面色一整，閃電似的眼光向三位一掃，說道：「大哥，大嫂！不要緊，我來代勞可以麼？」

這一句話，彷佛救了大嫂一命；但是後面加了「可以麼」三個字，卻有斤量。這位姑娘初來乍到，表面上還是外人，做哥嫂的怎能答說「可以可以」？如說「不敢不敢」，誰能這樣自告奮勇呢？

其實，剔透玲瓏的女羅剎自告奮勇是利用機會，加上「可以麼」是自占身分，何況這種事，在殺人不眨眼的女羅剎看來，真是稀鬆平常，小事一樁。

沐天瀾看兄嫂一愣一僵，立刻站起身來，拱手道：「羅姐，小弟和兄嫂感激不盡。」這一兄一嫂也只可趁坡就下，百般致謝。

女羅剎卻溜了沐天瀾一眼，嬌嗔道：「急不如快，你就替我找針線去罷！」

那位嫂子精神一振，連說：「我去我去。」

這時沐天波冷眼偷看女羅剎和自己兄弟的神色語氣，一發有些瞧料了。一抖機伶，慌說：「我到靈堂去叫他們迴避才好。」便借詞出去了。他一出戶，沐天瀾低聲道：「今晚五更以後父親大殮，我和哥嫂們卻沒法安睡。你太辛苦了，回頭事完，你到嫂子房裡休息去罷！」

女羅剎搖頭道：「不，你真糊塗，我怎能一人去睡？你也太大意，貼身寶劍都解下了，老大人首級雖然被我們請回來，黑牡丹未必死心，而且鬼計多端，真得防著她一點。你到靈堂上去罷，我去縫頭，你也得幫點忙呀！」沐天瀾唯命是從，拔腳便走。

沐天瀾剛走，那位大嫂領著兩個婢女拿著針線之類，從後戶進來。女羅剎和大嫂到了靈堂，果然肅靜，只有他們兄弟二人。起先女羅剎從屋上下來時，並未同沐天瀾進來，此刻她在靈堂盈盈下拜，暗暗祝告一番，然後由沐天瀾捧頭進幃，女羅剎便進行她縫頭工作了。真虧了她，而且片時告成，侍婢端來金盆，洗淨了手。

大公子沐天波提起龍土司、金翅鵬在此，沐天瀾便向女羅剎說明龍土司和沐家淵源同金翅鵬來歷；勸她一同相見，將來有事也便當一點。於是召進家將，命人去請龍、金二位，沐天波的妻子卻迴避入內去了。

孝子在靈幃前原應席地而坐，龍土司、金翅鵬便命人添了草荐，陪他兄弟們席地坐談，女羅剎也放了個矮墩，坐在一邊。家將們送上茶點菸品，讓大家點飢。沐天瀾便對龍、金二人草草說明一路經過，和女羅剎隨行救護，得頭縫頭情形。

龍，金二人這才明白兇手是女匪黑牡丹，大家正在商量日後擒匪復仇之策。女羅剎坐得稍遠，面孔朝外，又因坐得低，可以仰面望到對面廳脊。她這時手上正在細品香茗，偶一抬頭，似有所見。倏的起身走入靈幃，低聲喚道：「匪人在廳上現身，匣弩怎無動靜？」

沐天瀾已把辟邪劍擱在身旁，金錢鏢也暗藏身邊，一聽有警，提劍起立。

幃內女羅剎急喚道：「瀾弟莫動，保護靈堂要緊。請金參將從後院上屋，指揮箭手監視匪人；龍將軍在屋下指揮家將們圍護內宅，都要不動聲色暗暗行事才好。」說罷，靈幃微晃，女羅剎已脫去孝衣，露出全身本來面目。仍然背負雙劍，腰挎鏢囊，青絹約髮，綉巾束腰。疾似飄風，人已竄到堂口暗處；蔽著身形，從前廊窗口雕花窟窿內，向外查察。

前廳屋脊上，寂無人影。她回頭一看，大公子、龍土司、金翅鵬均已不見，想是分頭指揮去了。沐天瀾果然聽話，已伏身幃後專任保護靈幃。前後院步聲隱隱，家將們已聽令設卡扼守了。佈置已妥，賊人居然未露形跡。

片時，金翅鵬手挽雙鞭在屋上一路排搜，從後院到前廳巡查了一遍，唰的縱下屋來，掩入靈堂。沐天瀾急問情形，金翅鵬道：「果有賊人。我從後院上屋，隱在暗處四面探看；遠遠便瞧見一個瘦小身形，從花園圍牆上一路飛馳，直向內院奔來。似乎道路非常熟溜，而且知道屋上有暗樁防守一般。快近內院時，急向屋下一撲，即時不見。我趕了過去，仔細搜查，直到前廳仍無蹤影。」

正說著，猛聽得前廊黑暗處一聲嬌叱道：「賊子，還不滾下來受死。」立時聽得前廊雕樑上，「啊喲」一聲，同時叭噠一聲悶響，一個人影掉下地來。金翅鵬大驚，一個箭步竄出堂外，便把掉下來的賊人一腳踏住。正想把賊人倒剪二臂，捆了起來，忽又聽得暗處有人嬌笑道：「這人被我子午釘打中穴道，讓他逃也走不了的，當心另外賊人暗算。」

一語未畢，驀地聽得廊外哈哈一聲怪笑，接著高聲罵道：「好厲害的賤丫頭，吃裡扒外，忘本戀姦。我飛天狐早晚取沐二小子項上人頭，叫你守活寡。你們有膽量的，敢到滇南和你家太爺一決雌雄嗎？現在太爺失陪了。」

罵聲未絕，金翅鵬剛欲起身迎敵，颼的一道白影，一道黑影，先後從身旁掠過。原來沐天瀾、女羅剎都已竄出靈堂，飛身下階。金翅鵬一看靈堂無人，這個賊人也應看守，只好不出去了。

沐天瀾首先躍下堂階，身方立定，院中假山背後，一株高出屋簷的梧桐上，哧哧兩支袖箭同時向身前襲到。慌一塌身，撩起孝服，貼著地皮縱了開去；兩支袖箭挾著尖風，已從他頭頂上擦過，卻被後面跟蹤飛出的女羅剎用劍劈落。

兩箭方落，梧桐樹上暗器連發，颼颼颼接二連三的袖箭，分向兩人要害猛襲。箭帶風音，疾逾流星。沐天瀾施展幼年純功，握著滿把金錢鏢，兩手併發，用內勁一枚接一枚的從側面發出。空中叮噹亂響，竟把飛來袖箭大半擊落於地，未被擊落的，兩人也用輕巧身法避開。賊人竟難得手，倏時箭停音寂。

沐天瀾大喝道：「匪徒，伎倆止此，還不下來納命！」

女羅剎笑道：「飛天狐鬧得個虎頭蛇尾，早已逃走了。現在我們看護靈堂要緊，不必追趕。遲早我們和這般亡命，總要弄個了斷的。」

兩人攜劍進堂，金翅鵬已把暈死賊人移向明處，呆呆的對著賊人面孔細瞧，面帶驚疑之色。沐天瀾走近一看，驚叫了一聲：「噫，怎的是他，怎的和賊黨在一處？」

女羅剎一瞧賊人，不過十七八歲，身材矮小，一身緊束的夜行衣，腰裡卻圍著緬刀；面貌也長得白面朱唇，劍眉星目，只是滿臉透著險狠刁滑之色，面目甚生。暗想黑牡丹飛天狐身邊，沒有見過此人呀？一問所以，才知此人是沐天瀾小時候的師兄弟，教師瞽目閻羅左鑑秋的兒子，名叫左昆，渾名「紅孩兒」。

左鑑秋死後，老沐公爺感念左鑑秋捨命衛府之恩，把他養在府中，練武習文。不料他在沐天瀾進山從師以後，漸漸不安分起來，倚仗沐府勢力，在外引朋結黨，無所不為。有一年，乘醉竟敢姦斃府中侍女。自知不容人口，竟又盜竊許多珍寶逃出府門，一去不回。

沐天瀾想起從前左老師恩誼，時時心裡難受，萬想不到左昆今夜會和飛天狐偷進府中。想起飛天狐與左老師也是固結不解的仇人，左昆怎會和他在一起，更令人難過萬分了。

金翅鵬原也認識，也看得莫名其妙。

這時獨角龍王龍土司倒提厚背金環大砍刀，率領幾名家將也從前面進來，一問賊人飛天狐已逃，拿住的卻是左鑑秋兒子左昆。立時虎眼圓睜，大罵道：「喪盡天良的小子，留他何用？」大步趕過來，舉刀就剁。

沐天瀾慌上前攔住，嘆口氣道：「寧可他不義，不可我不仁。」又轉身問女羅剎道：「這人還有救麼？」

女羅剎道：「我存心擒活口逼問口供，非但沒有用餵毒的子午釘，也沒有朝要害下手，下手時且留了分寸，他不過中了穴道，暈厥一時罷了。你只起下釘來，敷點金瘡藥，替他包紮一下，再在左右風門穴上拍他一掌，便活動如常了。」

沐天瀾照言施為，果然左昆醒轉，慢慢的從地上掙扎著立了起來。一看四面立著的人，除那個絕色女子外，都認得。

尤其他的師兄沐天瀾一對俊目，直注不瞬，使得他天良偶現，徹耳通紅，恨不得鑽下地去。傷處一疼，又復面露凶光，傲然說道：「師兄，現在你是大俠的門徒，你就用你的劍把我刺死便了，何必這樣羞辱我？」

沐天瀾正色道：「胡說！誰羞辱你？誰能刺死你？我只問你一句話，你腰中緬刀，先師在世時怎樣得來的？你說！」

左昆詫異道：「你問這些幹麼，誰不知道這緬刀從飛天狐手中奪來的。」

沐天瀾冷笑道：「既然你還記得，你為什麼和飛天狐一同到此，暗伏房頂，你想把我們怎樣？」

一語未畢，左昆叫起撞天屈來，大聲叫道：「師兄，你休得含血噴人！我果然無顏見你，也不致投入苗匪和你們作對。我現在萬不得已，打聽得你剛回來，才從後園偷偷的進來，想和你說幾句話。不料伏在雕樑上，見你們都藏了起來，好像發生事，我一時不敢下來。正在心裡起疑，便中了你們暗器。心裡一陣迷糊，便不知人事了。哪裡來的飛天狐？幾曾見我和苗匪在一起？這不是沒有影兒的事。」

沐天瀾察言觀色，明白話不虛假。大約他自己有事，巧不過和飛天狐同時從前後掩了進來，便說道：「你既然想和我說話，事無不可對人言，你就對我直說罷！」

左昆看了眾人一眼，面孔一紅，囁嚅著說道：「我自己知道一時糊塗，做了對不起你們的事，也沒有臉再見你，才不別而行。這些年流落在江湖上吃盡苦楚，卻也交結了幾個明師益友，得到了一點真實功夫。這幾天路經此地，要到長江下游訪幾位朋友，偶然聽到老公爺受害歸天，我心裡不安，自己知道府上的人看我不起，只好晚上暗進來偷偷的拜一拜，算盡了我的心。一進府內又聽得你已回來，才想起從小在一起，或者和你還可說幾句話再走，不料真把我當作匪人。這是我自討苦吃！」

他說完這話，撲翻身向靈幃一跪，叩了幾個頭，咬著牙立起身來，問道：「剛才哪一位賞我一鏢？好功夫！師兄，從前你練的是金錢鏢，現在又學會了外門暗器麼？」

女羅剎柳眉一蹙，面現青霜。沐天瀾慌說道：「師弟，你不必問了。你早不來，晚不來，偏在飛天狐要我們性命當口，你也來了。你不信，請到院子裡看一看被我用金錢鏢撞下來的滿地袖箭，便明白了。師弟，我家中的禍事你大概有點明白。父仇不共戴天，我不久便到滇南，和飛天狐、黑牡丹等匪徒，弄個了斷。我也不便留你了，希望你在江湖上成名立業，不要壞了先師名氣。」說罷，招手叫過一個家將，從上房端出二百兩紋銀，用布包好，替左昆纏在腰裡說是「聊表寸心」。

左昆並不十分推辭，只說了一句：「小弟感謝，後會有期。」並不理睬眾人，竟昂著頭跟著家將走出去了。

飛天狐、左昆先後一陣打擾，時已五更。當下按時入殮；沐公爺一棺附身，萬事俱畢，轟轟烈烈一番哀榮過去。那位承襲世爵長公子沐天波，已是一府之主，有二公子沐天瀾、女羅刹二人在家保護，也未出事。

獨角龍王龍土司和金翅鵬等得喪事告竣，正要預備回家，恰好龍土司妻子映紅夫人已派得力頭目快馬趕來，報稱本寨發生怪事，請爺速回。龍土司想細問詳情，那來報頭目只說丟失了幾個人，也說不出所以然來。龍土司金翅鵬便向沐天波、沐天瀾兄弟辭行。

天瀾道：「龍叔家中有事不敢久留，小侄和羅家姑娘不久也要一遊滇南，屆時趨府叩謁罷。」

龍土司明白他們誓報父仇，要尋黑牡丹、飛天狐一決雌雄，心裡非常佩服，再三堅約到時先到金駝寨，免得人單勢孤，防不勝防。諄諄囑咐了一陣，才和金翅鵬帶著同來頭目們回去了。回到自己金駝寨，向映紅夫人打聽本寨出事情由。

映紅夫人說道：「我們龍家苗歸化最早，一切風俗與漢人同化，惟獨每年春秋兩季『跳月』，依然在金駝寨插槍岩下一片草地上舉行。你走後幾天內，正是本年春季例行『跳月』的時期。

「那天晚上雖然是個望日，卻因風大雲厚，月亮兒不甚光彩；可是全寨青年們到處燃起火燎，倒也明如白晝。今年青年們又未隨你出征，人數比往年格外多，載歌載舞，熱鬧非常。你不在家，我帶著兒女和隨身幾個頭目們也去隨喜，順便參與祭神典禮，又到周圍巡視一番。過了三更，便同孩子們回家來，只多派幾批頭目，領著手下到場彈壓，照顧火燭。

「哪知第二天早上，在場頭目來報，說是跳月到五更以後才散，竟發現一對男女沒有歸家，這時男女的家長，招呼四鄰分頭尋找。在插槍岩前後，遍處搜查，直找到次晨紅日高升，哪有這對男女的影子，誰也猜不透這對男女突然失蹤的原因。

「苗族『跳月』原是青年任意擇偶的好日子，聯臂踏歌，一唱一和，原是雙方自願，毫無禁忌，既不至逃跑，也很少在跳月場中妒嫉仇殺的事。便是仇殺，也有屍首可尋，何致蹤影全無？我聽了這樣報告，覺得這是歷年所無的事，原已驚奇。不料一波未平，一波又起！又是一批頭目們趕來報告，跳月之夜，派在插槍岩後異龍湖畔的一名巡夜苗卒，也失蹤了……」

映紅夫人話還未完，龍土司已聳然驚異，跳起身來問道：「這事有點奇怪了。巡夜的一個苗卒，又怎樣的失蹤了？」映紅夫人便把經過情形說了出來。

第六章　異龍湖傳警

原來金駝寨插槍岩後異龍湖的面積，足有二三里長、一二里寬闊。湖的東面便是插槍岩的百仞峭壁，壁下有路通到岩前。湖的北面是一片森林，蔚然深秀，西南兩面環著一道峻險的高嶺，土名叫做「象鼻沖」。

這兒湖面有一座竹橋可以通行；翻過高嶺是深山密林，陡壑絕澗，有羊腸小道通到阿迷州邊境雲龍山。這一帶多有各種奇異苗蠻伏處山內，猛獸毒蟲也常常出現，行旅商賈均視為畏途。

據那失蹤苗卒的同伴報稱，跳月那晚，他們帶著鏢槍巡查到異龍湖畔，大家沿湖分開來，他眼看失蹤的苗卒向象鼻沖方面走去。這時夜已更深，異龍湖畔跳月的人們，一到更盡，已一隊隊繞向插槍岩前面去了。

等到湖畔人影全無，那名苗卒仍未到來。直到天上發了曉色，異龍湖上蒙上一片曦霧，始終不見同伴的蹤影，還以為他偷偷的先自回來。哪料頭目點名時，仍未見他蹤影，又發現了當夜失掉了一對男女，這才覺得奇怪了。這是映紅夫人說出來的經過。

獨角龍王聽到這兒，濃眉一聳，略一沉思，猛然喝一聲道：「奇怪，這麼大的人，愣會丟得無蹤無影，而且一丟便是三個。這事奇怪，有點說處，這是我們金駝寨從來沒有的事。難道異龍湖內，真像上代傳下來的故事，有條孽龍潛伏湖心，現在又出來作怪了麼？但是我相信沒有這回事的。以後你怎麼辦呢？隔了這許多日子，定有一點蹤跡露出來的。」

映紅夫人笑道：「苗族本來迷信鬼神，尤其是我們龍家苗族對於異龍湖內那條潛龍，誰也相信關係著我們龍家苗族的興衰，誰教我們是姓龍呢。自從丟失了三人，潛龍的故事又活靈活現的紛紛講說起來。有幾個信口開河，愣說看見一條奇怪的神龍出現，每逢風雨淒迷、星月無光的深夜，便從象鼻沖嶺上射出兩道紅光，說這是神龍的眼光。

「有一個插槍岩守夜的頭目，還特地來報告我，說是那一夜在岩頂上，親見一條巨大的神龍從嶺頂昂起頭來，便有十幾丈長，只一躬腰一低頭，便到了異龍湖心，身子還在嶺上，光華閃閃，宛似搭了一條金橋。那頭目明白神龍在湖心吸水，急慌在岩頂跪下禮拜，伏地默禱，等他抬起頭來看時，一忽兒工夫便不見了。

「他這樣活龍活現的一報告，上上下下格外鬨動了。有幾位父老來對我說，異龍湖神龍出現，非同尋常，恐怕關係著我們土司身上，請我注意等話。經他們這樣一說，說到你身上的禍福，我也被他們說得神志不寧起來。有一夜細雨濛濛，定更以後，我特地帶了兩個年老懂事的頭目，攜了應用兵刃，騎著馬悄悄的從插槍岩繞到岩後，尋了一處妥當避雨之所，對著異龍湖和對岸象鼻沖靜靜的聽著望著，想親眼探個著落。」

映紅夫人說到此處，獨角龍王猛孤丁的大喝一聲：「好！」還把右臂伸得畢直，翹著大拇指，朝著映紅夫人晃了晃，似乎表示這才是獨角龍王的夫人。

映紅夫人微微一笑，朝他看了一眼，繼續說道：「我這樣足足等了兩個更次，腳也立麻了，颼颼的寒風把一顆心都吹冰了。只見異龍湖靜蕩蕩的一點沒有異樣，象鼻沖的長嶺上也沒有紅光和怪物出現，只一陣陣冽冽的尖風打在湖面上，吹在岩腳的林木上，令人聽得深山雨夜的淒清滋味。

「這種幽寂境界，便沒有怪物出現，也有點心頭發怵，汗毛直豎了！我沒法再逗留下去，才上馬跑回家來了。可是這一夜我雖然沒有看見神龍出現，卻替三個失蹤的人探查一點痕跡出來。這點痕跡，我藏在心裡已有許多日子，等你回家，大家再想主意。因為這點痕跡，是我在那夜風雨中偶然想起來的，不願意隨便向人亂說，直到你今天回家才說起來的。」

龍土司靜靜的聽了半天，原以為自己夫人冒著寒風冷雨辛苦了一夜，也是白費了，想不到還有後文，竟從不聲不響中探出痕跡來了。這一喜非同小可，連大拇指都來不及翹起，雙手脆生生一拍，霍的立起身來，大讚道：「夫人畢竟足智多謀，不愧巾幗英雄，倒探出痕跡來了。」

這位龍土司對於自己夫人素來敬畏得無以復加的，不論什麼事，只要夫人一句話，真比軍令還要服從。這時一路大讚，倒惹得映紅夫人面色一整，含嗔啐道：「事還沒有說明，你便信口開河起來。誰要你替我臉上貼金？我替你探出一點頭緒來，究竟對不對，還是要你作主的；不然要你們男子幹什麼呢？」

龍土司一聽腔兒不圓，馬屁拍在腿上了。肩一聳，默然無聲。

卻聽得映紅夫人又說道：「我的意思，全因那晚我在插槍岩後立了許久，黑沉沉的幽夜，一片淒風苦雨，要想用目光探看遠近的景象是不可能的。可是那時節，我隱隱聽到遠處傳來的一種虎豹爭鬥的吼聲，似乎在象鼻沖嶺後。細聽吼聲，倏高倏低，好像有許多猛獸在雨林裡爭逐一般。我明知我們金駝寨四近，因你常常打圍，已沒有猛獸的蹤影。想起那年我們飛豹子生下來這天，你正在離寨極遠的深山中，碰到一隻上樹的錦豹，還覺得希罕，因此替生下來的孩子取名飛豹。怎的那晚我在插槍岩後，能夠聽到許多虎豹的吼聲呢？

「再說，如果象鼻沖真有虎豹，我們金駝寨的獵戶早已報告前來了。可是我又明明聽得逼真，同我去的兩個老頭目也聽到的，因我囑咐他們不准張揚，免得寨民騷擾得不安。好在自從三人失蹤以後，寨民以為神龍作怪，異龍湖畔連白天都絕了人跡。這倒好，如果象鼻沖嶺上真有虎豹，寨民也不致受害。因此我想到跳月那晚三人失蹤，也許被虎豹啣去了，正唯虎豹不止一二隻，所以三人都失蹤了。我疑心猛獸出現，恐怕日子延續下去，猛獸跑過插槍岩來釀成大禍，才急急叫你回來，商量辦法。」

龍土司一面聽一面已定了主意，說道：「這事容易，我明天和金兄弟多挑選幾個精壯頭目，多備一點獵獸利器，從象鼻沖那面一路搜查過去。失蹤的三人如果真被虎豹啣去，定有留下的骨骼。不管他成群的虎豹，好歹驅戮淨盡，替三個寨民報仇。把打死的虎豹扛回來，也可安一安眾心。」當下夫妻商量妥當，龍土司又到外面和金翅鵬計議一下行獵兼偵查的辦法，決計第二天照計行事。

第二天清早，獨角龍王和金翅鵬全身勁裝，備了駿馬、騾駝，帶了應用兵刃、暗器，挑選了五十名心腹勇士，攜帶窩弓、毒弩一切行獵用具，別了映紅夫人便向後寨進發。一路金駝寨寨民看見龍土司一個個俯身行禮，年老一點的，便在馬前訴說異龍湖三人失蹤的怪事，龍土司好言撫慰，直說此去行獵多半便為這事，好歹要查個水落石出。

一忽兒已繞出插槍岩，沿湖向西南象鼻沖嶺下行去。一行人馬翻過了象鼻沖這條嶺脊，再走三十多里，便出了金駝寨界外。按照各寨苗族的習慣，別人到寨境內去行獵，極容易發生衝突，往往因此引起流血爭鬥的事，除非行獵的寨主勢力雄厚，別人不敢以卵碰石。

龍土司這次越界打獵，倒不是完全仗著本寨勢盛，一半因為知道這條路上，沒有繁盛的苗族，山深菁密，道路崎嶇，好幾十里沒有人煙。要走近阿迷毗連的雲龍山，才有半開化猓玀一族的苗族。所以安心前進，不用理會其他苗寨的干預。

而且因搜查三人失蹤的去向和猛獸的巢穴，並不按程進行，越是峻險奧秘，人跡不到之處，越要仔細搜尋。這樣在重山複嶺之間，一路披荊斬莽，越壑渡澗。因為一路仔細搜尋，沿途逗留，走的又是人煙稀少的荒山險境，所以走得非常的慢。

走了兩天，計算路程，距離自己金駝寨大約已有六七十里，竟看不到一個人影，連尋常的走獸飛鳥也看不到一些，這倒是怪事。這批人馬原是行獵的慣家，這種情形，定是四近出了極厲害的怪物，如果僅是虎豹一類，深林的飛鳥不致於害怕得逃避一空的。而且留神一路山林之內，可以看出至少在最近幾日內，絕沒有虎豹一類的獸跡，可見連猛獸都逃得遠遠的了。這一來，大家都有了戒心。

獨角龍王和金翅鵬原是並馬當先，一面談論何種怪物，有這樣霸道？一面留神經過的山勢，刻刻提防，免得一行人馬蹈不測之險。金翅鵬忽然想到一事，向獨角龍王道：「將軍，夫人不是那夜聽到嶺後一群虎豹的吼聲嗎？」

獨角龍王道：「是啊，我此刻也正想到這兒。定是她疑心生鬼，根本沒有這回事。」

金翅鵬搖頭笑道：「將軍誤會了，我敢斷定夫人聽到的吼聲千真萬確，而且確是一大群奔跑過去的。象鼻沖嶺後本來沒有虎豹出現，那夜風雨交加，突然有這一大群虎豹，且吼且跑，自相殘踏，正是從遠處被厲害的怪物趕過來的。可見這種怪物連虎豹都害怕飛逃，決不是尋常東西，也不致常常出現。

「我想跳月那夜，火光燭天，歌聲傳遠，才把那怪物引了出來。不幸的寨卒和一對有情男女，便遭了殃了。怪物從那夜得了甜頭，自然注意到象鼻沖。夫人出來的那一夜又是風雨淒淒，大約那怪物在更深人靜以後，似乎又要到象鼻沖來尋可口的東西。大約怪物伏處之所，離象鼻沖甚遠，一路走來，半途碰著了那群虎豹。那群虎豹倚仗同伴不少，便同怪物狠鬥起來，到底敵不過怪物，才向象鼻沖逃過來。

「那一夜夫人真是逢凶化吉。大約怪物被一大群虎豹纏住了身，或者經過一場狠鬥，快到天明，沒有真個到象鼻沖來，否則夫人也非常危險的。至於我們一路行來，並不見虎豹的痕跡，這因事情過了許多日子，留下的痕跡早已被山雨沖沒了，因此也可以料定那怪物從那天起，也沒有到這條路上經過，因為這條路上鳥獸早已絕跡了。不過究竟什麼怪物有這樣厲害，實在想不出來。」

獨角龍王被金翅鵬詳細一解釋，宛如目睹一般，連連點頭，大笑道：「老弟，你真料事如神，是我們金駝寨諸葛爺。」

龍土司這句話，是非常尊重金翅鵬的意思，和別個省份拿諸葛亮比聰明人，完全不一樣。因為從前孔明征南，七擒七縱，正是雲南境界，在苗族裡面留下極深刻的影響。苗民偶然掘得諸葛銅鼓，便立時聲價十倍，誇耀遐邇。有幾個勢力雄厚的土司因沒有銅鼓，便覺一生缺恨，常有假造銅鼓，假意從地土內當眾掘出，大舉慶賀，以博全寨的擁戴，而且說到孔明事蹟，稱為諸葛爺以示尊敬，所以龍土司偶然把金翅鵬比作諸葛爺，簡直是個異數，非可泛泛的。

金翅鵬久處苗蠻之鄉，自然明白。慌謙遜了幾句，卻又指著西面山坳說道：「我們不知不覺的已走了二天，將軍請看，日色已慢慢往西斜下去了。我們既然知道有這樣不知名的怪物，一時又查不出窩藏所在，我們真得當心一二。便是今夜我們一行人馬憩宿地方，也得早早尋個穩妥之處才好。」

兩人說著話的工夫，在重山複嶺之間左彎另拐，又走了一程，已遠離龍家苗境界，約有幾十里之遙。馬前山勢漸束，來到一處谷口。兩邊巉巖陡峭，壁立千尋，谷內濃蔭匝地，松濤怒吼，盡是參天拔地大可合抱的松林，陰森森的望不到谷底。谷口又是東向，西沉的日色從馬後斜射入谷，反照著鐵麟虬鬐的松林上，絢爛斑駁，光景非常，陽光未到之處，又那麼陰沉幽悶。有時谷口捲起一陣疾風，樹搖枝動，似攫似拏。松濤澎湃之中還夾雜著山竅悲號，尖銳淒厲，從谷底一陣陣搖曳而出，令人聽之毛骨森然。

金翅鵬一提馬韁，越過了龍土司，兜轉馬頭，右臂一舉，朗聲說道：「將軍，谷內不是善地，我們且慢進谷。」龍土司到了谷口，原已犯疑，經金翅鵬一攔，立時在馬上發令，停止人馬進谷，派了兩個精細頭目先進谷去，探明谷底有無通行道路。

片時，兩頭目回報：「谷內地形寬廓，初進是一片大松林，穿出林外，微見天光。盡是從地上長出來的石筍，高的足有四五丈，也有石筍鑽併，積成奇形怪狀的石屏石障。下面細泉伏流，到處皆是。走了一箭多路，依然望不清谷底。看情形谷內地勢這樣寬闊，也許是個山峽，可以穿行的。不敢耽延，先出谷來請定奪。」

龍土司濃眉一皺，向金翅鵬道：「我們且進谷去看看再說。」

金翅鵬點頭道：「好！」一聳身，已先跳下馬來。因為一進谷口，便是密層層的松林，飛柯結幹，攔路牽衣，無法乘騎的。

龍土司也跳下馬來，早有貼身頭目過來，代二人牽住了馬。

金翅鵬拔下背上一對鋼胎金裹尉遲鞭，這對鞭是他義父飛天蜈蚣遺留的唯一紀念兵刃，由他師伯祖無住禪師傳授的鞭法。這些年闖蕩江湖，在這對兵刃上用過不少苦功，此刻拔下對鞭，當先往谷內走進。

他一路行走，處處留神，剛才一到谷外，已疑心谷內蹊蹺，恐怕龍土司涉險，奮勇當先。其實龍土司是個豪邁疏闊的角色，衝鋒陷陣尚且不怕，何懼凶猛的野獸？早已振臂一呼，率領五十名勇士跟蹤入谷。

一進谷內便是松林，上面一層層的枝葉，遮得不漏天光，加上日已沉西，格外顯得陰晦異常，林下落葉枯枝，年久日深，越積越高，爛糟糟的宛如泥潭。一腳高一腳低的穿行了一程，大家才穿出了一片大松林。

林外地勢較寬，果然四面高高低低的矗立著無數石筍，千奇百怪，和平常點綴圓圃的石筍，大不相同。石筍上面大半蒙著一層碧茸茸的綠苔，地勢雖寬，被四圍壁立千仞的岩障，擋住了西落的斜陽。谷內還湧起似霧似煙的一種瘴氣，浮沉於林立石筍之間。猛一看去，奇形怪狀的石筍，好似無數鬼怪從地上湧出一般。石筍腳下，細流淙淙，銀蛇一般穿行各處。

金翅鵬、龍土司不管這些，指揮一隊人馬，在石筍縫內亂串亂闖，急急向谷底走去。金翅鵬偶然躍過一條較寬的溪澗。落腳所在，有高逾十丈形似蓮蓬的一座鑽峰大石筍，擋在眼前，通體晶瑩雪白，光可鑒人。

金翅鵬無意中用手一扶石筍，猛覺沾了一手糊糊的黏涎，而且腥騷刺鼻。金翅鵬咦了一聲，一俯身，趕緊在溪水上洗淨了手，當時並不說破，急急向前走了一程，石筍漸漸疏朗，百道細泉匯成一股清溪。

溪面不過一丈寬，迤邐曲折，似乎發源谷底。溪上兩岸，盡是梓楠一類的原始古木，碩大無朋，半枯半茂，有的樹身中空，竟像房屋一般大小。金翅鵬、龍土司領著一隊人馬，沿著溪岸又走了一程，當前奇峰突起，上薄青冥，似乎已到谷底盡頭，溪聲卻奔騰如雷，轟轟振耳。

金翅鵬、龍土司首先趕到峰腳查看。原來谷內套谷，峰腳下溪源洶湧之處，峰腳岩壁豁然中闢，形似一重鐵門，從峰腰以下，絕似人工鑿就的門戶，又像一個深洞。洞口雖有兩三丈開闊，望進去卻智冥秘奧，難以測度，而且洞內陰風慘慘，挾著一股霉濕腥味之氣，令人難當。洞口左右都是突兀的危岩，別無第二條路徑可走。這時日影已沉，谷內格外暗得快，四面景物已模糊難辨起來。

龍土司暗想這深洞內這樣黑暗，天又晚了，如果貿然進洞，萬一碰著成群的猛獸，施展不開手腳，定然白白送命！這裡離谷口已遠，再退出去也不是辦法。沉思了半晌，倒弄得進退兩難了。

第七章　五十勇士失蹤之謎

龍土司有點進退兩難，想和金翅鵬商量辦法，見他在溪澗南岸幾株大樹下面來回巡視，好像找尋什麼似的，龍土司慌趕過溪去。龍土司原立在近洞口的北岸，越溪而過，必須經過洞口，偶然扭頭向洞內一望，猛見洞內極深處所，有幾簇星光一閃一閃的閃爍不定，定睛一細看，敢情深處閃爍的星光，竟自一對對的上下移動，而且逐漸擴大，似乎向洞口移動過來，還隱隱聽得鼻息咻咻。

龍土司驀地一驚，喊聲：「不好！這是大蟲窩。」奮身越過洞口溪面，飛一般趕到金翅鵬跟前，大喊道：「老弟，我已看見洞內藏著一群大蟲，大約被我們驚動就要出來。我們趕快預備毒鏢飛弩把洞口堵住，出來一個射死一個，如果讓牠們一齊出來，天色這麼晚，一個手足失措，便有性命之憂。老弟，你快指揮他們堵洞……」

金翅鵬不等他說下去，攔住話鋒，匆匆說道：「堵洞似乎不妥，大蟲未必怕死，萬一成群結隊的猛衝出來，一個應付不俐落，想逃避都費事。不如將軍快傳令，叫他們分成五隊，便在這幾株大樹上暫時藏身。這樣又高又粗的千年古樹，大蟲未必上得去，我們踞高臨下，再用弓箭毒鏢射牠們，也安全得多。」

龍土司猛然醒悟，連聲應道：「對，老弟這主意，果然比我高得多。」說了這句，急忙指揮五十名勇士，分隊上樹。這般勇士個個手腳矯捷，身強力壯，立時分成五隊，各自挑了近身大樹，疊羅漢，疊人梯，紛紛上樹。把帶來的行帳、乾糧、武器等件，也運到樹上。把兩匹駿馬三匹健騾，也分藏在幾株枯的樹窟窿內，好在這幾株大枯樹樹心中空，黑沉沉的竟有一間屋子這麼大，分藏著騾馬足足有餘。諸事停當，卻喜大蟲還未出洞。

金翅鵬知道龍土司不大擅長縱躍功夫，這般高大的樹要一人空手上去是不易的。打量近身一株一二十丈高下的大枯樹，樹心中空，兩匹馬便藏在這樹洞內。慌趕過去走入樹窟窿內，從自己馬鞍上摘下一大盤行獵用的套索，立在樹下，抬頭看準上面一枝橫出的粗幹，把套索繫個活扣，振臂一掄，呼的拋起套索七八丈高，一使手法，恰巧套住了上面橫乾的槎枒。下面一抽，上面便緊緊扣實了，向龍土司一招手，請他先上。

龍土司自己明白非此不可，老實不客氣，趕來挽住套索這一頭，扭項說道：「老弟，你一身本領，當然無妨。不過天色已晚，萬一大蟲成群撲來，他們在樹上亂發毒弩，若誤傷了你，這不是玩的，同愚兄一塊兒上罷。」金翅鵬微笑道：「將軍只管先去，我跟著就到。」說罷，翻身接連幾縱，躍開六七丈路又到了洞口相近的一片沙地上。這片沙地較為平坦，有十幾丈廣闊並無雜木，只靠洞溪邊上，孤零零長著一株千尋古樹，業已半枯，上面朝東的一面，枝葉兀自茂密，丈餘橫枝直伸過溪澗那岸去。因為一半已枯，別無鄰樹並生，上面露出天光，雖然月亮還未出來，天上卻露出疏疏的幾點閃爍的星光，才知道這一忽兒工夫，確已入夜，差不多已到酉牌時分了。

金翅鵬藉著天上一點微茫的星光，想仔細辨察四周情勢，只黑沉沉一圈危岩古木的輪廓，實在看不出什麼來。暗想這谷內深洞，果真是大蟲窩倒也罷了，就怕異龍湖傳說的怪物也窩藏在內。剛才沾了一手奇怪的腥涎，絕不是虎豹身上的東西，如果真有比虎豹還凶猛的怪物，今夜我們一大隊人馬，大事可慮。不望殺盡虎豹，只望大家在樹上能夠安度一宵，便算萬幸了。

金翅鵬一個人怔怔的思索，那邊龍土司已上了樹，高踞在離地十丈左右的樹椏杈上，不敢大聲相喚，啞聲兒聲聲喊著：「老弟快來。」金翅鵬向樹上望去，影綽綽看見龍土司直向自己招手。

金翅鵬看不出什麼跡象，龍土司又一個勁兒直催，便欲邁步趕去，不料一抬腿，被地上一塊大石一絆，慌低頭一看，不禁喊了一聲「咦？」原來天色太黑，周圍深林中還飄起一種非煙非霧，白茫茫氤氳散佈的瘴氣，連跟前的景象，都模糊難辨了。這一絆腳，又立停身低頭細看，才看出這片空地上，似乎有人用平滑的岩石，壘著不少可坐可臥的天然石墩，大小不一，卻佈置得很有秩序。溪邊那株半枯半茂的大樹下，似乎還搭出一面大桌似的石台，空地上的大小石墩，係圍著石台安置，恰恰擺成個半月形，大小石墩不下一二十具。

金翅鵬越看越奇，難道一群大蟲以外，山洞內還有未開化的蠻族和這許多大蟲同居麼？

金翅鵬看得幾具石墩出了神，猛不防洞內吼聲驟起，宛如千百面破鑼一時齊鳴，從洞底傳出來，嗡嗡震耳！而且虎吼一起，驀地從洞內捲出一陣腥味，立時谷內萬葉亂飄，隨風怒號，連自己立身所在，腳下落葉細沙滿地亂滾，聲勢委實驚人。金翅鵬雖然藝高膽大，也無法逗留下去，疾慌轉身，雙足點處人已平縱過來，接連幾縱已到龍土司藏身的樹下；一個旱地拔蔥騰起一二丈高，兩臂向前一抱，整個身子像鰾膠似的貼在樹腰上了，可是離上面龍土司所在，還有幾丈距離。

金翅鵬施展狸貓上樹的功夫，四肢並用壁虎似的升了上去，到了分枝布幹之處，才翻身上枝，又移枝渡幹，一口氣直翻上龍土司藏身的處所，才立停身軀，長長的吁了口氣。

且喜立身所在，是枝幹總結的大槎枒，中心有臼，竟像一個土坑，四面分佈的枝幹，便有牛腰那麼粗，這種原始古木，倒也稀有，也只有黔滇深山之中才有那麼希罕的大木。兩人藏身槎枒內，只露出一個頭頂，要探看樹下四面，還得爬上槎枒，倚著橫枝，才能遠眺近視哩。

金翅鵬和龍土司哪肯躲在槎枒心內，當然各自半蹲半坐的倚在枝幹上，偷瞧大蟲出洞的情形。金翅鵬先留神五隊勇士藏身之處，明知就在近身的幾株大樹上，苦於漆黑一片，哪能分辨出來。幸喜這幾隊勇士鴉雀無聲，或者樹高天黑，暫時不致出事。

再回頭看那洞口時，嚇！了不得，遠望過去，洞口宛如明燈般的虎目，牯牛般的龐大軀影，已可看出洞外已出來了七八隻大蟲了。在行獵慣家的龍土司眼光內，只辨別吼聲身影，便可斷定出洞的確係虎群，並非錦豹。因為當洞一條溪澗，原從洞內流出，群虎出洞，勢必踏流而出。那群猛虎出得洞來，爭竄上岸，把洞口的溪流攪得飛花滾雪，嘩嘩山響，恰喜出洞群虎一蜂窩奔上北岸，只要躲在樹上不出聲，或者不致於引到南岸樹林來。

群虎一上北岸，中間一層層林木遮隔，已望不見虎影，只聽得一陣咆哮，虎爪踏地的奔騾聲和噗魯魯抖弄虎毛的怪響。不料藏在枯樹窟窿內的二馬三騾，一聽到群虎咆哮聲，立時嚇得恢恢長鳴，奮蹄驚躍。原沒有拴住韁繩，大約牲口也懂得逃命，竟自沒命的逃出了樹窟窿，三騾二馬，飛一般分投黑林之中。這一來，已上岸的群虎，震天價幾聲大吼過去，立時翻過身來縱過南岸，一陣奔馳；已看出一隻龐大的虎影，從樹林下豎著粗長的尾巴，飛躍而出，已沒入黑林之中，當然去追那逃命的騾馬去了。

這當口，樹上的勇士們已有點不甘緘默，龍土司也拔下背上餵毒飛鏢，大約五十名勇士也都張弓搭箭，想從虎口救護逃命的騾馬。可是群虎已從下面箭一般竄入對面深林，天又這般黑，哪來得及放箭發鏢，把龍土司氣得幾乎高聲大喊起來。

金翅鵬慌阻止道：「將軍休急，倘若這谷內只有這群大蟲，不怕牠們逃上天去，我們只要挨到天亮，好歹有法子把一窩大蟲一網打盡。但是我們已知道這谷內凶險的東西，決不止這一群大蟲，我們躲在樹上，能夠不聲不響藏到天明，才有脫險的希望，此刻千萬不要為了幾匹牲口露了我們蹤跡。趁此大蟲跑遠了，將軍趕快叮囑他們，不要魯莽，沒有將軍的命令，不要擅自發箭，要緊要緊！」龍土司聽得詫異，慌問道：「老弟，你看見什麼了？」

金翅鵬道：「現在我無法細說，也沒有法兒決定，我們現在身處險地，將軍一身關係至重，還是處處謹慎的好。」

龍土司聽他說得鄭重，又知道他不是膽小怕事，定是別有聽見，便依著他的話，悄悄的設法傳遞消息，通知樹上的五隊勇士不得擅自舉動。剛吩咐完畢，遠遠咆哮奔騾之聲，從這面傳了過來，一忽兒，山風疾捲，萬木怒號，一群猛虎已從林縫裡飛竄到那面排列大小石墩的空地上，細看時，三騾二馬一個沒有逃出虎口，都被這群大蟲拖到空地上了。

事情真奇特，七八隻大蟲把獵獲的騾馬一齊拖到空地中間，並不張嘴大嚼，也不你爭我奪，居然斯斯文文的看著，其中三隻水牯牛般大的猛虎，竟自噗通噗通跳下溪澗，飛一般竄入洞內去了。片時，猛見洞口射出一片火光來，把洞口溪水映得通紅，而且聽出洞中嘩嘩水響，好像有許多沉重的腳步踏在水裡一般。

一霎時，進洞的三隻大蟲，從洞口火光照映之下，歡躍蹦跳而出，一躍上岸，後面洞口火光越來越熾，連近洞的岩石樹影也照得纖屑畢露。大家睜眼看時，突見洞口出現了兩個大怪物，人立而行，異常高大，遍體長毛，金光燦燦。頂上金毛分披兩肩，露出拗鼻掀唇，撩牙環眼，兩隻毛臂又粗又長，身後夾著一條短尾巴，各自舉著牛腿般的松油火燎，斗大的火苗，迎風亂晃，還發出必必剝剝的爆音。其中一個隨手把一支巨燎，在洞口石縫裡一插。那一個依然把火燎拿著，一齊舉步上岸。

這兩怪一上岸，洞內溪水山響，又陸續奔出一群同樣的怪物來，肩上都扛著沉重的兵刃，最後一個頭上頂著一具大鐵鍋，少說也有五六百斤分量。手舉松燎的怪物，當先領路，一齊高視闊步的跨上南岸，直奔那片空地。那群猛虎大約怕極了這般怪物，活像家養的小貓，在這群怪物腿邊搖頭擺尾，做出種種乞憐之態。

怪物偶然長爪一揮，一聲怒吼，立時夾著尾巴避得遠遠的，卻又不敢過於跑遠。又從樹林內湧了出來七八隻牯牛般猛虎，乖乖的一齊蹲在一排石墩後面，猛虎的威風一點都沒有了，活似家養的馴良小貓。那群怪物先把手上松燎，高高的插在溪邊獨樹上，扛來的鐵鍋等東西便放在樹下石台上，然後八個怪物又圍著倒在地上的三騾兩馬，個個闊嘴一裂，厚唇上翻，露出滿嘴白森森的獠牙，磔磔怪笑起來。

這種怪笑的可怕聲音，人類中果然聽不到，獸類中也比擬不上來，說它是笑，其實是嚎。八個怪物一齊張嘴大笑，實大聲宏，聲震林谷。在這月黑山幽，箐深林密之地，無端碰到這群怪物，聽到這種怪聲，讓他一等潑膽的腳色，也要心膽俱落。

獨角龍王和金翅鵬也是鐵錚錚的漢子，到此地步也鬧得滿身冷汗，連大氣都不敢出，瞪著直勾勾的眼珠，看那一群怪物的舉動，只望怪物們不到這邊來，因為兩人藏身所在，距離怪物立身處所，不過半箭之路。藉著洞口和溪澗樹腰上兩支大火把，照著空地上八個怪物的身影，非常清楚。起初把怪物當作茹毛飲血的生蠻，後來一看體偉貌怪，身有短毛，而且力大無窮，連猛虎都嚇成小貓一般，絕不是未開化的生蠻，竟看不出是什麼怪物，動作又與人類無異，難道深山黑夜真有妖魔鬼怪不成！幸喜別樹上的勇士們，也嚇得鴉雀無聲，一時半時或不致被怪物發現。

這時三騾兩馬已遭了殃，被一群怪物隨手撈起騾馬的大腿，一陣亂撕，咔嚓聲響，立時滿地鮮血淋漓，把騾馬四肢生生分裂了，各自捧著一條大腿，在周圍石墩上坐下來，一陣大嚼大啃，嘓嘓有聲。

有時隨手抓一把心肝五臟擲向墩後，大約是酬勞群虎獵獲貢獻的一點功勞，可笑牯牛般的一群猛虎，分潤了一點餘惠，誠惶誠恐的吃得非常斯文。哪消多時，八個怪物早把三騾兩馬分吃肚內了，只剩下地上小丘似的一堆白骨了。怪物舔嘴吮舌的吃完了騾馬，擠在一處怪語啾啾，不知議論什麼，又抬頭向四面岩頂亂望了一陣，看了看天色。

忽然有六個怪物離開空地奔入洞內，一忽兒又跑了出來，各人肩上頂上又扛著許多笨重的東西來，一齊堆在溪邊樹下。八個怪物，一齊動手，把那隻大鐵鍋搬到空地上，下面用大石支了起來，竟用極粗的松柴先生起火來。

有幾個怪物手忙腳亂，從樹上搬來許多東西放在鍋台旁，又在鍋內不知倒入了什麼東西，鍋底下柴火越來越旺，火焰熊熊包裹了整個大鐵鍋，照得鍋旁的一群怪物變了紅人。卻見牠們從鍋旁拾起一支飛叉般鐵器，把叉頭插進火中，片時鍋內冒起青煙，順風飄過香氣四散，似鍋內熬著油類的東西。

油香一起，怪物在鍋下又插入許多飛叉，另一個怪物舉起一袋東西向油鍋內一傾，鍋內立時嗤嗤山響，一陣陣油炸鐵雀一般的異香充滿了山谷。把龍土司、金翅鵬看得直了眼，又驚又詫，想不到這群怪物血淋淋大嚼了三騾兩馬以後，又細烹細炸吃起精緻物兒來。

哪知道怪物把這一袋東西傾入鍋內以後，神情大為緊張，一個個跳起身來向谷頂東張西望，有幾個怪物向石墩後面那群大蟲頻頻揮手，似乎指揮發令一般；那群大蟲真也聽話，立時掉尾轉身竄入深林以內，一個不見了。這時鐵鍋內一股油炸香味瀰漫全谷，而且直衝霄漢，下面柴火也越來越熾，火焰四冒。幾個怪物蹲在鍋邊，不時把煨在火內的長鐵叉抽出來看一看，尺許長的兩個鋒尖子，已經燒得通紅。怪物依然把它插入通紅的柴火內，從四面插滿了這種長鐵叉，不下七八十支，龍土司、金翅鵬看得出奇，烹炸飛禽還用煨紅的長鐵叉幹什麼呢？

哪知就在這當口，谷頂呼呼風起，林巔的樹葉子颳得東搖西擺，滿谷風聲，宛如千軍萬馬殺到一般。大風一起，那邊一群怪物寂然無聲，只不住的在鍋下添入粗柴，有幾個抬頭望著四面岩頂。可是這一陣狂風，卻於樹上躲著的人有不少便利，有點響動被風響混住，絕不致被怪物聽到。

金翅鵬因此心頭一轉，打算趁此一個個溜下樹來逃離險地，不料心裡念頭剛起，一陣狂風刮過，鼻子裡猛聞出一股奇騷極腥刺鼻難受的氣味，連頭上都有點發暈。身旁龍土司已忍不住輕輕喊一聲：「這是什麼味兒，這般難聞。」

一語未畢，突見對面岩頂射下兩道碧熒熒的奇光，從對面高高的岩頂到藏身的大枯樹，中間還隔著一大片黑沉沉的林影子，這樣遙遠，岩頂上發射的兩道光閃，竟會照射到藏身的樹上來。

最奇怪的兩道光芒閃來閃去，起頭直注空地上的油鍋，後來竟射向藏人的樹上晃動。而且這兩道光閃，似乎挾著淒厲的狂風、飛揚的沙石，搖撼得遠近樹林的葉帽子東搖西擺，颯颯山響，葉落如雨，一陣陣撲鼻的腥臊氣味也越來越盛。

金翅鵬到底有功夫的練家，眼光比別人銳利，已看出對面岩頂上發光所在，現出一個斗大的蟒頭，兩道碧光便是從一對碗大的蟒眼裡發射出來。蟒頭上似乎亮晶晶的矗立著一支獨角，蟒身卻看不出來，不料剛看了一眼，樹林上捲起一陣呼呼的腥風，斗大的蟒頭已漸漸逼近，似乎移到對面樹林頂上，已看到比水桶還粗的蟒身，從岩頂搭到林上，宛似一座長橋。眼足足還看出蟒身上烏油油泛光的鱗甲，這時蟒頭直伸到對面林上，更看清猙獰可怖的大蟒頭，頷下闊嘴一鼓一翕，骨嘟嘟噴出白濛濛的毒霧；一條數尺長火苗似的歧舌，閃電一般在霧影來回遊走。

又見蟒眼射出來的兩道碧光閃到左近一株樹上，蟒嘴一張，突聽那株樹上一聲慘叫，刷的飛出一團黑影，比箭還快凌空飛去，竟投入蟒嘴之中。金翅鵬已看出是個人影被怪蟒吸入肚內，這一驚非同小可，把那面一群似人非人的怪物和大蟲都拋在腦後，慌不及掏出淬毒鋼鏢，用聯珠鏢法接二連三的發出。

龍土司和別樹上的勇士們這時都抱死裡逃生的主意，硬弓長箭，飛梭飛鏢，一切長短武器雨點一般向怪蟒亂射。哪知怪蟒滿不理會，不斷的鼓動著兩面腮幫子，從蟒嘴裡噴出蓬蓬勃勃的毒霧，遮沒了當空一大片地方。許多射過去的鏢箭，沒入白濛濛的毒霧內，宛如石投大海。霧影裡射出來的兩道光芒，卻越來越近。

金翅鵬已覺得頭痛欲裂，心神迷糊起來，一個身子似乎被一種極大吸力，吸得飄飄欲起。心裡一急，顧不得再發暗器，拚命抓住近身樹枝，一手想拉住龍土司，一把沒有抓著，只聽得身後一聲驚喊，龍土司跌落槎枒的中心深坳內。一時驚惶無措，突見當頭一對碗大的蟒眼，碧熒熒的光芒逼射到面上，似乎相隔不到二丈。驚叫一聲不好，拚命一掙扎，想翻身躲避，又突覺面上熱辣辣一陣劇痛，遍身麻木，同時聽得樹下怪吼連連，嗤嗤射上幾溜紅光。無奈自己心裡一陣昏迷，身子軟綿綿的向後一倒，便失去知覺了。

等得金翅鵬悠悠醒轉，恢復知覺，已經過了兩天兩夜，人已離開了恐怖的山谷，到了金駝寨後寨了。他開始慢慢恢復知覺當口，滿眼漆黑，遍身兀自麻木不仁，還以為尚在荒谷的樹上，未離蟒口，未脫險境。心裡想睜眼張口，舉手伸足，無奈整個身子都不聽使喚，好像自己被獨角怪蟒吞下腹去，只有一顆心尚是活的，空自掙扎得一身冷汗，哪能動得分毫。只喉頭衝出淒慘的驚號之聲，在他自己以為大聲疾呼，其實別人聽去音如遊絲，力弱已極。

半晌，他五官知覺才有點恢復過來，雖然眼前依然漆黑，四肢依然難以自主，卻已察覺自己睡在軟軟的榻上，腦袋上緊緊的纏著布，只露出兩鼻孔和嘴，所以睜不開眼，這才明白自己已經遇救，脫了蟒口，同時耳邊聽出有人連連嘆息，不絕的念著阿彌陀佛，這人口音似乎很熟，知覺初復，受險太甚，一時還想不起來。卻聽這人對人說道：「好了好了，藥力達到了，這條命是拾來的。」

金翅鵬迷茫之中，驀地聽到了這幾句話，急於要明白自己怎樣受傷？怎樣遇救？龍土司和五十名勇士是否同時脫離險地？此地又是什麼地方？心裡一連串疑問，急想問個清楚，無奈心裡想說話，覺得自己喉嚨都不聽使喚，自己耳朵竟聽不出自己說話的聲音。他以為自己受毒過甚，弄得嗓子都啞了，心裡一陣難受，拚命的一掙扎，癱在床上的身子居然微微的動彈了一下。

耳邊又聽到有人對他說道：「你不必焦急，一切的事只可暫時放下，我也不便對你說。因你遍身受了蟒毒太厲害了，昏死了兩天兩宿，萬幸我湊巧趕來，隨身帶著秘製解毒奪命丹和極妙的金瘡藥，外敷內服，才把你從九死一生中挽救過來。

「可是你受毒已深，要到百日以後才能復原，此時元氣未復，天天要替你換藥解毒，你自己也要屏絕雜念，一心靜養，絲毫大意不得。我無意一路雲遊，尋覓一個人，想不到趕上你遭此奇禍，說不得多留幾天才能動身的了。

「這兒便是金駝寨後寨，全寨的人都望你趕快復原，又有我在此保護你，你只一心養病，不必分心別事，你現在有話也說不出口，因你受毒實在厲害，我遲到一天蟒毒便要竄入內臟，一發難治了，終算萬幸！你只百事不問，安心養病，到了相當時日，我是誰，自然會告訴你的。」

這人在他耳邊安慰了一陣，金翅鵬雖然聽得出，苦於自己說不了話，這人是誰無從問起，回想荒谷中那夜九死一生的事，宛如做了一場噩夢。從這天起，金翅鵬天天在病榻上度日。

到了五十天以後，四肢才漸漸活動起來，下榻行動兀是不能，頭上也依然包紮，舌頭也依然麻木不靈。直到將近百日，毒氣脫體，能夠行動說話；只頭上包紮未除難以睜眼，才察覺寨中情形不對。從璇姑姊弟口中，探出了一點痕跡，才明白那夜荒谷遭難，生還者只兩個人，除自己以外只有逃出一位頭目，其餘龍土司和四十九名勇士，迄今生死未明，金翅鵬一聽到這樣石破天驚的消息，幾乎急瘋了心。

第八章　羅剎夫人初現

金翅鵬恢復精神以後，宛如做了一場惡夢。自從在那夜荒谷遇蟒，昏倒樹上，怎樣會逃回寨中，龍土司和五十名勇士是不是安然回來，一點都不知道。這時知覺已經復原，只整個腦袋上還蒙著布戴著藥，把兩眼也蒙住了，變成瞎子一般；心裡急於要明白脫難情形，幾次三番向璇姑及龍飛豹子等人探問，才明白那夜一場大難的經過，而且發生了天大的禍事。

原來那夜荒谷中金翅鵬受毒昏倒，幸喜立身所在，原是深坑般的樹槎枒，望後一倒，和龍土司一齊跌入槎枒深窩。同時有一隊勇士，藏在最後臨溪的一株大樹上，其中一個是金駝寨出名精幹的一名頭目。當那獨角怪蟒兩道閃電似的蟒眼，從岩下密林上掃來掃去，光芒越來越近，毒霧迷漫，弓箭無功，眼面前一株樹上的同伴，被毒蟒一口吸入腹內，又聽得自己土司和金都司驚喊之聲，只嚇得心膽俱落。

不知怎麼一來，他兩腿一軟，一腳蹈天，一個身子猛從枝葉縫內漏落下去。七八丈高的樹身，這麼直瀉下來，怕不粉身碎骨！偏巧這株臨溪大樹，上面一半枝幹蓋著溪面，頭目藏身所在正是蓋溪的橫幹，這一失足，湊巧跌入溪心。這處溪面又比較寬而且深，「卜通」一聲，水花濺起老高，整個身子在溪底翻了個身，才浮上水面。雖然受傷不重，卻震得昏迷了半晌。

幸而頭目精壯結實，識得水性，雖然吃了幾口溪水，在溪心定了定神，再悄悄游上北岸，慌忙一頭鑽入一叢長草林內，忍不住，又抬頭向南岸偷瞧。那頭目失足跌下時，樹上其他夥伴在這樣奇險之境，加上怪風毒霧，早已嚇得昏天黑地，靈魂出竅。這樣跌下去一個同伴，下面水心一聲巨震，大約誰也沒有察覺，便是有察覺，這當口確也無法顧及別人了。可是跌下溪心，游上北岸的頭目，這一折騰未便耽擱了一些時候，等他蜷伏草心，抬頭向北岸偷看時，又幾乎嚇得半死。

他看到空地上那群似人非人的怪物，手忙腳亂一個個爭先抽出餵毒鍋下的長鐵叉，頭上尺許長的叉尖子，已燒得通紅，舉著煨紅的鐵叉怪嚷猛叫。飛一般趕到怪蟒探頭的林下，把鐵叉當作飛鏢般向上面擲，力猛勁急，一支支鐵叉帶著一溜溜紅光，飛上林巔，看得逼清。還有那群猛虎也在林下咆哮跳擲聲勢十足，好像替怪物助威一般。

這當口，滿谷狂風怒號，沙石卷空。尤其對岸林巔，毒霧漫天，岩石如雨，這麼大的參天古樹，樹帽子被狂風搖撼得東倒西歪，折幹斷枝，滿天飛舞，加上林下一群怪物和猛虎奔馳嚎吼之聲，宛如天崩地裂一般。這才明白洞內出來的這群人形怪物和獨角大蟒鬥上了。這時對面林上毒霧漫空，飛石揚沙，已看不清大蟒身影；只見林上兩道碧熒熒怪蟒眼光，兀自電閃一般從霧中鑽射出來。可見火叉子不絕的射上去，依然克制不下，定是獨角大蟒遍身鐵甲難以命中。看起來不論誰勝誰敗，我們這群人總是凶多吉少，有死無生！

那頭目心膽俱裂之下，猛見先前洞口火光大盛，又湧出幾個高大凶猛的人形怪物來，手執松燎，背負弓矢，出洞後，一躍上岸佇立停候。一忽兒洞中兩個怪物，飛一般抬出一乘竹轎子，轎內坐著一個身形瘦小，穿著一身紅的短襟窄袖的人來。最奇的面上似乎也套上紅色面具，只露出嘴鼻眼三個窟窿，距離雖遠，因在旺熾的火光之下，卻看得逼清。

只見竹轎子一出洞口，轎中紅人驀地一聲嬌叱，非常清脆，竟是女子口吻。接著一縱身，宛似一隻飛鳥，從竹轎上凌空騰起，一落身已到了南岸，再一縱身，黃鶯渡柳，已到了架設大鐵鍋的空地。

跟來的幾個怪物，也放下竹轎追蹤趕去。眼看那瘦小的紅衣人跟著四五個怪物，從空地直奔毒蟒發現之處而來。視線被南岸一帶大樹遮住，便看不見紅衣人的蹤影，卻聽得弓弦響處，從林下飛起幾支火箭，箭頭上帶著藍閃閃的火焰，嗤嗤的鑽入一片白霧之中。

這幾支火箭一起，林下一大群怪物，一陣怪嚷猛叫，上面毒霧內射出來的兩道碧光，突然失蹤，下面火箭同餵毒的鐵叉子，一發加緊猛射。滿空火星飛爆，好像大年夜放的花爆一般。幾株樹上的枝幹，著了猛射的火箭，業已劈劈卜卜燒了起來。樹上一起火，火光熊熊，照射遠近，因此看到對面高岩在火光霧影之中，從岩頭掛下十幾丈長遍身鱗甲的一條獨角大蟒。

大約下半身尚在岩巔，一個斗大的獨角蟒頭，原已探到岩下叢林上面。這時被火箭射瞎了雙眼，光閃頓杳，一躬身，已縮退到岩腰一片危坡上。蟒身不住的翻滾，似乎用後半身的尾巴，把岩頭沙石雨點般掃將下來，粗柱般斷木條、磨盤般的大岩石，也轟隆隆的夾雜沙土碎石，滿空飛墮。加上狂風疾捲，滿谷振蕩，真像天崩地裂一般。

近岩的一片樹林，被幾陣石壓風摧，大半已齊腰折斷，林下一大群怪物和猛獸，已存不住身，一起退向洞前空地上，抽矢扳弓，兀是用火箭鑽射。山搖地動的鬥了一陣，岩腰怪蟒似乎已漸漸不濟起來，嘴上噴出來的毒霧，越來越薄，張著可怕的大嘴，只吁吁的喘著氣，嘴上和兩個眼眶內都已中了火箭和煨紅的鐵叉子。蟒頭雖亂擺亂搖，甩脫了幾支火器，眼眶內兀自深深的插著一支火箭。大約這種火箭的箭鏃，非但飽餵猛烈毒藥，而且塗了厚厚的硫磺硝藥一類的東西，箭一離弦，迎風便燃燒起來，不論多厲害的猛獸，中了這種火箭，火毒雙攻，見血立死！

這條深山大蟒中了好幾支火箭和火叉子，居然能支持不少工夫，足見體巨力長，是個稀罕的積年怪蟒了。這時蟒體火毒深入漸漸發作，幾陣翻滾，露出肚下鱗甲稀薄之處，嘴上毒霧已噴不出來。被那群怪物逼近岩腳，又是一陣掃射，肚下又狠狠的中了幾支火器。

這一來，火上加油一發難支，猛地蟒頭高昂，後段一條長尾也在岩上筆直豎起，伸入半空，倏又一落，來回一陣旋掃。從岩上又嘩啦啦落下一陣沙石，聲勢驚人，彷彿全岩解體。接著又是震天價一聲巨震，岩上磨盤般大石紛紛下墜，怪響如雷，把下面沙土震起老高，全谷地皮也震得岌岌顫動，林木也倒了一大片。

一陣大震以後，躲在北岸草根中的頭目，連嚇帶震，已是神經麻木，狀若癡獃，竟忘記了當前恐怖。半晌才知覺恢復，急向對岸偷瞧時，情形一變！岩下一大片林木已失了原形，未被拔倒的大樹枝葉全無；光禿禿斷乾枯槎支撐著從岩上滾跌下來的龐大蟒軀，一群人形怪物在死蟒身下奔來奔去，不知鬧什麼把戲？一群猛虎也在怪物身邊歡喜活跳，猛地想起自己土司和一群夥伴的生死，急慌定睛向分隊藏躲的幾株大樹細看。

忽見前面龍土司藏身的枯樹上立著那個瘦小的紅衣人，向下面幾聲嬌叱，樹下七八個怪物四肢並用，矯捷極倫，分向幾株大樹飛升上去，眨眼之間，已在各樹槎枒中間。自己跌下來的臨溪大樹也上去了幾個怪物，長臂毛爪一探，隨爪撈起一個個的人來，撈出來的同伴，個個四肢如棉，似已半死不活。怪物們撈起一個，隨手向樹下一擲，樹下有怪物接著，拋一個接一個，宛似樹上摘果一般。前面大枯樹上的紅衣人，也在槎枒縫內提起二具屍體，哈哈一笑，便向樹下一拋。

那頭目知道這兩具屍體，定是龍土司和金都司，眼看這許多人脫了蟒口又落入怪物手內，哪有生還之望？自己一人雖然因禍得福躲在北岸，只要怪物們過溪一搜決無生望！想不到我們上下這許多人今夜逢此大難，心裡一陣急痛，幾乎失聲驚號起來。猛聽得紅衣人已飛身下樹，連連嬌叱，霎時對岸便起了一陣奔驟之聲。

遠望對岸林縫內火燎亂晃，影綽綽一群怪物一個個肩上扛著同伴們的屍體，似乎每一個怪物肩上疊著好幾具屍體，嘴上吆喝著，驅著前面一群大蟲抬著竹轎進洞。霎時洞外一片漆黑，人獸失蹤，只近洞那片空地上，兀自架著那具大鐵鍋，鍋下尚有餘火，從林縫裡射出血也似的紅光來。剛才天崩地裂的大鬧，霎時谷內沉寂如死，一片昏黑，只聽到颯颯風葉之聲，疑惑自己在做夢？幾乎不信那邊有不可思議的巨蟒屍體壓在林上，剛才的怪物、猛虎、紅衣人，都像是夢裡的景象。

那名頭目迷迷糊糊的爬伏在深草裡邊，又過了片時，猛見那面洞口又射出一派火光，霎時又湧出幾個凶猛高大的人形怪物，舉著松燎躍上南岸。頭目心想此番定被怪物搜出，難逃一命了。哪知滿不相干，幾個怪物奔到空地上，把鐵鍋和地上幾件兵刃等類收拾起來，扛在肩上，一聲不響的又跑進洞裡去了。

頭目驚魂未定，又怕洞內怪物們隨時出來，哪敢喘口大氣，動彈一下。迷迷糊糊自己不知道經過多少時刻，兩條腿蹲了一夜，好像在地上生了根，哪能移動分毫？可是頂上天光已變了灰白色，樹上的露水直灑下來，身上衣服掉在溪內時原已浸透，此時被曉風一吹，瑟瑟直抖！谷內環近的東西，卻已漸漸看得清楚起來，才明白自己在草林裡躲了一夜。

天已發曉了，洞口溪水潺潺，幽寂異常，絕不見怪物出現。心裡陡然起了逃命的希望，急慌設法使麻木不靈的雙腿恢復原狀，摩擦了半晌，才慢慢直起腰來。一抬頭，便看見了對岸近岩腳的一片森林，枝葉盡落，東倒西歪，斗大的一個大蟒頭，張著滿口鉤牙的闊嘴，掛著一條條的腥涎，兀自擱在一株半倒的大槎枒上，眼眶內兀自插著一支長箭，龐大的長軀卻被倒下的林木遮住。

再留神近溪幾株大樹上哪還有自己同伴的蹤影？想起夜裡的事，淚如雨下。心想自己土司和一般同伴定已絕命，或者被怪物扛入洞內當了糧食，我應該掙扎著逃回金駝寨去，報告土司夫人才好。心神略定，分開葦桿似的長草，想從北岸逃出谷外，猛一長身，瞥見對岸一株樹根底下，露出血淋淋一顆人頭，驀地一驚！

心想在這大枯樹下，莫非是我們土司的腦袋嗎？苗人迷信甚深，那頭目立時跪倒喃喃默禱起來，立時起身。倏地心裡一動，勇氣勃發，決計把這顆人頭帶回寨去。可是這段溪面有兩丈來寬，一時難以渡過。四面一看，過去三丈開外，溪身便窄，溪心露出礁石，似乎可以墊腳跳越而過，勇氣一生，徑向窄處跳過南岸。一伏身，暗察洞口並無動靜，放膽直奔那株枯樹。到了枯樹根下，一看血淋淋的腦袋，下面依然連著整個身子。

因為剛才從北岸遠望，被荊棘草根遮住，活似脫體的一顆腦袋，此刻細看下面衣服，並不是龍土司，卻是金翅鵬。一摸心頭，居然還微微跳動，只是腦袋上血肉模糊一片，已分不出五官位置，也不知怎樣受的傷。

那頭目尋著了半死不活的金翅鵬，一時手足無措，偶然一眼瞥見相近藏過騾馬的空心樹窟窿內，似乎露出一角行帳似的東西。跑過去一看，樹窟窿內果然還藏著一座布帳，還附有繩束。立時得了主意，抽出隨身腰刀，割了一大片布帳，帶著繩束慌慌趕到金都司身邊，把他上半個身子用布帳包紮起來，用繩索捆好，縛在自己背上。

這一折騰天光大亮，剛才憑一股忠義之氣，不顧一切一心用在救金翅鵬身上，等得背在身上，邁步想走，猛一轉身，看到了粗逾水桶、鱗甲泛光望不到頭的蟒身近在咫尺。「啊喲」一聲，又嚇得靈魂出竅，幾乎連背上的人一齊跌倒。

這當口真也虧他，一咬牙，不管路高路低，拚命向谷外飛奔。在他以為一聲驚叫，已驚動了谷內怪物，其實等他一路奔出谷外，谷內依然沉寂如死。

頭目背著金翅鵬雖然逃出谷外，哪敢停下步來？拚出全身最後一點力量，只管往金駝寨來路飛奔。可是大隊人馬從金駝寨出來時，走了兩天才走到出事荒谷，相隔何止幾十里路？走的又是峻險山道，路絕人稀。

那頭目連驚帶急，受盡艱危，而且身乏肚飢，多少也受點蟒毒，居然還能拚命背著金翅鵬不停步的飛跑，總算不易。

可是人非鐵鑄，跑到三十里開外，業已精疲力盡，在一座山坡腳下突然雙目發黑，嗓眼發甜，哇的衝出一口熱血，一個前撲，便倒在坡下起不來了。這條絕無人煙的荒山鳥道，一個重傷如死，一個力絕昏倒，在這種千岩萬壑，不見人影的地方，這一倒下誰來相救？兩條半死不活的生命，可以說絕無生機的了。

哪知事出非常，偏有意想不到的救星！那名頭目和血漬模糊的金翅鵬，倒在斜坡腳下，不到一盞茶時，斜坡上遠遠傳來一陣急步奔馳之聲，坡上松林下便現出三條人影，霎時馳下坡來。

當先一個，卻是一個眉目風騷、妖艷絕倫的婦人，背插長劍，腰懸鏢囊，外披風氅，內著勁裝。一見坡下倒著兩個人，便立停身軀，指著金翅鵬身體，向身後兩名彪形大漢笑道：「昨夜我見這人已被毒蟒噴死，面目潰爛，極難活命，所以沒有擒入洞內。一點擒到人數，獨角龍王除外，共四十八名，狒狒們親眼看見又有一名被大蟒吸入肚內，我以為全數受擒，想不到還漏出這個鬼靈精，居然被他逃到此地，還虧他背走了這麼一個半死人。

「這樣看來，他們一共是五十二人，哈哈，到底沒有逃出我手法！便是我此刻不去鋸解蟒頭上的獨角，沒有發現他們逃去，這兩人倒在此處也是屍骨無存，被野獸吃在肚內罷了。本來我想放走一兩個被擒的人，讓他回去替我辦點事的，現在我行點方便，著落在這人身上，倒是一舉兩得的事。」

說時，向倒下的頭目一指，便從懷裡掏出一小瓶藥末，交與身後一個漢子，又叫另一個到不遠的山澗取些清水來。身後兩名彪形大漢，全是苗寨頭目裝束，插鏢背箭，頗為雄壯；對於這位怪婦人，還真異常恭順，立時分頭照辦。

一個扶起倒下的頭目，一個用隨身皮袋取來清水，撬開牙關倒入瓶內藥末，用溪水灌了下去。藥還真是靈，片刻工夫，倒下的頭目一聲悶叫，竟自雙目睜開，悠悠醒轉。抬頭看出救治自己是兩個不認識的漢子，不遠還立著一個平生未見的女英雄，他看不透這兩男一女是什麼路數，尤其是在這條路上怎會碰到這種人物。一眼看到女郎外氅內衣都是妖艷奪目的玫瑰紅，猛然想起昨夜可怕的一幕，洞內出來坐著竹轎子的紅衣人，好像就是這人。

在苗人頭腦裡，以為這怪婦人同一群可怕的怪物在一起，不是精怪便是神仙，這兩個漢子定也是妖精變化出來的。頭目怔柯柯看著怪婦，心裡不住的胡想，也忘了謝一謝人家救命之恩。

那怪婦人卻先說話了，指著頭目笑道：「你認識我麼？」頭目莫名其妙的把頭搖了一搖。怪婦人微微一笑，又說道：「昨夜幸虧我們把你們全數救入洞內，否則都被毒蟒吞吃了。想不到漏掉了你，想是你藏在遠處，等到天亮時把這人背到此地來了。」說到這兒，向金翅鵬一指道：「這人裝束不同，是你們寨中什麼人？」

這時頭目慢慢從地上站了起來，明白對方沒有惡意，心裡減卻幾分害怕，吞吞吐吐的答道：「這人是我們土司的好友，也是我們金駝寨的有名好漢，請你們好歹救他一救罷。」

怪婦人搖頭道：「這人幾乎被毒蟒一口吸入腹內，虧我們看家的狒狒火叉子發射得快，才從蟒嘴上奪下來，但是他受毒已深，我也無法救他。從這兒到你們金駝寨還遠得很，看你已經乏力難行。現在我叫這兩人送你們回家去，趕快設法調治。我還有一封信，你替我捎去，你們土司夫人祿映紅看到我的信，自然會明白的。」說畢，便命兩個彪形大漢，把頭目和金翅鵬一人一個背在身上，又把一封信交與頭目帶在身邊，不容頭目再說話，玉手一揮，兩大漢背起便走。路上頭目在大漢背上，屢次探問怪婦人是誰，住在什麼地方？

兩大漢卻像啞巴一般，一語不發一直背過象鼻沖，到了異龍湖畔，遠遠看見了金駝寨寨民走來，才把二人放下，開口說道：「前面已有你們的人來了，我們不必再送，你們自己回家好了。」說完這句話，轉身便走，眨眼之間已走出老遠，翻過嶺去了。

頭目依然情況迷離，不知怎麼一回事？一看地上金翅鵬依然死了一般，自己渾身骨節也像散了似的，嘆了口氣，等候寨民走近，才把兩人抬回金駝寨土司府來。一路經過，早已轟動了全寨苗民。

映紅夫人聽到這樣消息，便知遭了禍事，慌命抬進後寨，一見血肉模糊的金翅鵬，狼狽不堪的那名頭目，更是心驚肉跳，手足無措。璇姑和龍飛豹子究竟還年輕，一發嚇得哭出聲來。一面慌飛請石屏州外科名醫，救活金翅鵬，一面一疊聲探問禍事經過。等得那頭目力疾聲嘶說出昨夜荒谷遇險的事，和今晨二人遇救的經過，又掏出那封捎來的信，一五一十從頭說了出來。

映紅夫人耳邊聽著晴天霹靂般的消息，眼中瞧著平地風波的一封信，立時五內如焚，蛾眉深鎖，驚奇、悔恨，憂急種種難受滋味，都集在她一人身上了，原來那封信內寫的是：

汝夫婦歷年席豐履厚，富甲滇南。意猶未足，復與沐氏表裡為奸，殘殺族類；致六詔鬼母、阿迷獅王父子等，先後畢命於汝等爪牙之手。詎意天網恢恢，汝夫自投荒谷，幾膏蟒吻，經余援手，始獲更生。而余部下多與鬼母獅王有淵源，立欲分裂汝夫雪恨。因余隱跡多年，與汝等各方素無恩仇，力與阻止，始得苟延殘喘。然眾怒難犯，亦難輕予釋放。茲與汝約，信到十日內，應昭示全寨，瀝血為誓；率金駝寨之眾，此後悉聽余指揮，並先繳納符信金珠以示誠信。余必保護爾夫及頭目等性命，使其安然生還；否則普氏舊部切齒之仇，將先血刃於汝夫等之腹矣。生死異途，惟爾所擇，荒谷在邇，佇候足音。書奉金駝寨映紅夫人妝閣。

羅剎夫人拜啟

映紅夫人接到這封信，幾乎急瘋了心，這種事也沒法守秘密，鬧得滿城風雨。全寨頭目一個個摩拳擦拳，慫恿她擂鼓集眾，集起全寨苗民直搗荒谷，救回土司。在這亂嚷嚷當口，還是她這位嬌女龍璇姑有主意，看清來信大意，父親雖落虎口，一時尚不致凶險，倘若馬上興師反而不妙。最奇來信署名「羅剎夫人」，不知什麼人？父親從沐府回來時，談起沐二公子身邊又有一位綽號「女羅剎」的女子，女羅剎從前確是九子鬼母的臂膀，這裡又出了一位「羅剎夫人」，這又是怎麼一回事呢？

當下和她母親一說，映紅夫人原是一時心急，經她嬌女一提醒頓時醒悟，馬上打發親信頭目，騎匹快馬連夜趕往昆明，向沐府飛報求救，一方面又飛報自己胞弟婆兮寨土司祿洪，請他到寨商議挽救之策。

婆兮寨土司祿洪和沐府也有深切淵源，不過為人忠厚，武藝也不甚高明；一得急報，第二天早上就帶著親信頭目趕到金駝寨了。可是他一看那封要命書信，也麻了脈，鬧得一籌莫展。

這時金駝寨已鬧得沸天翻地，幾乎要責問映紅夫人為什麼不立時興兵救夫了。

第三天起更時分，前寨頭目們忽然一路傳報：「沐二公子一行人馬已到金駝寨前，快到寨門口。」映紅夫人和祿洪精神一振，急忙命令排隊迎接，姊弟也急急更衣出迎。這時寨門外已經火燎燭天，鏢槍如林，外加弓弩手、滾刀手，在寨門兩邊雁翅般排出老遠。

一忽兒，對面壘頭起處，二十幾匹怒馬風馳電掣而來。到了幾丈開外，那隊人馬倏的按轡緩行，先頭兩匹錦鞍上跳下一對璧人來，一個是丰神俊逸、面如冠玉的沐二公子沐天瀾，一個是雪膚花貌的女羅剎。

沐天瀾原認得祿洪的，慌緊趨幾步，先和祿洪施禮敘話。

祿洪一指引，沐天瀾和女羅剎急向映紅夫人躬身施禮，說道：「龍叔母，小侄聞報，馬上別了家兄，和這位羅家姊姊晝夜趕程，本可早到，因為路上碰著一位老前輩，耽誤了不少時候，請叔母恕罪。」

映紅夫人早聞沐二公子之名，今日一見果不虛傳。尤其是和女羅剎站在一起，彷彿金童玉女，天生的一對似的。嘴上向兩人一恭維，心裡卻暗想我們璇姑也配得過你，不料我們遲了一步，看情形被這女魔王佔了先了，大約孝服一脫，便要名正言順的實授夫人了。心裡只管這樣想，嘴上一味向兩人恭維，而且拉住女羅剎的手往裡讓。祿洪也引著沐天瀾一齊進到後寨，跟來二十名家將，自有頭目們留在前寨款待。

主客坐定以後，映紅夫人便命璇姑和龍飛豹子出來相見，璇姑見著生人非常害羞，施禮以後便想退避，卻被女羅剎一把撈住。女羅剎看她比自己小得有限，長得秀媚絕倫，苗族中有這樣女郎真是難得。苗族女郎差不多一個鼻子都長得扁扁的，惟獨這位姑娘靈秀獨尊，偏生得瓊鼻櫻唇、梨渦杏眼，愈瞧愈愛，拉在自己一旁坐下，不住的問長問短。

這時後寨燈火輝煌，盛筵款客，席間沐天瀾細問龍土司出事情形，和金翅鵬受傷經過。

映紅夫人詳細告知，且拿出羅剎夫人的信來。沐天瀾看完了信，說道：「叔母放心，不久有一位老前輩駕到，這位老前輩非但和羅家姊姊同我有密切關係，和信內這位羅剎夫人亦有淵源。我們只要恭候這位老前輩到來，便可救出龍叔來了。」他說時，女羅剎朝他看了一眼，似乎嫌他多說多道似的，但是映紅夫人和祿洪聽得摸不著頭腦，當然還得請他說明其中緣由。

沐天瀾暗中向羅剎打了個招呼，女羅剎先白了他一眼，然後點一點頭，沐天瀾才敢一五一十說了出來。原來沐天瀾得到金駝寨快馬飛報，得知龍土司誤落敵手，金翅鵬也被毒蟒所傷生死垂危。最奇龍土司竟落於一個自稱羅剎夫人的婦人之手，作為挾制的交換品，連女羅剎聽得也非常驚奇，自己被人叫做女羅剎，怎的又出來一位羅剎夫人？而且從來沒有聽到過有這樣一個人物。

沐天瀾道：「龍家與我沐府休戚相關，現在出了這樣逆事，我們理應趕去幫助，何況我們本來要到滇南尋找仇人，也是一舉兩得的事。」女羅剎更比他心急，想會一會自稱羅剎夫人的人，當時兩人和他哥哥沐天波一商量，挑選了二十名略諳武藝幹練可靠的家將一同前去。

照沐天瀾、女羅剎兩人意思，一個人都不願帶，反嫌累贅，無奈他哥哥堅定要有這樣排場，只得帶去。救人如救火，得報的第二天便出發了。沐天瀾、女羅剎帶著二十名家將，和金駝寨來省飛報的兩個頭目一行二十四匹駿馬，一路電掣風馳，又到了兩人定情之處廟兒山下。

女羅剎想順便瞧一瞧自己從前落腳之所，沐天瀾也要回味一下那晚的旖旎風光，兩人心同意合，便吩咐家將們在官道等候，兩人並騎馳入山腳小徑，尋到那所小小的碉砦，卻只剩下頹垣破壁，連那所小樓也被人燒得精光，伺候自己的苗漢苗婦也不知何處去了。猜是黑牡丹、飛天狐等恨極了兩人，連這所小樓也遭了池魚之殃了。

兩人無法，只好撥轉馬頭，會闔家將們向前進發。走了一程，越過椒山來到老魯關，再進便是習峨縣，屬臨安府地界，離石屏州金駝寨還有一天路程。但是過了老魯關天色已晚，路境又險惡，人馬也疲乏了，只好找了個落腳之所，度過一宵再走。

偏偏他們心急趕路，錯過了宿店，這段路上因為苗匪出沒無常，行旅裹足，家將們找來找去找不到一個相當的寄宿之所。最後找到離開官道幾里開外一處山峽裡面，尋著一所破廟，廟內還有幾間瓦房，權可托足。好在家將們帶足乾糧及行旅應用之物，點起火燎燈籠，引著沐天瀾、女羅剎來到山峽裡面。

一看這座廟依山建築，居然有三層殿宇，一層比一層高，頭層已塌，只剩了兩堵石牆，一個廟門，廟門的匾額已經無存，僅在石牆上歪歪斜斜寫著「真武廟遺址」幾個大字。進了破廟門，第二層大殿已竟有半殿片瓦無存，天上月光照下來，正照在瓦礫堆中的真武石像，滿殿的青草又長得老高，這樣怎能息足？

幸而從大殿後步上幾十級石磴，石磴兩旁盡是刺天的翠竹，走完石級卻是一大片石板鋪的平台，三面築著石欄，平台上面蓋著三上三下的樓房卻還完整。抬頭一看樓上，微微的有一點燈光閃動，好像有人住著。沐天瀾一看有人住著，大隊人馬不便往裡直闖，派了兩個家將先進去探問借宿。

家將進屋以後，引著一個老道走了出來。平台上火燎高懸，看清出來的這個老道，清癯雅潔，鶴髮童顏，疏疏的幾縷長髯，飄拂胸際，瀟灑絕俗，一身道袍雲履，也是不染纖塵。最注目的還是老道一對開闔有神的善目，和背後斜繫著雙股合鞘的劍匣。

沐天瀾吃了一驚，想不到這座破廟裡藏著這樣的人物，明明是一位風塵異人，江湖前輩，一回頭正想知會女羅剎，哪知她一對秋波直注老道，滿面露出驚異之容。她一拉沐天瀾衣襟，耳邊悄聲道：「這位道爺我認識的，當年群俠暗進秘魔崖，大戰九子鬼母，便有這位道爺在內。而且制住鬼母飛蝗陣的，也是這位道爺，我還記得他便是武當名宿桑苧翁。」

悄語未畢，桑苧翁已大步走近前來，呵呵笑道：「貧道雲遊各處，今晚偶然在此托足，想不到二公子帶著隨從遠臨荒寺，真是幸會。」

沐天瀾已聽自己師父說起過桑苧翁名號，慌不及躬身下拜，口裡說道：「老前輩休得這樣稱呼，晚生聽家師說過前輩大名，想不到在此不期而遇。晚生隨行人眾，又因趕路心急，錯過了借宿之處，不得已尋到此地，不料驚動了老前輩仙駕，尚望恕罪。」

桑苧翁笑道：「我們沒有會過面，你又只聽令師說過一次，何以此刻一見面，便認出是老朽呢？」這一問使得沐天瀾有點發窘，女羅剎暗地通知的話能不能說出來，一時真還委決不下。

其實老道故意的多此一問，他一出屋炯若雷電的眼神，早已注在女羅剎身上，女羅剎的舉動，逃不過他的眼光。他這一問，不等沐天瀾回答，便問道：「老朽和這位姑娘，似乎有一面之緣。」說了這句，忽地面露悽惶之色，拂胸的灰白長鬚，也起了顫動的波紋，猛地兩眼一闔，把頭一仰，微微的一聲嘆息，低頭時眼角已噙著兩粒淚珠。

桑苧翁這一動作，雖然眨眼的工夫，沐天瀾看在眼裡，暗暗奇怪，尤其是女羅剎起先被老道眼神一照，立覺心裡起了一種莫名其妙的感應。想起從前在秘魔崖初見這個老道時，似乎也曾有過這種感覺，不過當時雙方敵對，並未加注意，現在重逢，重又起了這種感覺，既不是怕，又不是恨，自己也莫名其妙。她只管低頭思索，對於桑苧翁這句話沒有入耳，對於桑苧翁含淚嘆息的一點動作，也忽略過去了。

桑苧翁並不理會女羅剎，向沐天瀾笑道：「不瞞你說，老朽也是剛剛到此，只比你們先進一步。這所樓房外表看看尚可，但是樓上樓下真真是家徒四壁，連一個坐處都沒有，你們人馬一大堆，怎樣安插呢？我看這樣罷，把馬鞍拿下來當坐具罷。」

沐天瀾立時命令家將們把馬鞍摘下三具送上樓去，樓下由家將們自己想法。馬匹都拴在平台石欄杆上，另派幾名家將分向四近搜索點草料餵馬，一面撿幾塊磚石搭起行灶，支起自己帶來輕便軍鍋，汲點溪水，撿點乾柴，便可燒水喝。

桑苧翁領著沐天瀾、女羅剎進屋上樓。一看這三間樓房，真正可憐，隔斷板壁通通拆盡，成了一統之局。樓板也只剩擱置樓梯所在的一塊地方，不到一丈見方的面積。幾扇樓窗東倒西歪，空氣倒非常流通，因為樓板只剩下了這一點點，樓上樓下呼應靈通，樓下家將們的動作可以一覽無遺。三副馬鞍便從破樓板縫裡遞了上來，片時，隨鞍帶來的水壺、茶杯、乾糧也都上來了。

桑苧翁笑道：「想不到老夫今晚叨你們的光，本來已拚出立一夜、餓一夜、渴一夜了，現在可是有吃、有喝、有坐，來來來，我們坐下來，作一次長夜之談。」桑苧翁老氣橫秋，便在上首面窗而坐，沐天瀾、女羅剎背著窗並肩坐在下首，中間放著茶具乾糧，可以隨意吃喝。

女羅剎上樓以後緊靠著沐天瀾，始終默不出聲。桑苧翁也奇怪，眼神雖然時時注意她，卻不和她說話。

沐天瀾越看越奇怪，卻想不出什麼道理。也許為了從前九子鬼母的關係，桑苧翁看不起她，這一想，連自己也有點不安起來，萬一自己師父也深惡痛恨她，將來怎麼辦呢？

三人隨意吃喝了一陣解了饑渴，沐天瀾無意之中問了一句：「老前輩剛才說是雲遊到此，也是偶然息足，不知老前輩從哪兒駕臨，到此有何貴幹？」

桑苧翁微微一笑，朝他們看了一眼，伸手一拂長鬚，一字一吐的說道：「你問我哪兒來，到哪兒去，為了什麼？這話太長，不瞞你說，老夫自從和你尊師破了秘魔崖以後，便添了一件心事，這樁心事是老夫一生未了之願。這幾年老夫雲遊四方，便為了這件心願，現在好了，不久便可了此心願。老夫只要這件心願一了，便可老死深山，不履塵世了。」

沐天瀾聽他說得恍惚迷離，正想張嘴，不料默不出聲的女羅剎，突然顫著聲音問道：「老前輩，您說的那件心願，晚輩們可以洗耳恭聽嗎？」

桑苧翁看了她一眼，點點頭道：「可以。」說了這一句，卻又沉默了半晌，似乎思索一樁事，突然問道：「姑娘，你現在大約明白你是漢人，但是人家稱你為女羅剎，這個名號什麼意思，姑娘，你自己明白麼？」

女羅剎頓時柳眉深鎖，盈盈欲淚，低聲說道：「誰知道什麼意思呢？一個人自己不知道姓什麼，也不知道父母是誰？像我這種人真是世上最可憐的人。現在倒好，又出了一個羅剎夫人，如故和我一般，真是無獨有偶了。」她說的聲音雖低，桑苧翁卻聽得真切，驀地鬚眉桀張，雙目如電，厲聲喝問道：「誰是羅剎夫人？怎的又出了一個羅剎夫人？快說快說！」

女羅剎、沐天瀾同時嚇了一跳，連樓下家將們都愕然抬起頭來。

他自己也察覺了，緩緩說道：「老朽心中有事，你們只說羅剎夫人是誰，你們和這人見過面沒有？」

沐天瀾、女羅剎看他聽到羅剎夫人突然變了面色，又強自抑制，卻又一個勁兒催問。料想這位老前輩和羅剎夫人定有說處，此番到金駝寨去正苦不知羅剎夫人來歷，無從下手救人，這位老前輩如果知道倒是巧事。沐天瀾便把金駝寨龍土司遇險，羅剎夫人下書要挾，自己趕往救助，故而到此息足，都說了出來。

桑苧翁凝神注意的聽完，不住的拂著胸前長鬚，嘴上連喊著：「孽障孽障！」一雙威稜四射的善目，瞧一瞧女羅剎，又瞧一瞧沐天瀾，不住點頭，嘴邊也露出得意的笑容。兩人被他看得心裡發慌，突見他面色一整指著女羅剎前胸說道：「我問你，你左乳下有聯珠般三粒珠砂痣嗎？」

女羅剎一聽這話，驚得直叫起來，嬌軀亂顫，妙目大張，一手緊緊拉住沐天瀾，一手指著桑苧翁嬌喊著：「你……你……」說不出話來。

沐天瀾也驚詫得忘其所以，脫口而出的說道：「對，有的！老前輩怎的……知道了？」話一出口猛然省悟，該死該死！我現在怎能說出這種話來？何況在這位老前輩面前！頓時羞得夾耳通紅，啞口無言了。這一來，兩個人都鬧得驚惶失措不知如何是好。

桑苧翁倒滿不在意，反而變為笑容滿面了，笑道：「賢契，現在我倚老賣老，叫你一聲賢契了。」

沐天瀾慌應道：「這是老前輩看得起晚生，老前輩有何吩咐，晚生恭領教誨。」沐天瀾把老前輩叫得震天響，想遮蓋剛才的失口。

桑苧翁微微笑道：「你們不必猜疑，且聽我講一段親身經歷的奇事，給你們消磨長夜，你們聽得也可恍然大悟，對於你們也有許多益處……。」桑苧翁剛說到這兒，突然目注窗口，一躍而起，大喝一聲：「鼠輩敢爾！」

沐天瀾、女羅剎聞聲驚覺，分向左右躍起，轉身觀看。就在這一瞬之間，窗口喳喳連響，一蓬箭雨，分向三人襲來，地方既窄，又係變起倉卒，趨避一個不當便遭毒手。未待沐天瀾、女羅剎施展手腳，只見桑苧翁不離方寸，舉起飄飄然的長袖，向外一拂。呼的一聲風響，迎面射來的一陣袖箭，竟改了方向，斜刺裡飛了過去，一支支都插在壁角上了。猛聽得窗外一聲大喝道：「好厲害的劈空掌……」

喝聲未絕，桑苧翁一上步，兩掌向窗口一推，喝聲：「下去！」就在這喝聲中，窗口「啊喲」一聲驚叫，簷口確然一震，似乎有個賊人掉了下去。樓下家將們也自一陣大亂，齊喊：「捉賊！」沐天瀾、女羅剎一點足，已竄出窗外跳下樓去，四面搜查，已無賊影，檢點家將和馬匹，並無損失。

那位桑苧翁已飄飄然立在頂脊上，笑道：「兩個賊徒已騎馬逃向滇南去了，不必管他，還是談我們的話，請上來請上來。」兩人回到樓上，桑苧翁已安然坐在原處了。

沐天瀾道：「來賊定又是飛天狐、黑牡丹之類，經老輩施展『隔山打牛』的氣功，其中一賊定已受傷。雖然被同伴救去，也夠受的了。像老前輩這樣純功，晚輩真是望塵莫及。」

桑苧翁笑道：「名師出高徒，賢契定是此中高手。現在不提這些，我們談我們的，請坐請坐。」當下三人照舊坐定，靜聽桑苧翁講出一番奇特故事來。

第九章　桑苧翁談往事

桑苧翁說：「三十年前白蓮教在湘桂川黔等省，出沒無常，頗為猖獗，地方官吏紛紛奉報，說白蓮教黨徒圖謀不軌。那時我也是一位方面大員，奉旨巡按湘黔兩省，調轄兩省文武軍馬，相機剿撫，便宜從事，也算是一位顯赫的欽差大人。那時節我年紀也只三十幾歲，正是血氣方剛、志氣高昂的當口，先在湖南駐節，抽調一部分勁旅，剿撫兼施，不到幾個月工夫，很容易的告了肅清。

「這不是我的能耐大，其實湖南省哪有許多白蓮教，無非幾股悍匪，脅裹莠民、流竄劫掠，算不了什麼圖謀不軌。都被昏冗無能的一般地方官吏，平時養尊處優，臨事又故事張惶，希圖卸責，甚至從中取利，藉此多報銷一點公帑錢糧。如果再因循下去，百姓無路可走，難以安全，真可以變成滔天大禍，所以天下事大半壞在這般人身上。

「湘省既告肅清，我便由湘入黔，先到黔省各處險要所在巡閱，又和地方紳士及鄉民人等勤加察訪，便明白貴州省地瘠民貧，完全是力耕火耨之鄉，和魚米豐饒的湖南一比，相去天壤。在這山川閉塞的所在，也不是招軍買馬、圖謀不軌的地方。所慮的，黔省上下游沿邊地界，接連著滇粵川湘等省分，地僻山險，鳥道蠶叢，倒是大盜悍匪極妙的隱伏之所，加上穴居野處真不畏死的生裸野苗，王化難及，剿撫兩窮。因為這樣，我不能不在貴州省多逗留幾天，多訪察幾次了。

「我原是簪纓世族，通藉出仕，原是文臣。這次奉旨查辦白蓮教，以文職兼綰軍符，官僚們都不知道我身有武功，而且還是武當派嫡傳四明張松溪先生的門人（張松溪為明代武當派宗師，見黃梨洲南雷文集）。一路行來，也沒有什麼大風險，雖然調動人馬進剿幾股悍匪，也用不著親自衝鋒陷陣，所到之處，自有手下將官親信們早夕護衛，進了黔境更是平安無事。這樣，我未免略疏防範，諸事託大起來。

「有一天我輕車簡從，只帶了十幾名親隨到了平越州。平越四面皆山，州城隨著山形建築的，地方官員替我在城內西南角高真觀內佈置好行轅。我進高真觀時，天色已晚，照例讓地方官員請了聖安，略問一點本州政情民俗以後，便謝客休息。

「高真觀內，有亭有池，地方雖不十分宏廣，卻是平越城內唯一的雅緻名勝之處。我住在最後一進的樓上，樓下安置帶來的隨從，觀外前後早由州守派兵巡邏守衛。

「這一晚臨睡時分，我摒退侍從，獨自在樓上憑窗玩月。正值中秋相近，月色分外光潔，地勢又高，立在窗口可以看到城外岡巒起伏，如障如屏，陡壑密林之間，幾道曲曲折折的溪流映著月光，宛如閃閃的銀蛇蜿蜒而流。有時山風拂面，隱隱的帶來苗蠻淒厲的蘆管聲，偶然也夾雜著幾聲狼嚎虎嘯，一發顯得荒城月夜的蕭瑟。

「這時斜對窗口的城樓角上升起一盞紅燈，頓時城上更鼓聲起，近處梆梆更柝之聲，也是響個不絕，已經起更了。

「我在窗口癡立多時，有點倦意，便把窗戶掩上回身就榻。剛想上榻，忽然風聲驟起，呼呼怪響，窗外幾株高松古柏也是怒嘯悲號。驀地一陣疾風捲來，『呀』的一聲，把虛掩的樓窗向裡推開，榻旁書几上一支巨燭，被風捲得搖搖欲滅。

「我慌過去把窗戶關嚴，加上鐵閂，窗外兀自風聲怒號，風勢越來越猛。當窗飛舞的松柏影子，映在窗紙上閃來閃去，搖擺不定，月色也轉入淒迷。窗內燭影搖紅，倏明倏暗，弄得四壁鬼影森森，幽淒可怖。

「我照例在臨睡以前，趁沒有人時候做點功夫。我練的是本門八卦遊身掌和五行拳，講究動中寓靜，柔以克剛，身法步施展開來，要不帶些微聲響，不起點塵。可是掌力一吐，不必沾身便能擊人於數步之外，還須能發能收，或輕或重隨自己心意，方算練到爐火純青地步。那時節我功夫還差，只能在六尺開外吐拳、遙擊，將擋戶掛簾之類掀起尺許高下，一拳下按能將池中浮萍吹開，這種功夫要練到一丈開外能掀簾吹萍，才算到家。

「那晚上我練到最後一手拗步轉身，『童子拜佛』雙掌一合，向著榻旁几上燭台拜下，距離不過五六尺光景，我想試用內勁把燈火摧滅，就此上榻打坐調息，再用一回本門運氣功夫，便要安睡，哪知就在這時突然發生奇事，照平時練這手功夫時原是一拜即滅，萬不料這時燭火被我內勁一摧，眼看火頭已望那面倒下，條又挺直起來，並不熄滅。

「我想得奇怪，疑惑自己功勁退步。忍不住微退半步，目注燭光，把童子拜佛的招式變為雙撞掌，勁貫掌心雙掌平推；這時用了十成勁，滿以為這一次燭光一推立滅。哪知非但不滅，火苗連晃動一下都沒有，好像我這邊掌風推去，那邊也有掌勁推來，而且不重不輕，兩力恰好對消，反而把燭頭火苗夾得筆直。

「事出非常，我不禁喊了一聲：『奇怪？』不料聲剛出口，忽的一縷疾風燭火立滅，頓時漆黑。我立時驚悟，霍地向後一退，背貼牆壁，一掌護胸，一掌應敵，厲聲喝道：『本欽差奉旨到此，自問光明磊落，可以質諸天地鬼神，江湖朋友，何得潛入戲耍？』

「我一聲喝罷，樓頂樑上忽地一聲冷笑，卻又悄悄說道：『貴官不必驚慌，勞駕把燭火點上，容我叩見。』其音嬌嫩，竟是個女子，而且故意低聲，似乎怕驚動別人一般。

「我抬頭一看樑上，無奈屋中漆黑，窗外又風高月暗，只辨認一點樓頂樑影，卻瞧不清她藏身之所。我明知來者不善，卻也不懼，依然赤手空拳，竟自依言取了火種，重又點起幾上巨燭。燭光一明，猛見對面遠遠的站定一人，竟不知她從樑上這樣下來，居然聲息俱無，這一手輕功我自問便趕不上。我借著燭光向她細看時，卻又嚇了一跳！先入目的是一張血紅可怖的面孔，活似剛取下面皮，只剩血肉的樣子，分不清五官，只兩顆漆黑眼珠卻在那裡向自己滴溜溜的閃動，全身青綃包頭，青色緊身排襟短衫，腰束綉帶，亭亭俏立，別無異樣，只奇怪她居然赤手空拳，竟未帶兵刃暗器。

「我正猜想，這女子是何路道，何以有這樣可怖的面孔？她已走近幾步，左拳平胸，右掌平舒往左拳一合，向我微微一俯腰，我立時脫口噫了一聲，因為這是我先師嫡傳同門相逢的禮節。先師門人甚多，女子也有幾個，卻沒有這樣怪女子，何況在這樣遠省荒城之中。我一面不得不照樣還禮，一面問她究係何人門下？連夜到此有何見教？她一走近，一張怪面孔越發恐怖，滿臉血筋密佈，簡直比鬼怪還醜，滿臉血筋牽動了幾下，居然發出簫管似的聲音，說道：『貴人多忘事，連自己老師的遺言，都忘得乾乾淨淨，對於同門當然早已丟在腦後了。』

「她說罷，雙臂向腦後一擺，解下一幅包頭青綃，伸手向面孔一擄，向前一邁步，一張怪面孔宛如蛇蛻皮蟬脫殼一般揭了下來，在燭底下突然換了一副宜嗔宜喜的嬌麗面目。唉……這面目……想不到在她死後二十多年，現在又在我面前了。」

沐天瀾正聽得出神，急於想聽下文，對於這句話不大理會。惟獨女羅剎心靈上卻起了異樣感覺，留神桑苧翁說到這兒，滿臉悽惶，眼神卻注在自己面上，越覺得他講這樣故事，和自己有極大關係似的。尤其說到「想不到在她死後二十多年，現在又在我面前了」，彷彿向自己說的一般。也不知什麼緣故，自己鼻子一酸，眼淚在秋波內亂滾，不禁低下頭去。

卻聽桑苧翁長嘆一聲，又滔滔不斷的講下去了：

「那時她把人皮面具一揭下，露出本來面目，我依稀有點認識，尤其她說出我先師遺言，陡然想起一事，脫口問道：『你難道是我先師養女羅素素師妹嗎？』羅素素點頭笑道：『師兄，居然還記得我小時候的乳名。』

「當時我心裡一喜，想不到在這種地方會碰著同門師妹，而且這位師妹冰雪聰明，是先師最鍾愛的一位小同門，從小便受師門陶冶，雖然在先師跟前不過十年光景，所得秘傳卻比別個同門還多。剛才暗中運功相抵，扶住燭光，又從一丈多高的樑上，一掌搧滅燭火，這一手，便比我高得多！先師仙遊以後，定然練功有得後來居上了，想不到今晚他鄉遇故知。大喜之下，慌請她坐下，細問先師故後情形和她這幾年蹤跡，怎會知道自己在此趕來相會。

「她說：『師兄，你還記得那年我養父八十大慶，諸同門齊集四明祝壽，小妹還是十幾歲的小孩子，師兄也只二十左右，在男同門中也是年紀最輕的，卻已少年得志，一位金馬玉堂的貴客了。這時師兄不忘師門，居然親自登堂拜壽，和我們盤桓了幾天。在正壽這一天，我養父在壽筵上講述武功秘奧和祖師張三丰的仙跡，最後他老人家要想效法祖師爺得道登仙，說出許多奇怪的話來，師兄，你還記得嗎？』我說：『當然記得。』

「我記得那時先師是這樣說的：『中國武術精華深奧，不亞於文學，一輩子研究不盡。

但是研究此道的，雖然到處都有，只是粗人多、文士少，男子多、女子少，這是重文輕武、重男輕女的成見太深。要知古人六藝「禮樂射御書數」，原是人人應有能耐的，武術更包括在射御之內。後世誤解武術為好勇鬥狠，幾代開國之君又用的是霸術愚民之策，最怕小百姓氣粗膽壯、揭竿而起，破壞他一人一家的萬年有道之基，只好抬出「偃武修文」的招牌來，弄得真有功夫的武術名家，一個個不敢術露招禍，收幾個門徒接傳衣缽，也是偷偷摸摸隱密深藏起來。眼看武術一道，一代不如一代，非到絕傳不可，真是可惜！』

「『要知中國武術，不論哪一派傳授，都是萬脈同源。普通練一種拳術，只要經過名師指點，恆心練習，功夫高深不去管他，準可以轉弱為強、卻病延年，這是人人明白，已不用多費口舌。試問全國的人民，人人有個好身體，還不強種強國嗎？這種最淺顯的道理，卻是發明中國武術的最大本旨，這是武術的普通功用，可以稱為「健身術」。像我們師弟衣缽相傳，光大門戶，而又江湖訪友，精益求精，非有二三十年純功，難以繼述祖師爺本門功夫。非但遊歷江湖，可以立己立人、不畏強暴，一旦國家有事，亦可以一敵百、馳驅疆場。這種不是普通功夫，可以稱為「衛身術」。

「『但是中國武術歷代相傳，除健身衛身以外，還有最高的境界，凡是研究武術的，不論哪一派，都知道有「練精化氣，練神還虛」的說法。藝而志於道，說玄了便是悟道成仙。唐人說部描寫的紅拂、精精、空空之流，千里飛行，變幻莫測，後人傳說的許多劍仙事蹟，大約從唐人說部脫化而出。』

「先師又嘆道：『文人造謠，聊以快意。我活了這大，走遍名山大川，訪遍拳劍名家，卻沒有碰著什麼劍仙。但是天下事實在難說，積非可以成是，積謠也許成真。個人見聞有限，天下事理無窮，不能說我沒有碰著劍仙，世上便沒有劍仙了。即如我祖師爺張三丰悟道成仙的事蹟，有記載、有傳說，仙蹤所到各地誌書上都說得活靈活現，這是武當派的門下沒有不知道的，照這樣看來也許真有成仙的可能。

「『現在我已活到八十歲，天下同道都推尊我為武當派掌門人，我已把歷年秘研拳劍功夫，絕不藏私，按照你們材質統統分別傳授，你們只要悉心研練，不愁不到爐火純青地步。從明天起，我立志要雲遊四海，訪求仙跡，把未來歲月消磨於悟道登仙的功夫上。要從我本身的武術，印證武術的頂峰是不是有練神化虛、蛻俗成仙的一途？不論是虛是實，到時我定要預先佈置，使我門弟子按跡找尋、證明真假。我不管有仙緣仙福沒有，我為世上各派武術，印證最高的真理。我祖師爺神明咫尺，定能鑒我愚誠點化迷途，假使仙道虛無白廢心血，我這八十老人於世無求，為世上作一榜樣，亦是心安理得。』

「先師這番話我記得很清楚，我還記得和師妹說了不少體己話。同門祝壽以後，我便晉京供職，服官朝廷，身體不能自由，南北遠隔音問輒阻。過了幾年，我才打聽出先師八秩壽辰的第五天，真個飄飄雲遊，不知所終。人人都說被祖師爺降凡接引，真個仙去了。一得到先師仙去消息，一發掛念師妹下落，同門又各星散，曾囑託人隨時打探師妹蹤跡，總未得著確信。萬想不到師妹會在這時光降，真是天大的造化。

「羅素素笑道：『師兄官階不小，這張嘴還是從前一樣的甜，剛才幾乎把我當作謀刺欽命大員的要犯了。』我對於這位師妹本來非常愛惜，一聽她口角尖利，慌起來謝罪，說是：『不知者不罪，請師妹不要見怪。』

「羅素素道：『誰怪你？咱們不必鬧此虛文，不瞞你說，我從湖南一直跟你到此，你一路舉動都在我眼裡。我在湖南原想現身見你，轉想多年不見，今昔不同，你為朝廷出力，我也要暗地查察你的官聲政績如何？我才暗地一路跟蹤，一半也是存心保護你，一半事有湊巧，我本來要從這條路上走來，倒一舉兩得了。』

「我笑道：『師妹顧念舊情，這樣保護我，我不敢言謝，可是暗地查察得究竟怎樣呢？』羅素素笑道：『還好，尚算言行相符。』我說：『假使不好呢？』

「羅素素蛾眉微挑，正色說道：『那還容說，咱們就不必相見了。』我苦笑道：『好險，好不容易，屋子裡出了太陽了。』

「羅素素又道：『你且慢得意，無事不登三寶殿，我是有事來和你商量。我不找別位同門，單獨和你商量，不是因你做了大官才來找你，一半機會湊巧，一半想起我們從前……咳……這廢話現在不必說它。師兄，你知道我養父脾氣，說到哪兒便要做到哪兒，自從八秩壽誕一天，在門人面前講出一段大道理以後，我便擔心，當晚我婉轉勸著養父，悟道登仙不必遠遊四海，再說浙東有的是名山勝境，何必遠離故鄉？我養父原是一無牽掛的人，家中沒有子女，一個女傭人還是因為我才僱用的，我明知勸他未必入耳，也不能不盡我一點孝心。

「『哪知過壽誕的第五天，諸同門散去以後，一天清早起來，我屋內梳妝台上擱著他老人家久已不用的那柄古代奇珍「猶龍劍」，還有薄薄一本硃批的「練氣秘要」，書下面壓著一張字條，大意說是「一劍一書，贈我作為紀念，五六年後，定有後命。」

「『我急慌通知就近幾位同門，他老人家何等功夫，存心要離開我們，想尋找他真是萬難。我從小父母雙亡被養父收養，也是一個孤苦零丁的人，在養父家中做夢一般過了七八年，自問在這七八年內，二五更的功夫沒有白廢，自問獨闖江湖，尋找養父下落，尚可去得。各省都有同門，多少總有點照應，尤其想到北方帝王之都一遊，和你見一面商量尋找養父的辦法。主意還未打定，今年春季門口來了一個異鄉口音的遊方道士，替人捎了封信來，向我女傭人問明了人名地址，把信拿出來以後，便走得無蹤無影。等得女傭人把信拿進，我拆開看時，信內附著一個薄薄的人皮面具。信內寫著下面寥寥幾句話：貴州省平越州南三里，仙影崖左行十里，越溪穿峽，援藤入壁，紅花插鬢，巨猿迎賓，仙師傳諭，希速臨黔，附贈面具，權為信物，志之勿忘，閱畢火之。羅剎夫人密啟。

「『我把這封怪信看了半天，信內所稱仙師，定是我養父無疑，難道真個成了仙麼？署名的羅剎夫人又是誰呢？我本來一心想尋找養父，難得有此機會，只可惜沒有留住捎信來的遊方道士，問個明白，真是可惜！我依著信裡吩咐，把信內幾句話記得滾瓜爛熟，然後把原信燒掉。第二天便收拾一點隨身行李，帶了養父那柄猶龍劍和人皮面具，也不通知近處同門，悄悄上路。到了漢陽看到官報，我暗暗心喜，原來你也奉旨到湘黔來了，我才決定先行入湘，和你一路同行。

「『雖然和你同行，在湖南卻不和你見面。我這次出門遠行變成了一個江湖女子，一位欽命大員，居然有一個江湖女子的同門，被人知道牙都要笑掉！所以我跟到這兒才敢見你，師兄，小妹還懂得一點進退吧。』

「她說完了前後經過，我才明白，我深知這位師妹最看得起我，故意這樣說話的，我也明白她用意。我說：『我雖身為命官，但是把師妹和這點官職來比較，我情願棄掉官職，卻不願拋棄我們感情。不瞞你說，我派人屢次探你下落沒得確詢，我暗地決定，等我欽命事了，我要親自到四明去了。』

「她聽我語意深長，看了我一眼，似乎想要說一句什麼話，面色一紅，卻沒有說出來，突然轉變話頭，問我道：『羅剎夫人是誰？你知道嗎？』我說：『耳邊好像有人提過，一時卻記不起來了。』

「她說：『我在湖南無意中卻聽得一點來歷。據說三年前雲貴邊境，有兩個神出鬼沒的俠盜，卻是一對夫妻，江湖上稱男的叫做羅剎大王，女的叫做羅剎夫人，酷吏貪官，在他夫妻手上送掉命的很多，貧民窮戶受他們恩惠的更是口碑載道。他們夫妻從來沒有露過真面目，出手時兩人總帶著可怕的人皮面具，而且獨來獨往從不與同道交往。這幾年夫妻突然隱去，江湖上聽不到羅剎大王、羅剎夫人的名頭了。」

「我說：『來信是羅剎夫人具名，大約信是送與師妹的，所以女的具名，這樣可以證明這對俠盜高隱此處，定已拜列我師父門下了。但是我師父如尚在此，何以不用親筆，卻由羅剎夫人代傳？前幾年我隱約聽到師座仙去消息，偶然碰著幾位同門口稱先師，所以剛才我也這樣稱呼。現在師妹得到這封怪信，我望我老師健在，不久同師妹可以拜見。但是信內疑竇甚多，好在所說地點距此不遠，今晚來不及，明晨我同師妹前往一探，便知真相了。』

「羅素素道：『師兄身負欽命，不便擅離行轅罷。』我笑說：『無妨，師妹暗地跟蹤，當然知道我時時私行察訪。我們坐談到天色發曉，神不知鬼不覺的一同飛越出城，讓他們瞎猜去好了。』

「羅素素笑道：『師兄，我們自己人無話不說，我一路暗地跟蹤，觀察你每晚雖然還做功夫，不見有什麼進益，身邊又沒有好幫手，自己又大意，從來不帶兵刃。幸而你不貪不汙、不作威福，一路應剿應撫也還得宜，沒有出什麼事。其實據我沿途探聽所得，白蓮教中很有幾個厲害腳色，和白蓮教互通聲氣的水陸巨盜，也有不少名家，我真替你擔心。老實說，一路行來我時時在你身邊，即如今晚，我如不願現身會你，你便安心入睡，不知樑上有人了。本來身為欽員，公事應酬便忙不過來，哪能像從前一心操練功夫？我勸你，從此一心做文官，不要再辦這種結怨江湖事了。』

「我嘆了口氣道：『師妹真是我生平知己。我自己知道，雖然生長閥閱之家，論我骨勇氣傲，只宜草野，不宜廊廟；何況現在朝內權閹，朝外黨禍，小人道長，正人氣索，一不小心便有奇禍。我這次到外省來辦事，一半還是為避權閹的氣焰。我恨不得丟官一身輕，像羅刹夫妻一般雙雙偕隱，逍遙江湖，才對我心思哩。』

「羅素素凝眸思索，半晌，才開口道：『我一路跟蹤，暗地從你親隨們私下談論中，聽出你雖是大族，父母卻已早故，還是單傳，而且年少登科，身列清要，照說不知有多少侯門貴族，爭選雀屏。但聽你親隨們竊竊私議，說你高低不就，一味推辭，現在中饋猶虛，都猜不出是何主意？但是此刻你自己卻說出志在棄官，雙雙偕隱的話來，好像已有一位夫人似的，這是怎麼一回事呢？』

「她這一問，我才覺說話有語病，被她捉住了，但是轉念之間，我立時答道：『師妹，你問得好，我真有雙雙偕隱之志，而且心目中在七八年前已存下了一位偕隱之人，海枯石爛此志不變。師妹來得正好，這樁大事，沒有第二人可以商量，只有求師妹替我決斷一下……』

「偷眼看她時，見她梨渦雙暈，羞得抬不起頭來，細聲嬌嗔道：『我管不著。』我面色一整，侃侃說道：『師妹，我們從小同心，我們不是世俗兒女，我的生死前途，但聽師妹一言。師妹既有暗地保護的恩情，難道忍心不理睬我嗎？』

「羅素素猛一抬頭，淚光瑩瑩，妙目深注，說道：『既然如此，這七八年來音信杳沉，撇得我孤苦淒清，到現在我千里尋父，自己踏上門來，才對我說這種話，這是何苦呢？』說罷，一低頭，枕在玉臂上，嗚咽不止。

「我大驚之下，恨不得自己打自己幾下，可是剛才我也談起曾經託人探詢，無奈所託非人，自己一官羈身，南北迢迢，關山遠阻，又到不了她的跟前。猛記起剛才還說過願棄官職，不願拋棄兩人感情，只顧說得痛快，此刻想起來，卻似自相矛盾，真應該自己掌嘴，怪不得芳心沉痛，此時雖打疊起千萬恩情也難半語得竅。情急之下，不禁眼淚直掛，竟也抽抽抑抑的哭了起來，情人的眼淚可以解決一切，這話不假；而且一副急淚，不是女的專有利器，男的偶然用的得法，也一樣有效。

「果然，羅素素聽到我的哭聲，雨打梨花般抬起頭來，一面從身邊抽出一方羅巾拭淚，一面恨聲說道：『你哭什麼，我冤屈你麼？』說時，卻把自己拭淚的羅巾擲了過來。我接過擦了一擦，遮了過去，趁勢隔著書几拉住玉臂，輕輕搖著說：『師妹，求你暫時從寬饒恕，往後瞧我的心罷。』

「她瞧我愁眉苦臉，一副情急之態，想起當年同門學藝，兩心相投，倏啼倏笑，便是這副猴樣；想不到做欽命大員，手掌生殺之權，還做出這副極形惡狀，忍不住破涕為笑，嗤的笑出聲來。我剛心裡一鬆，她忽地玉臂一擊，面色一整，說道：『實對你說，我這次千里尋父，本已下了決心，尋得著養父果然是好，萬一養父真個成仙，或者身已去世，我不願清白女兒之身，混跡江湖，我便落髮為尼長齋伴佛。想不到冤孽牽纏，得著你到湖南的消息，心裡一迷糊，自輕自賤的，竟會和你相見。現在長短不必說，好歹得著養父真實消息，再作決斷。』

「她斬釘截鐵的說罷，霍地站起身來。我急得手足無措，慌飛身攔住，不知說什麼才好，啞聲喊道：『師妹，愚兄弟兄姊妹全無，有家等於無家。天可憐我們今晚相會，世界上除師妹外已無同情相憐之人，師妹再不原諒，我真無法活下去了……』心裡氣苦之下，鼻子一酸，眼淚又掉落下來。

「羅素素嘆了口氣，低低喊了聲：『冤孽！』撲的又復坐下。我一聽外面，四更剛剛敲罷，悄悄說：『師妹，你這幾天一路受盡風霜之苦，身子要緊；天亮還有不少時候，快到榻上去閉目歪一忽兒，我坐在這兒陪著，師妹聽我的話。』

「她看了我一眼，道：『你也明白我受盡風霜，不瞞你說，我是個女孩兒，一路暗地跟蹤，哪能隨意尋找宿處。這幾天鬧得我像飛禽走獸一般，岩洞密林便是我息足養神之所，山泉曲澗，便是我盥漱梳妝之台，我為的是誰？』我聽得難過萬分，一跺腳，樓板『卜通』的一聲響；立時樓梯響動，跑上兩名親隨，在門外問道：『大人還沒有安息，有事吩咐嗎？』

「我慌沉聲喝道：『沒有事，下去！』聽得兩個親隨躡足下樓以後，慌悄悄說：『師妹的恩情，使我一輩子報答不盡，現在快請睡一會兒。當真師妹出門時，不是帶著猶龍劍和隨身行李，怎麼變了赤手空拳，連風氅都不帶一件呢？』

「她並不答話，亭亭起立，一轉身，並不矮身作勢，刷的身形拔起一丈多高，左手一扶大樑，右臂一探，倏的竄下身來，真似四兩棉花，點塵不起。左肋下卻已夾著一柄連鞘長劍，一具輕便包袱，這才知她早把隨身東西藏在大樑頂上了。我慌接過來，擱在另一張桌上，一面仍勸她睡一會兒，她笑說：『你坐著，我怎睡得熟？我們談到天亮罷。』

「我說：『你為我委屈了這許多天，我心裡難過已極，你快去睡，我伺候你一宿也應該，何況明天要辦大事。你每夜辛苦，此時務必要養一養精神。師妹，你再執拗，我心裡一發難過了。』她被我逼得沒法，才羞羞澀澀的向榻上歪下身去，大約一路跟蹤而來，沒有好好安睡過，這一歪身果然睡著了。我過去輕輕替她蓋上一幅薄被，才回到坐上，暗地打算未來的事……」

鬚髮蒼蒼、道貌儼然的桑苧翁，居然在沐天瀾、女羅剎一對青年男女面前，娓娓而談，講出當年自己的情史。

兩人聽得如醉如癡，偶然一眼看到前面這位老前輩的威儀，兩人對看了一眼心裡想笑，面上不敢笑。暗想這位老前輩真奇怪，把自己當年的情場奇史，毫無忌憚的講得繪聲繪色，不厭求詳，這是什麼用意？最奇在他情史上，又有一個羅剎夫人，更是怪事。

沐天瀾、女羅剎心裡起疑，面上神色略異，桑苧翁似已察覺，呵呵笑道：「我這樣年紀，老著臉談述我過去的夢痕，如被常人聽去定以為我是瘋子，但在你們兩人面前，使我不能不這樣白背腳本，這也是我一生中只有這一次權充瘋子。為什麼我要在你們面前充瘋子，你們等我全篇故事講完以後，你們大約可以明白的了。再說，天地得情之正者莫過於男女愛慕，陰陽翕合的一剎那，萬物類以化生，人倫造端於是，過此便是機械萬端，性靈汨沒，不足言情了。所以男女吸引只要得情之正，原是天地間的至理，毫無可奇可恥之處。這是閑話，我現在繼續正文，要講到親身經歷的一段稀奇古怪的事蹟了。」

桑苧翁別有用心，故意講出以往經歷之事，中間還夾著他一段曲折香艷的綺史，在兩個後輩青年男女面前，談得繪聲繪色，無微不至。沐天瀾、女羅剎起初只聽得奇怪，等他慢慢講完前因後果，才恍然大悟，才知世上竟有這樣奇事。

可是桑苧翁還只說了一半，沐天瀾、女羅剎已聽得色異神動，從此凝神傾聽一字一句，一發不敢放鬆了。

第十章　仙影崖的秘徑

只聽得桑苧翁繼續說道：「那晚羅素素被我再三相勸，才在榻上歪了一忽兒。天尚未亮已一躍而起，催我上道。我沒法再叫她睡，自己換了身行裝，替她背上包袱。她帶好猶龍劍，悄悄躍出窗外，依然把窗掩上，然後越牆而出，離開了高真觀，直奔城牆。這種山城當然擋不住我們，出了平越城，按照羅剎夫人信裡指的方向走去。

「走了二三里山路，東方才漸漸發現曉色，腳下山路也漸漸陡險起來。走到一條蜿蜒曲折的岩谷，兩面層巒疊嶂，上接青冥，半腰裡白雲擁絮，若沉若浮，越走越高，片片白雲，撲面托足，擁身而馳，幾乎難以舉步。兩人一先一後探著腳望前走了一程，峰隨路轉，幾個拐彎，忽然境界一變，足下溪聲如雷，斷崖千仞。再一邁步，便要蹈空，墜入深淵。低頭一看，十丈多寬的急流，從上流峽影重重之中，奔騰澎湃直騰而下，湍急流旋，眩目驚心，兩岸都是峭壁千仞，屹立如削。

「我們以為走錯了路，到了絕地，一回身，方看出來路岩腳下有極仄的引道，縈紆盤旋，直到溪岸下流，匆匆跑過沒有留神，重又回身走上磴道。沿著溪岸走了半里多路，偶然抬頭看到對岸聳立如屏的峭壁中間，隱隱顯出一尊巨大仙像；戴笠策杖，側身作西行狀，不知是何年代石工鑿出來的古跡。仔細一看，竟是我們武當派祖師張三丰仙像。

「我們對像遙拜拜罷，羅素素驀地驚呼道：『祖師爺仙跡在此，此處定是羅剎夫人信裡所指的仙影崖了。』我說：『仙影崖既然找到，照來信指示，我們去的方向，在仙影崖左，應該想法過溪，再從那岸往上流走去才對哩。』

「羅素素一聳身，跳上道旁一株橫出的歪脖松樹幹上，用腿絆住粗枝探出身去，才看見下流溪面上影綽綽浮著兩條架空巨索，索下吊著窄窄的軟橋。於是我們走近橋身所在，瞧見兩面峭壁上，貫著平行的兩條巨鐵鏈，足有碗口粗，鐵索下面吊著一段段巨竹串成的懸橋，距離溪面也有七八丈高下，懸空虛宕，隨風晃動，宛如搖籃。雖然上面有鐵索可以扶手，但是竹橋既窄且滑，也是難行。

「我們走時天剛發曉，路絕行人，不知山居苗蠻怎樣走法？內地漢人如身上沒有相當武功，真還寸步難行。我們渡過竹橋，細辨路徑，只有沿溪往下流走的一條小道，靠左往上流這一面，臨溪岩壁，上下如削，絕無著足之處。

「羅素素說：『你瞧，這兒岩壁凹進，上下長著不少奇形古松，倒垂著粗粗細細的長藤，我們費點力翻上岩頂去，也許有路可通。』我抬頭打量岩頂，少說也有五六十丈，要這樣貼壁上升實非易事，一個失足怕不粉身碎骨！

「我正在猶疑，羅素素雙足一點，『一鶴衝天』，已縱起一丈六七，攀住一支倒垂紫藤。借著悠宕之勢，竟貼壁飛騰，又斜升上三四丈。窺準上面一支橫出松幹，展開『遊蜂戲蕊』身法，俏生生的停在松幹上。一轉身，照樣又援藤飛升，斜渡到另一株嵌古松上了。這樣燕子一般幾次飛騰，人已在二十丈以上。我在下面又驚又喜，竟看呆了。忽聽她在上面歡呼道：『師兄快來，路在這裡了。』喊罷，身形一閃，忽然不見。

「我慌曳起前後衣襟，如法騰身而上，那時我輕身小巧功夫，和她一比實在差得多，勉力跟蹤到聽見歡呼之處。一看此處峭壁突然橫斷，分為兩層，外面一層宛如斧劈，屹峙如屏，從下往上卻看不出來。橫斷夾層之內有三尺開闊，借藤蘿悠騰之勢，便可飛身落入夾層以內，一舉步，便可轉入屏後一條确礎不平又窄又陡的斜坡。好像石壁震裂，形成這樣的一條夾縫，卻又天然變成盤旋曲折，可達岩頂的一條捷徑。

「羅素素等我到了夾縫以內，她又像遊魚一般往前竄去。兩人一先一後，在這壁縫裡手足並用串來串去，足有一頓飯工夫，居然竄出岩頂。兩人一到岩頂，不免長長的吁了口氣，同時也不禁出聲歡呼起來。

「原來岩頂地勢平衍，芳草一碧，梗枯成林，大可十圍，濃陰匝地，蘿帶飄空。林下雜生著不知名的五色草花，如錦如綉，樹上許多不知名的文禽翠羽，飛舞交鳴，如奏細樂，而且幽芳撲鼻，爽氣宜人。這時東方日輪初升，曉露未泮，反景入林，照眼生輝。羅素素歡喜得跳了起來，一矮身，忽地施展輕身絕技，『蜻蜓點水、野鳥投林』，斜飛起二丈多高，燕子般飛上林巔，移枝度幹，轉瞬沒入綠蔭如幬之中。

「我慌趕入林去，抬頭找尋已不見她的身影，半晌忽聽得前面一箭開外，碧油油的樹影叢中，嬌呼著：『師兄快來，瞧這稀罕物兒。』我飛一般趕去，猛見羅素素飛身下林，俏生生的騎在一匹似馬的怪獸背上。

「這隻怪獸比川馬還小一點，全身和馬相似，只是滿身長著虎斑紋，毛色光滑油亮，馬頭卻純白如雪，額上長著墨晶般一對矮角，長尾色赤如火，霧鬣風鬃，宛然名駿。最奇羅素素騎在背上，四蹄卓立異常馴良，活似調養有素一般。羅素素笑道：『師兄你瞧這匹馬多好，怎的會生長在無人的高岩上呢？』

「我仔細一看，形雖似馬，四蹄卻如虎爪。記得山海經所載『鹿蜀宜男』，便是這種形狀，性馴善走，力逾猛虎，是一種罕見的異獸，我向羅素素說明這獸名叫鹿蜀，不是馬種。

「羅素素道：『管牠是馬不是，既然性馴善走，我們何妨省點腳力用牠代步。岩頂地勢，雖然前面岩脊蜿蜒入雲，還可馳騁，我們何妨先試一試呢！』我說：『好，替你弄根韁繩才合適。』

「一看不遠一株參天古木上，藤蘿密繞，上面枝幹上像流蘇般倒掛下來，向她借了猶龍劍飛身上樹，撿了一支較細的朱藤割了下來。跳下樹來，試了試柔韌異常，把劍還了，便用細藤做個籠套，把鹿蜀頭項絡住，多餘幾尺遞在她手內當作馬韁。可愛這匹怪獸任人擺布，一點沒有倔強。羅素素笑得一張櫻桃小嘴合不攏來，笑喚道：『喂，你也上來，我們兩人身子都不肥重，也許行。』

我心裡一喜，一聳身，跳上獸背，騎在她身後，左臂一圈輕輕把她柳腰攬住。我心裡暗想，假使鹿蜀野心勃發，把我摜下千丈深淵，我也甘心。羅素素看我騎在身後半天不說話，嬌嗔道：『你心裡又不知想到哪兒去了，你可得想法叫牠走啊！』

「我心裡暗笑，你自己也出了半天神，韁繩又在你手上，還問我呢？心裡這樣想，嘴上可不敢這樣說。她一發嬌，我慌用手拍著鹿蜀屁股喊道：『鹿蜀，鹿蜀，我一輩子忘不了你的好處，現在好好兒送我們一程罷！』

「羅素素也笑著在前面一抖藤韁。鹿蜀竟能體會人意，把頭一昂，嘶唎唎一聲長嘶，實大聲宏，音震林谷，四蹄動處，已緩緩前行。可是越走越快，到後來穿林越嶺，成排樹木閃電般往後倒去，耳邊上也起了風聲。

「我慌不及加了力勁，兩手抱住羅素素身子。她生長浙東，不善騎術，藤韁在手也無法控縱。跑著跑著，猛聽得羅素素『啊喲』一聲驚喊！鹿蜀突然身子一挫，一聲怪吼，前蹄一起，呼的往前一縱，竟是騰雲駕霧般凌空而起。等得四蹄落地，我回頭一看才知危崖中分，斷岸千尺，五六丈距離的空檔，竟被牠一躍飛渡，萬一跌落獸背怕不跌入無底深淵，粉身碎骨。羅素素也嚇得嚶的一聲倒在我懷裡，連說：『好險！好險！』鹿蜀也奇怪，飛躍過斷崖，立時腳步放慢，走沒多遠，便屹然停住。

「我向前一看，原來奇峰插天，石屏如障，已無路可通，而且當面千尋石壁，綠苔如綉，上下一碧，絕無樹木藤蘿可以攀援。這一來，我們疑惑費盡心力，依然走入絕境。正在為難，想跳下獸背，向左右兩面找尋出路，鹿蜀忽又昂頭急嘶，甚是悠遠。嘶聲剛止，半空裡忽然磔磔一陣怪嗅，山谷迴響，入耳驚心。

「我們急抬頭向上望去，石壁十幾丈以上露出一個怪頭腦，金髮火睛，掀脈拗鼻。迎風飛立的金髮上，還簪著一朵碗大山茶花，一對凶光熠熠的血睛，正注視著我們，厚唇上翻，獠牙豁露，咧著一張闊嘴，怪笑不止。驟看去，這個怪物好像從天衣無縫的石壁裡鑽出來似的，在這無人之境，驟遇這種怪物，誰也得嚇一跳！

「我們一齊跳下獸背，羅素素拔出猶龍劍以防不測。不料怪物旁邊又同樣鑽出一個腦袋，也帶著一朵紅花，兩個怪腦袋微一晃動，倏又伸起兩條金黃手臂，向我們亂招亂比。身後鹿蜀也向壁上搖頭擺尾，奪蹄人立，好似和上面怪物非常廝熟一般。我們正在吉凶莫測，不知所措，上面兩個怪物已舉起四條手臂，呼的拋下一大盤藤索來，下面還結著一具大藤兜。

「我們猛地想起羅剎夫人信內『紅花插鬢，靈猿迎賓』的話，大約這兩個怪物，也許便是迎賓的靈猿了。上面兩個巨猿一陣比劃便也明白，到了這種境界，也只可不問前途吉凶，坐上藤兜，讓牠們吊上去再說。藤兜頗大，兩人盤膝坐入還有餘地，上面四隻毛臂力大無窮，輪流倒把又快又穩，一忽兒把藤兜提上壁內。

「原來這處岩壁，從下往上好像直上直下、通體渾成，其實二十丈以上分著層次，一層接一層，每層天然有幾尺夾縫。

「我們到了石壁夾縫以內，跳出藤兜，宛似處身在一條窄衚衕中，已看不到岩下景象。一隻巨猿搶先領著我們向右走了幾步，忽見身側現出一人多高的山洞，洞內風聲如雷，黑沉沉望不到底。領路那隻巨猿躬身走進洞內，回身舉爪亂招，羅素素當先橫劍跟入，我也緊隨身後。啞聲兒向洞內行去，越走越黑，什麼也瞧不見，只覺腳底下步步向上，似乎洞內地形是個斜坡。走了一段，猛聽得身後起了獸蹄奔騰之聲，甚疾如風，剎時擦身而過，只覺手上觸著毛茸茸的獸毛，也不知是何獸類？一忽兒後面巨猿怪嘯之聲又起，嘯聲貫洞，嗡嗡震耳，到了身後，越過我們跑向前去了。

「這樣摸黑前進，幸喜腳下是平滑的沙土，沒有礙足的東西，不過地形越走越陡，幾乎要手足並用。羅素素這時已把猶龍劍歸鞘背在背上，因為地勢越走越寬，我和她聯臂並肩而行。有時碰壁拐彎，渾同瞎子一般。

「這樣瞎摸瞎撞，走了頓飯時光，前面露出一圈天光，而且隱隱聽到一種奇異之聲，宛似百樂迭奏，如聞仙音，靜心聽去，心暢神怡，卻不是笙放絲竹之音。腳步加緊，前面一圈天光也漸漸放大，入耳樂聲，也聽出是溪聲樹聲百鳥交鳴聲，組織成一種奇異的樂奏。我們在洞裡悶走了半天，好不容易走近出口，自然心神一振。

「我們以為出口所在和前洞一樣，不加思索的邁步而出，這一邁步，兩人幾乎粉身碎骨！幸而沒有飛身蹤躍。剛向洞外一伸腿，突然從洞外兩邊伸出金剛般兩條毛手臂，當洞一橫，把我們攔住。我們吃了一驚，慌不及縮回腿來。洞口忽颼一聲，擲進一盤光滑如油的長藤，那一頭似乎掛在洞外。

「我們立時明白，出洞非用長藤不可。我們兩人合用一藤，挽住長藤向洞外探身，才明白兩猿伸臂遮攔的意思。

「原來洞外絕無餘地可以托足，竟是斧削一般的石壁，下臨深淵，碧波漣遊。從百丈峭壁掛下百道細泉，錚琮交響，其聲清越。溪面頗寬，十丈以外，古木成林，環抱溪面，森森一碧。這種異木，高可參天，樹身大得駭人，大約十個人也圍抱不過來，卻從水中挺然長出。無數異鳥，毛羽五彩斑駁，飛舞交鳴於水木之間，如奏異樂。

「再一看洞口左右兩隻巨猿，分蹲在岩壁橫生天矯如龍的古松上，猿臂上都挽住一條長藤，連我們手上的一條共是三條長藤。藤的另一頭，掛在對面一二十丈以上的大樹上面，每條藤上都是用無數長藤結連起來的。

「我們挽著長藤，目光被洞外奇景所奪，一時目不暇接，還未十分看清四周景象，左右兩猿猛地一聲長嘯，一邊一個各自伸出一條長臂，挽住我們身子，向洞外一送，呼的連藤帶人飛出洞外。

「左右兩巨猿夾著我們兩人，竟憑一條長藤，聯臂騰空，目不及瞬，已飛渡到對面一株大樹上。去勢太急，我怕飛入樹內枝幹碰傷身面，正想施展輕功捨藤上樹，哪知兩隻巨猿輕車熟路一般，左右兩臂一分，夾著我們已輕飄飄的鑽入碧油油的萬葉叢中，停身在一枝挺出的巨幹上了。這支巨幹粗逾牛腰，兩猿兩人立在上面，和立在平地上一樣。

「這時看清這種碩大無朋的異木，皮色青白，木紋細緻，離水十幾丈以上，才一層層分幹佈條，平直四出；葉大盈尺，綠油油的又厚又堅，好像整塊翠玉琢就一般。這類稀見古木，大約淮南子所說沙琅玕之類了。這種原始古木，遠看蔚然成林，逼近一看，行列非常疏遠，每樹距離總在十餘丈以外，僅四面挺生的牛腰巨枝，互相交搭。

「有許多大大小小的各色猿猴，此逃彼逐，嬉戲其間。有幾隻像身邊一類的金毛巨猿，利用林內垂空藤蘿，鞦韆一般悠來悠去，一悠便是十幾丈遠，隨著悠蕩之勢雙爪一鬆，一個懸空斛斗，又掛在另一樹上的長藤上，隨勢悠入樹林深處，活像飛鳥遊魚一般。最奇林內飛的、跳的各種禽獸，自在遊行，絕不避人，有時一隻異鳥飛來，便停在我們肩上，把羅素素喜得闔不攏嘴，我們異境當前，好像這個身子已經到了另一世界，也許這就是仙境了。

「我們在樹幹上面停留了一忽兒，兩頭巨猿領著我們繞著樹身，越過幾條巨幹，轉到樹身那一面。這一面景象不同，這類樹林分成南北兩面，相距雖只十丈遠近，卻是很整齊的排列成一條長長的樹衚衕。下面一條湍流，急駛如箭，淙淙有聲，望西滾滾而逝，看不到頭。

「最奇向對面林上望去，一株半枯禿頂的大樹上，一層層的開著窗戶支著窗簾，窗內人影閃動，好像那株大枯樹內住有人家。向陽的窗外，還支著一竿小孩衣服，枯樹後面，冒起一縷炊煙，裊裊而升。這種因樹成屋，別出心裁，真是見所未見，聞所未聞了。

「我們手上長藤便是從對面大枯樹頂上掛下來的，羅素素笑道：『這種房子上不在天、下不在田，真特別！大約我義父便在那株樹內，看情形我們還得宕一回鞦韆。』一語未畢，兩頭巨猿身子一起，已先悠了過去，停在對面枯樹的橫幹上，舉爪相招，我們看準落腳處所，雙足一點，便也凌空飛渡。兩猿伸臂一接，便已停住，棄掉手上長藤，跟著兩猿向樹身走去，竟自步入一重門戶。

「原來這株大枯樹半腰以上，樹心挖空，只剩一二尺厚的外殼，人入樹心，宛似走進一個極大的圓形亭子。四面挖出窗戶，亭內堆著許多家用什物，一具笨重的長木梯子通著上一層的屋內。

「我們又從梯子走上一層，這一層房子更挖得巧妙，把樹心挖成兩個半月形，留著中心厚厚的一層木壁，把兩面分開，變成裡外兩間。木壁上開著裡外相通的一重門戶，當門掛著一重草簾。

「我們一上去，草簾一掀鑽出一頭巨猿，背上背著一個三四歲的女孩子，紅衫垂髫，眉目如畫，一對點漆雙瞳，骨碌碌的向我們直瞪，伸出小手向簾內一指，笑道：『我娘天天惦記著的遠客來了，還不快進去和我娘相見？我可不管你們，我和奶娘玩去了。』帶孩子的巨猿也掀著闊唇，一陣磔磔怪笑，竟自走下梯去。

「我們猜想小孩子口中的娘，定是羅剎夫人，怎的沒有現身迎客？念頭剛起，簾內有人說道：『佳客遠來，恕我病體纏身，難以行動，只好請屈駕賜見罷。』我們掀簾而入，頓覺異香撲鼻，心神一爽！室內竟佈置得雅潔宜人，地下壁上鋪著輝煌悅目的獸皮，桌椅都用樹根雕成；沿窗挖成花槽，墊著淨土，種著許多不知名的芬芳香鬱的花草。靠窗書案和靠壁兩張床榻，大約預畫圖樣，利用本身樹心，雕挖而成。

「書案上筆硯書籍位置楚楚，床榻上厚厚的疊著獸皮，右邊一榻空著，左邊一榻半臥半坐的躺著一個面黃如蠟、骨瘦如柴的婦人，自腰以下蓋著一床薄被，兩隻枯柴一般手臂擱在外面。面孔雖然黃而且枯，兩條斜飛入鬢的秀眉，一對熠熠發光的細長眼，配著一頭漆黑長髮，可以看出這婦人年齡不過三十幾歲。

「她一見我們進屋，欠了欠身子，伸手把披在肩上的長髮往後攏了攏，同時兩道銳利的眼光向我們兩人來回掃了幾下，面上現出苦笑，向羅素素點點頭說：『我便是和你通信的羅剎夫人，你定是我師傅常提起的師妹了。』又向我看了一眼，說：『這一位既然伴著師妹到此，定然不是外人。』

「羅素素慌走近榻邊說是同門師兄，但是我的官階姓名，我已預先囑咐，當然沒有說出來，只說同門作伴一路偕行。可是從羅剎夫人注意我的神色，和口角的笑意，定以為我們雖屬同門，孤男寡女長路同行，當然和一般同門有不同之處了。

「我們和病榻上羅剎夫人見面寒暄以後，依照來信的話，掏出那具人皮面具，交還了羅剎夫人，便坐在近榻的兩張樹根雕成的椅子上，椅上墊著細草編織的厚墊，坐著非常舒適。

「羅素素一坐下，便問義父下落，羅剎夫人卻說：『兩位遠來不易，且請安坐，讓我慢慢的告訴你們吧。』說畢，拿起一支小木棍，向榻邊排著一塊玉罄『噹』的敲了一下，外屋一隻巨猿垂著兩條長爪蹣跚而入。羅剎夫人向牠一陣比劃，巨猿立時出去，一忽兒，草簾飄起跳進兩隻雪白的小猴子，每隻猴子腦袋上頂著一隻木盤，兩隻小猴子扶著盤沿，蹲在我們兩人面前。

「羅剎夫人笑道：『日已過午，兩位一定餓得可以，這兒沒得可口東西供客，胡亂配點山野粗品，權以充饑罷！』我們一看木盤內，有烤炙的獸肉、煨熟的黃精，外帶著蘋婆、果仁、茯苓山藥之類，還有一竹筒熱氣騰騰新烹的山泉。

「我們這時實在又飢又餓，也無所用其客氣，居然吃得適口充腸，芬芳滿頰。兩隻小白猴蹲在地上，一直等我們吃喝已畢，才頂著木盤退出。我們不免向主人道謝，羅素素一心想著見義父，飯後又不免探詢義父行蹤；羅刹夫人偏自慢騰騰的先講她夫婦到此隱居的經過，我們只好沉住氣聽她講。」

第十一章　仙道無憑

羅剎夫人說：「這兒是人跡不到的秘徑，四五年前被我夫婦無意中發現。我們厭倦江湖，正苦沒有相當偕隱處所，我又懷著身孕，快到分娩時候，才把此地做了夫婦遁跡之所。此地各種猿猴都有，初來時非常淘氣，幸而我們原是白蓮教徒，懂得一點驅禽役獸的門道，把牠們一齊收伏。可是各種猿猴中，也只有大的幾頭猩猿和小的雪猿，最聰慧懂得人性，可以當僕役般使喚，其餘也只有懾伏牠們不敢胡來罷了。

「我們又把此地瞎起了一個地名，叫做『羅剎峪』。羅剎二字原是當年我夫婦在江湖上的匪號，當年我夫婦雖然身為教徒，卻看清白蓮教漸漸魚龍混雜，背離教旨，我們毅然脫離。夫婦二人憑一點微末武術，在江湖上獨往獨來，博得一點微名。江湖敗類卻把我們夫婦恨如切骨，白蓮教的黨徒，也百計圖謀想籠絡我夫婦重返教門出力，否則便要用毒辣手段對待。

「我夫婦一想，瓦罐不離井上破！江湖上有幾個好收場？幸喜天從人願，有這樣隱秘處所，足夠我們夫婦隱跡埋名、逍遙晚境，所以在近處購辦了一點應用物品，運到此地，便安心隱居下來。隱居的頭一年，我生了一個女孩子，大約兩位已經見過。偏我乳水不足，幸有一頭母的猩猿非常忠心，代為乳哺，可以說我這女孩子是在母猩猿手上養大的。這種猩猿舉動和人一般，只橫骨未化，不能人言，收服不得法，時發野性罷了。

「有一年我夫婦靜極思動，想到外面看一看情形，順便置辦點應用東西。還有當年在江湖混跡，在雲貴邊境埋藏的一點珍寶，也想運回羅剎峪來。不料為了這點珍寶，我夫婦幾乎送命在這上頭。

「我們藏寶之地，在雲貴邊境二龍關相近處所。二龍關原是苗匪出沒之區，我們到二龍關時，偏和苗匪首領女魔王『九子鬼母』朝了相。早年在江湖上和九子鬼母有點過節，她深知我夫婦並非易與，大家按兵不鬥，萬不料在她匪窩所在和她狹路相逢。強龍難鬥地頭蛇，我們又已心灰意懶，不願再爭無謂的閑氣，原想暗暗取出珍寶便悄悄溜走。

「不料九子鬼母不動聲色，早已調兵遣將暗設埋伏，一面又派了不少匪徒逐步跟蹤，居然在我們取出寶藏以後，沿途邀截。我們夫婦只好同他們周旋，一口氣被我們衝破了幾層埋伏關口，除掉了幾名黨匪。最後衝到一個險惡之處，兩面危岩，中間羊腸一線。萬惡的九子鬼母，竟在這兩面危岩上，預伏了不少匪徒。等我們搶入岩下，岩上梆子一響，先滾下許多磨盤大石，塞斷兩頭路口，又從岩上拋下乾柴火種，竟想活活燒死我夫妻二人。

「我們身處絕地，只可死中求生，拚出死命向陡峭的岩頭攻了上去，無奈岩上匪徒，早已埋伏了弓箭手，毒箭勁弩，立時鑽射下來。岩下火勢已旺，煙霧迷漫，照說那時我夫妻便有天大的本領，也難逃毒手。萬不料憑空來了救星，正在危急當口，岩上一陣大亂，窮凶極惡的苗匪一個個拋球似的拋下岩來。我們夫妻乘機飛身搶上岩頂，一看岩上苗匪抱頭亂竄，被一位大袖翩翩的老英雄，趕得暈頭轉向。

「那一位老英雄大袖展處，近身的苗匪便像草人一般的，紛紛跌下岩去。九子鬼母在遠處看見情形不對，惡狠狠飛身趕到。我們夫妻恨極了她，雙雙齊上，預備和她拚命。

「不料那位老英雄身法奇快，只一旋身，活似飛起一隻大灰鶴從我們頭上掠展，一落身攔住九子鬼母去路。那時九子鬼母年紀未老，已得峨嵋派武術秘奧，鬼怪般怒吼連聲，向老英雄挺劍直刺。

「老英雄哈哈一笑，只一塌身，竟施展他老人家獨門功夫『混元一氣功』，飄飄大袖只貼地一過，嘴上喝聲：『去你的！』九子鬼母身子活似斷線風箏，拋出去兩丈開外。那女魔王真也可以，向地上跌落時，竟在空中風車般一個細胸巧翻雲落下來，依然頭上腳下挺立遠處；可是頭帕已落，髮如飛蓬，咬牙切齒，活似厲鬼一般。大喝一聲：『老兒通名！』

「老英雄笑喝道：『呸！你也配！』回頭又向我們道：『隨我來，快離是非之地。』我們本想和她一決雌雄，作個了斷，老人家這樣吩咐不敢不遵，才跟著老人家飛步下山，脫離了匪窟。

「我們拜謝老人家救命之恩，叩問姓名，才知是四海馳名武當尊宿張松溪老前輩。張老前輩問起我們行蹤，我們自報來歷，和近年偕隱羅刹峪經過；不料我們洗手江湖，隱跡秘境的舉動，深得老人家讚許，老人家還願意到羅刹峪一遊。

「我們能蒙這位老前輩光降，自然求之不得，於是一路侍奉到此，蒙老人家慈悲，把我們夫妻收列門牆。

「因為老人家非常喜愛這羅刹峪，把全境踏勘了一遍，對我夫妻說：『武當內家功夫，原是修道基礎，自己四海一身孤然無累，這幾年遊遍名山，原想尋覓一修道隱身之所。修道人最注重「緣法地侶」四個字，想不到機緣湊巧，碰見了你們夫婦，來到這樣秘奧之境，最適合我修道遁跡之用。最妙我祖師爺遺留仙跡的仙影崖近在咫尺，似乎冥冥之中自有主宰一般，我從此要在羅刹峪內證仙了道，步武祖師爺後塵，不再步履塵世了。』

「我們對於恩師長期同居羅刹峪，自然求之不得，從此可以早夕侍奉，多少討求一點功夫秘奧。於是我們請恩師自己指定相近處，替他搭蓋了一所房子，撥了一頭馴良的猩猿，隨時供應使喚。我們每天到恩師住所去問安，幾個月以後，恩師在家時候逐漸減少，十天中只能見著一次，也不知恩師到何處去，問他他也不說。」

羅刹夫人嘆道：「最後一次，我們夫妻走進恩師住所，只見壁上釘著一張恩師留諭，從此便見不著恩師的面了。現在這張諭言依然釘在壁上，那所房子依然和恩師在時一樣。我們遵照恩師留諭，請師妹到此。師妹只要到恩師住所，一讀那張諭言，便可徹底明白，那所房子從今天起，也歸師妹主持。師妹看完了恩師留諭以後，應該怎樣遵辦，也憑師妹吩咐了。」一說罷，胸口起伏，喘息不止，似乎氣分非常衰弱。

羅素素對她說：「師姊貴恙在身，且請安心靜養，我們先到我義父住的所在，看清了義父留諭，再向師姊討教便了。」

羅剎夫人面上現出苦笑，慘然說道：「我已病入膏肓，恐怕不易好了，只天天盼著師妹到來，完成我恩師的心願，我才能安心死去。我這病完全起因於我那女孩子身上，因為羅剎峪一切都好，無異世外桃源。只有春初的桃花瘴毒氣太重。平時武功在身還抵擋得住，偏是那年桃花瘴起時，生下那孩子，分娩時節體弱氣虛，中了瘴毒。起初不覺得，漸漸下身腫脹癱瘓。到了現在，又延到腰上。我恩師醫理通神，偏又不在，只留下一個治瘴氣的方子，其中一味主藥最是難得。我丈夫因此到各處尋找，從四明送信回來，見我病體日重，又馬上動身，到四川深山中找尋去了。」（編按：以上對話全由桑苧翁轉述。為便於編排及閱讀，未用引號套話）

桑苧翁說完前事又道：「羅剎夫人舉起枯柴般手臂，顫抖抖又敲了玉磬幾下，外屋一頭猩猿掀簾而入。羅剎夫人嘴皮亂動，向猩猿說了幾句聽不懂的話，又舉手一陣比劃，猩猿舉爪向我們一招，便先退出。我們明白是領到師父住的所在去的，我們便向羅剎夫人告辭。這種古代有巢氏因樹成屋的傳說，想不到我們在這羅剎峪中，能夠親身經歷。

「羅剎夫婦創造這樣樹屋，比古代的有巢氏當然要高明得多。最有趣四面都是窗戶，每一面窗外，都連著遠處大樹上結好的藤索，不論你往哪一方飛渡，都可以從窗戶飛身而出。

「我們跟著巨猿到了外屋，並沒有走下來時的梯子，便從外屋一扇窗戶口挽住長藤，兩足向窗口一點，便飛一般悠了過去。

「這一次卻是穿林飛越，距離較遠，半踏裡在幾株大樹上停身了幾次，手上的長藤也換了幾條，最後悠到一處鄰近高岩的大枯樹上。樹頂平伸出數丈的五條粗幹，好像一個金剛巨神，獨臂擎手天，巨掌平舒，伸著五個大指一般。

「掌心蓋著一座八角亭式的木屋，也有兩丈多高，卻只一層，屋頂很整齊的鋪著一層層的又堅又厚的樹葉子，再用厚竹片一層層壓住。西面窗戶緊閉，窗檻上也和羅剎夫人住的房子一樣，花槽內種著芬芳撲鼻非常好看的鮮花；沿著花槽又種著碧綠的書帶草，長長的向下垂著，隨風飄拂好像替這屋子束了一道五采錦帶。靠岩壁一面開著一個穹門，一扇厚厚的木皮門關著，門外恰正對著平伸出一丈多遠的巨幹，直落到岩腰上，巨幹朝上一面，削成兩尺寬的平面，宛似一座橋直通岩壁。

「領路那頭猩猿，當先推開那扇木皮穹門走了進去，先把屋內窗戶開了，讓我們走進屋內。我們只覺得這所木屋，比羅剎夫人住的還要寬大雅潔。無心細看屋內佈置，一進門便已瞧見左壁上用竹釘釘著厚厚的一張紙，紙的顏色已變成焦黃，上面寫著不少字。

「我們慌走近細瞧，上面寫著：『中國武術，健身衛身以至強種強國，原屬信而有徵，然世有由武術而進來仙道，如我武當祖師之仙跡流傳，跡近神話，迄今尚無明確之徵驗。余忝為武當傳人，齒已衰暮，願為後人試登仙道之真妄，否則以此世外桃源為余埋骨佳城，亦屬佳事。羅剎夫婦，江湖健者，列予門牆，愧無所授，見此留字，試向四明訪尋余義女羅素素或一二門弟子來此一遊，告以始末。俟五載後，由此登岩，左行百步許，奇松古柏之間，即余蛻骨證仙之窟，試啟窟一驗余仙道之成否，希志之勿緩。武當掌門人張松溪留字。』

「羅素素讀了壁上留諭，早已珠淚直掛，泣不成聲。我也暗暗陪淚，兩人悲泣了一陣。羅索素含淚說：『我千里迢迢好不容易來到此地，仍然見不了我義父的面。我義父也奇怪，雖然年登高壽，可是一個生龍活虎的身子，普通年輕小夥子還趕不上呢。何必定要學仙證道，弄得死不死活不活的，教我們心裡多難過。再說不早不晚，偏要算準五年後，再叫我們去尋他，這又是什麼道理呢？』

「我說：『世上學仙學佛，本來是一個虛無縹緲的幻境，也是一種慰情勝無的精神寄託；說有便有，說無便無，根本不必尋根究柢認起真來。便是他老人家留諭的語氣，也是疑信參半。不過他老人家生平意志堅卓，剛毅過人；說到哪兒，定要做到哪兒，不惜以身殉道，替後輩留下一番實驗功夫，傳流他老人家身後一樁佳話。他老人家定下五年後才教我們去勘驗，沒有什麼用意，無非人事無常，你遠在浙東，一般門下弟子散處四方，招集不易。再說五年以後，如難成仙的話，肉飛骨散，也容易勘驗出來罷了。』

「羅素素聽了我這番話，又哭了起來，嗚咽著說：『照你這麼一說，修仙學道根本不可靠，我義父死定的了。』

「我說：『這種事誰也不敢證實真假，不過我此刻一算日子，我老師留字日起到現在已過了兩年半，如果已成仙的話，我們兩人在此想念他，他老人家靈感相通，不必再過兩年半依言勘驗，早已在我們面前顯示仙跡了。』

「羅素素聽著暗暗點頭。但是她已決定了主意，以為千里跋涉好不容易到了此地，在未遵諭查驗明白以前，不願再離開羅剎峪。好歹要等到兩年半的日子到來，進窟驗看究竟成仙了沒有，才肯離開此地。一面卻催促我早點回平越城去，免得鬧出欽差失蹤的笑話來。

「我明白她故意這樣說，想試探我的心跡，其實我如果真個一人回去，讓她一人在這獸多人少的荒谷中，她也無法久處的。我立時堅決的說道：『你這是多想，我的心曲昨晚已向師妹剖白過了，從此我們兩人再也不能分離。管他欽差失蹤不失蹤，便鬧得天翻地覆，終究也無非是一樁疑案，絕對鬧不到羅剎峪來。我本來無家無室，棄官如遺，如果出去辦起卸職退隱，手續麻煩已極，不知何年何日，才得自由，趁此一了百了，倒來得爽快決絕。

「『不過我心裡有句話，此刻不能不說了。我們從今天起，便是兩心相印白頭相守的夫妻，照師妹意思，要在此地等候勘驗的日期到來，我當然一同守候。這屋子便是我們花燭洞房，今夕便是我們良辰吉日了。我明知這樣說出來，唐突師妹，但是我們不是世俗兒女，這種地方也沒法懸燈結綵，大辦喜筵，只有通權達變，請師妹原諒的了。』

「羅素素聽了我這番話，紅潮泛頰，俯首無語，暗地卻偷看了蹲在門口的巨猿一眼，悄悄向我說：『這東西靈不過，你瞧牠在笑我們哩。』我回頭一看那頭猩猿，撕著闊嘴，骨碌碌一對火眼金睛，正注視著我們；瞧見我回過頭去，磔磔一陣怪笑，竄起身來，翻身一個懸空筋斗，便跳出門去了。

「從那天起，我和羅素素便成了夫婦，羅剎峪中除出纏臥病榻的羅剎夫人和她的女兒小羅剎以外，便只有我們夫婦二人，吃的用的都由羅剎夫人指揮幾頭巨猿常川供應。日久天長，我們和大大小小的猿猴，也弄得廝熟。從羅剎夫人口裡也討教了一點驅役獸類的門道，自由自在，無拘無束，遺忘了羅剎峪外的世界，竟有點樂不思蜀了。

「這樣過了幾個月，羅剎夫人病體日重一日，她丈夫始終消息全無，沒有回來。羅剎夫人又加上一層記恚丈夫的憂慮，她料到她丈夫多半狹路碰到仇人，孤掌難鳴，定遭暗算，不在人世了。

「我和羅素素暗地計劃妥當，由我到羅剎峪外探聽一下，羅剎大王是否遭了仇家毒手？

再說兩人身上衣服也應該添換一下，順便也置辦一點吃的食物、用的物件。好在做了幾個月野人，鬚髮連結，滿臉于思，誰也認不出我是個欽命大臣了。只是羅素素也有了受孕的景象，好在約定只在本省暗地打探一下，不敢走遠，算計最多十幾天光景，定可回羅剎峪來。

「當下決定，便去告知羅剎夫人。她自然感激非常，於是我悄悄出了羅剎峪，重見了熙熙攘攘的人類世界。可是這世界上已沒有了我這個人，我也不敢再用我從前的姓名，短短的幾個月過程，我已換了個人，不是從前的我了。

「我到了貴州省城和川貴交界處走了一轉，探不出羅剎大王的消息，卻探到平越欽差行轅失蹤了欽差大臣以後，傳為奇聞，本省撫按沒奈何奏報上去，暗通關節，揑報了一樁事由，得了點不痛不癢的處分，竟自漸漸消沉了。我不敢在外多耽擱，置辦了一點應用東西，悄悄回到羅剎峪。

「哪知這幾天工夫，羅剎夫人已病重死去，死的時候羅素素不在跟前。最奇等到羅素素看到羅剎夫人屍首時，找尋羅剎夫人女兒小羅剎，竟也蹤跡不見，同小羅剎在一起的那頭母猿和平時供應的幾頭猩猿，也同時蹤影全無。羅素素想得奇怪，羅剎峪中懂得人意的只剩兩隻雪白的小猴子，可是人獸語言不通，比劃了好幾次，也問不出所以然來，幸而我回去得快，草草的把羅剎夫人屍首埋在近處的岩上，從此羅剎峪中只我們夫妻二人了。

「到了第二年，羅素素在羅剎峪中生了個玉雪可愛的女孩子，替孩子取個名字叫做幽蘭。苦於幾頭可供使喚的巨猿早已跑掉，添了孩子，所有應用的東西，我不能不常到外面去購辦。隔兩月便要出峪一次，這樣在羅剎峪過了兩年半，一算已到我老師留諭啟封進窟的時期了。

「我們揀了一個風日清和的日子，羅素素背上綳著孩子，提著猶龍劍，我也帶著掘土的傢伙，一同走上屋前的高岩。我老師修仙之所我們早已來過幾次，平時原已勘查明白，原是個天然石窟，洞口自內擋著整塊巨石，大約老師進窟時運用神力自行封閉的。經過五年光陰，窟外長著藤蘿榛棘之類，不經仔細搜尋，是看不出中有石窟的。

「我們早已留有標誌，去掉藤蘿，削平榛棘，剷除泥草，露出石窟，兩人合力把封洞巨石推過一邊。不料堵窟巨石一開，一股腥濁難聞的氣味往外直衝，其味難聞已極。

「我們急慌躍過一邊，不敢貿然進窟。一忽兒石窟內沙沙回音，一條粗逾兒臂，長約丈許的錦鱗毒蛇，箭一般射出洞來，一剎時又有無數小蛇跟蹤射出，跟著那條大蛇飛一般竄下岩谷去了。

「我們一看石窟內竟是個長蟲窩，便知不妙，也無心去尋長蟲窩的晦氣，一心想進石窟去見個真章。等得大小長蟲走盡，窟內難聞氣味發泄盡淨，把帶來的兩支松燎燃起，一手執燎，一手提著兵刃，鑽進石窟去，用松燎四面一照。

「想不到窟內竟有一人多高，兩三丈見方的面積，形似口外的蒙古包。頂上鐘乳倒垂，晶瑩似玉，靠裡一塊大玉石平地湧起，形如蓮蓬；上面倒著一具骷髏，兩條枯骨落在地上，一半已埋在泥土內。

「羅素素早已淚如雨下，哭喊著：『義父，好端端的坐在家裡，何苦到這兒來修什麼仙，學什麼道？教女兒怎不痛心！』

「我們悲哭了一陣，不管地上汙穢，把松燎插在浮土裡，跪下去拜了幾拜，立起身來，商量辦法。

「照羅素素意思，想把骨骸撿起來，運回四明安葬。我說：『老師學仙一層且不提他，不過照老師遺言，原說此地是他埋骨之所，不便違背他老人家的遺言。此地是個蛇穴，不便入土，不如另擇妥當處所，安置他老人家的遺體。』羅素素一想也對，第二天我們釘了一個木匣子再進窟去，把整具骷髏放進木匣子去。

「不料我們把一具枯骨放進匣子以後，形似蓮蓬的大石上，依稀露出四個字來，細看才認出是『仙道無憑』四個字。

「我們一看這四個字，起初猛吃一驚，後來恍然大悟。定是老人家封閉石窟以後，在這塊大石上打坐，不知過了多少時候，漸漸覺得空氣窒塞，身體起了變化，知道生機將盡，最後奮起神力，運用金剛指的功夫，利刃一般在石上劃出四個字來，以示後人。他老人家後悔不迭的情狀，也在這四個字內透露無遺了。

「我們擇地安葬好遺骨以後，到羅剎峪來的目的已經達到，覺得羅剎峪內已無可留連，為女兒幽蘭著想，也不能在此久住。天下有的是名山勝境，何必深閉在窮山鬼谷呢？當年羅剎夫婦因為避仇隱跡，出於不得已，我們沒有仇人，何苦如此？這樣一想，恨不得馬上飛出羅剎峪去。無奈兩人一商量，一時卻想不起適宜的地點來。偏偏羅素素在啟封進峪的那天，聞著一股穢氣，也許受了點蛇毒，老覺著頭暈心噁；一時也不便跋涉長途，我們只好在羅剎峪再盤桓幾天。

「有一天我清早離開羅剎峪，到市上替羅素素買一點清毒解穢的藥，不敢多耽擱；在市上吃了午飯，順手買點熟食，急忙忙趕回羅剎峪來。哪知道一到進峪的洞口，兩隻白毛小猿已在洞口，朝我吱吱亂叫，牽著我衣服往洞內直奔。

「我雖然覺得詫異，還猜不透發生禍事。在長藤飛渡，經過羅剎夫人住所時，猛見松樹林內鮮血淋漓，一個身著道裝、滿臉虬髯的屍首倒在裡面。停身細看，好像羅剎夫人活時所說她的丈夫形狀。

「趕到自己屋內，推門進去，頓時嚇得我急痛攻心，怒髮直指！

「只見羅素素仰面跌倒在地板上，面皮鐵青，兩眼突出，胸口釘著一枚餵毒飛蝗鏢，猶龍劍並未出鞘，依然掛在壁上。

「我慌伏下身去，向胸口一聽，才知早已死去多時。猛然想起女孩子不在屋內，四處一找，蹤影全無。這一下，又幾乎急瘋了心，而且疑竇重重。

「那一面被人刺死的虬髯漢子，如果確是羅剎大王，何以兩年多沒有回來，剛回來馬上被人刺死？但是我夫妻並沒有仇人，何以羅素素也遭了毒手，連我女兒也被劫走，這是什麼緣故？那時節我棄官偕隱，對於江湖上一切茫然，飛蝗鏢的來歷也摸不清，弄得如癡如呆，每天提著猶龍劍搜遍羅剎峪，依然影像全無。

「後來我深入江湖道中，遊遍雲貴川湘等省，暗地尋訪了許多年，四下印證才明白羅剎大王替自己妻子到處尋藥的時候，九子鬼母的黨羽已經盯上。羅剎大王自知行蹤已露，本領又敵不過九子鬼母；而且和仇人幾次交手身已受傷，僥倖逃出命來，在遠處避禍暗地養傷，不敢回羅剎峪去。過了兩年多傷已痊癒，心裡惦著病婦，忍不住冒險回來，偏又被九子鬼母暗地跟蹤到此，剛到家門便被刺死。

「九子鬼母仇恨切骨，搜到後面屋內，瞧見羅素素，當作羅剎夫人，又暗地放了一鏢。羅素素禍從天降，暗箭難防，中的又是見血封喉的致命傷，當然毒發身死。萬惡賊婦，又把我女兒當作羅剎骨肉，又下絕戶計，順手牽羊搶去。陰差陽錯，冤業纏身！一日之間妻死女散，做人到此地步，還有什麼依戀？

「從此我意懶心灰，心裡只存著兩樁事：誓報妻子血仇，尋找女兒下落。只要這兩樁心願一了，世界上便沒有我的事了。

「為了誓報妻仇，我獨處深山，不問寒暑鍛煉我們師門傳授混元一氣功。那時滇南大俠葛乾孫已成知友，他送了我一柄凹脊飛龍劍，和我妻子遺下的猶龍劍恰好雌雄配封，雙劍合鞘，我從兩柄劍上發明風雷劍術，專破各種歹毒獨門暗器。

「這樣臥薪嘗膽的用了不少年苦功以後，九子鬼母還不知道我是她對頭冤家。可是那時我已知道我女兒尚在人世，一直被九子鬼母當作羅剎女兒。欺我女兒年幼無知，死無對證，竟是收養在萬惡賊婦身邊傳授武功，當作寄女。直到群俠大破秘魔崖，我親見九子鬼母銼骨揚灰。報了妻仇完了第一樁心願時，才見到我女兒在賊巢內業已長成，面貌和她的母親一般無二。

「但是我女兒從小生長賊巢，非但自己生身來歷莫名其妙，自己還以為生長苗族，不是漢人哩。事經多年，當時我也無法和她相識，而且我還要考察她秉性如何？在賊巢多年，難免染上苗匪惡習，也要暗地監察一下。

「可是在剿滅賊巢以後，我女兒忽然率領一部分匪黨銷聲匿跡，無處尋蹤，我暗探阿迷一帶，竟沒查出她的藏身處所。直到最近沐公爺被九子鬼母餘黨所害，鬨動全省，我聽得消息趕到昆明，夜進沐府，暗探何人所害？忽見我女兒在沐府出現，似乎已經改邪歸正，和二公子結識，倒鬧得我莫名其妙，我才決計要探個明白。

「過了幾天，恰巧你們二人並轡出府，向滇南一路趕來，我特地暗地跟蹤。知道你們錯過宿頭，此處荒涼，只有這所破廟尚堪寄足，特地先一步在此相候了，了結我多少年未完的一樁心願。這便是我親身經歷的一段奇事，這段奇事，在我心裡足足隱藏了二十多年，經我這樣說明，你們大約也明白老夫是何人了。」

第十二章　玉獅子

桑苧翁滔滔不絕，講完了自己經歷的故事，沐天瀾、女羅剎兩人才恍然大悟。女羅剎早已粉面失色，珠淚滴滴而下。跪在桑苧翁面前，抱著自己父親雙腿痛哭起來。一面哭一面訴說道：「父親，你不孝女兒，做夢一般認賊作母過了二十幾年。天可憐，今天撥雲見日，才見我生身老父。父親呀！你不孝女兒痛死悔死了！」

女羅剎急痛攻心，竟暈厥過去。樓下一般家將原是一個個把馬鞍當坐具，抱頭打盹，被樓上哭聲驚起，一齊抬頭愕視，摸不清怎麼回事。沐天瀾顧不了許多，急伸手抱住女羅剎，輕聲急喊：「羅姊醒來，羅姊醒醒。」桑苧翁也是老淚紛披，長鬚亂顫，女羅剎被沐天瀾在她胸口撫摩了一陣，悠悠哭醒。

一見自己偎在沐天瀾懷內，突又跳起身來，撲到桑苧翁身前，哭喊道：「父親，你把我可憐的母親葬在何處？馬上領女兒去，可憐的女兒見不著我可憐的娘，也讓我拜一拜娘的墳墓。」

桑苧翁說：「傻孩子，你且定一定心，你娘的墳墓自然要讓你去拜奠，使你娘在九泉之下也可瞑目，但路途尚遠，不必急在一時。倒是你怎麼樣進了沐府，和沐賢契怎樣面識？在你老父面前不要隱瞞一字，為父的自然替你們作主。」

桑苧翁這話一出口，兩人心裡勃騰一跳，面上立時澈耳通紅，同時心裡明白，兩人舉動已落在老父眼內。尤其女羅剎急痛之際，萬料不到剛認識的生身老父會問到這上面去，教自己如何回答？只羞得一個頭低在胸前直不起來。

這其間沐天瀾心口相商，明知圖窮匕現，當前局勢除去坦白直陳以外，已無別策；也顧不得樓下眾目仰視，事實礙口，只好硬著頭皮，自己跪在桑苧翁面前，悄悄喊聲：「岳父，小婿有罪，求岳父寬宥，才敢面陳。」哪知桑苧翁洞察若觀火，並不驚奇，而且笑容可掬，一伸手拉起沐天瀾，低聲說：「你們都替我照舊坐著，免得樓下隨從他們大驚小奇，你們只把經過的實情，實話實說好了。」

沐天瀾立起身時，偷眼一瞧這位老丈人眉開顏笑，毫無慍意，膽氣立壯！竟把自己得到父親噩耗，如何路過淑山，偷聽苗匪說話，如何殺死普明勝，碰著戴人皮面具的黑牡丹；如何女羅剎從中救護巧得父頭，如何同回廟兒山，即夕成為夫妻。次日如何同黑牡丹交手，如何回沐府拜見哥嫂，先後經過，一五一十都說了出來。

桑苧翁聽他說完以後，微一思索，搖著頭嘆了口氣說：「好險，好險！造化弄人，真是不可思議，萬一黑牡丹不先下手，我這女兒做夢一般，便要變成大逆不道的罪人。果真這樣，我也無法寬恕我自己的女兒了。雖然如是，我女兒從前寄身匪窟，所作所為都帶賊氣，也是一個罪人。但是賢婿……你……我此刻竟承認你是我嬌婿了，如果被念子曰、讀死書的村學究聽去，定必要罵我一聲『昏庸背禮』；一個熱孝在身，一個身擔匪逆，一無媒妁之言，二無父母之命，這是野合，老糊塗竟口稱賢婿，也是亂命，都是禮教罪人，該死該死……」

桑苧翁說到這兒，頓了一頓，突然哈哈一笑，伸手把胸前長髯一拂，向兩人看了一眼，微微自語道：「珠聯璧合，無怪其然，什麼叫野合？太史公說孔夫子還是野合的產品哩，老夫當年便是過來人。」他這麼喃喃自語，沐天瀾卻聽得逼真，幾乎笑出聲來，肚內暗暗大讚，這位泰山真是聖之時者也，但願我老師滇南大俠也這樣通權達變才好。

正在得意忘形，猛聽得桑苧翁一字一吐，很莊嚴的問道：「賢婿，你們一往情深，一廂情願的當口，難道把外屋桌上供著的人頭，真個心裡忘得乾乾淨淨了麼？這一層在情、理、禮、法各方面，老夫實在無法迴護了。」這一問，無異當頭棒喝！而且一語破的，直抉病源。

沐天瀾頓時燥汗如雨，恨不得面前有個洞鑽下身去，半晌開不了口。正在大僵特僵之際，身旁女羅剎已發出銀鈴般聲音：「父親，你老人家不要責備他一個人，大半還是女兒的不是。可憐你女兒寄身賊窩許多年，守身如玉，沒有辱沒了見不著的父母，自從碰到了他，女兒像做夢一般醒了過來，以前種種悔恨欲死！恨不得馬上脫去賊皮得成正果，只知道把這個身子，這條性命，馬上交付他，其餘的事也顧不得細推細想了。」

桑苧翁一聲長嘆，喃喃自語道：「世上本來只有人慾，不閑禮防，一決即潰。此中消長之機，很是微妙哩。」他沉默了一忽兒，向沐天瀾道：「賢婿，你不要怪我對於自己女兒並不責備。賢婿，要知道我已沒法責備她。讓她溷跡在賊窩許多年，沒有機會受良善家庭的教育，非但對不起你死去的岳母，也對不起我女兒，教我還說什麼？現在過去的不必再提了，你們已成夫婦，以後不必再藏頭縮尾。你想我一見便知出八九，你們哥嫂和別人定已肚內雪亮，何必自己瞞自己呢？好在賢婿的師尊滇南大俠生平玩世不恭，比老夫還要通達，老夫和他見面時代為說明便了。」桑苧翁這樣一開解，沐天瀾、女羅剎總算過了難關，雙雙跪在桑苧翁面前，重新正式叩見了一次。

其實桑苧翁心裡樂得不得了，面前非但得了丰姿絕世的嬌女，同時得了英挺秀偉的東床，平生心願霎時俱了，其樂可知。等他們拜見起來，把自己背上猶龍、飛龍雌雄雙劍解下來，遞在女羅剎手內，笑著說：「我從此用不著兵刃，背著這兩柄劍雲遊各處，原為的尋到你後交付與你。你背上雙劍，雖非凡品，定不及這雙劍的珍貴，其中一口猶龍劍是你母親遺物，你背在身上如同見著你母親。」說罷，又從懷中掏出一本書來，交與沐天瀾說：「這是我親筆著述的風雷劍訣，你們兩人可以共同研究，將來我有暇時再親身指點傳授。」

兩人拜領了書劍，窗外天光已現魚肚白色，不知不覺度過了一宵。

沐天瀾、女羅剎求桑苧翁同赴金駝寨。桑苧翁說：「我已立志，兩椿心願一了，不再預問世事。不過你們口上所說挾制獨角龍王的羅剎夫人，事頗奇特，我雖然推測了八九，但也不敢十分確定，我想去實地探明一下，證明我推想的對不對。探明以後，定必到金駝寨通知你們，算是老夫幫你們一次忙，但絕不伸手管你們後一輩的事，這要預先聲明的。當真，女兒，你從此不能自稱女羅剎的匪號了。」

女羅剎說：「聽父親說過，女兒小時原名幽蘭，從此改用這兩字了。但是父親真姓真名還沒有向女兒說明，父親，你真姓桑麼?女兒從此稱桑幽蘭好了。」

桑苧翁搖頭道：「這是我道號，你父親的原姓名，連我自己都不願提起。你母親姓羅，你丈夫姓沐，你願意用哪一個姓，隨你自己意思好了。」

女羅剎看了沐天瀾一眼，向他笑著說：「天下真有這樣湊巧的事!到你家裡去，被你剪頭去尾，胡替我起個姓，稱我羅小姐，現在我用母親的姓，真個是羅小姐了。」

沐天瀾悄悄說：「不，你是沐門羅氏。」桑苧翁面對這一對鶼鰈鴛鴦，回想自己二十年以前的舊夢，不禁黯然出神。

天光大亮，東方高岩上曉霧散淨，吐出一輪紅日，桑苧翁獨自先走，約定兩三天在金駝寨會面。桑苧翁走後，沐天瀾、羅幽蘭（從此女羅剎改稱羅幽蘭）便率領家將們離開破廟向滇南趕路。當天起更時分到了金駝寨，在映紅夫人盛筵招待之間，講起半路碰著一位老前輩事情，便把破廟內一夜深情，删繁摘要的略述所以。

映紅夫人聽明白了其中經過，心裡暗暗稱奇，不免朝羅幽蘭多看了兩眼。可笑羅幽蘭正嫌沐天瀾心直口快，雖然删繁扼要，仍不免透露了幾分難言之隱，一雙剪水雙瞳，正變作百步穿楊的羽箭，直往沐天瀾。他中了這支冷箭，心裡一陣哆嗦，頓時啞口無言，可是這一番情景，卻被同席的映紅夫人、璇姑等看在眼裡了。

映紅夫人慌替沐天瀾解圍，向羅幽蘭說：「恭喜姑娘！難得父母重逢，姑娘已經有一身了不得的本領，又得到世外高人的慈父，這樣福分真是常人得不到的。為了我們的事，又蒙老前輩親身前往，連我們都沾姑娘的光，我這裡先向姑娘道謝了。」說罷，便起身向羅幽蘭深深致謝。

龍璇姑也離座替羅幽蘭斟酒，大家一陣謙遜，話題轉到獨角龍王深谷遇險的事情上去，說說談談賓主盡歡，席散時已到了魚更三躍時分。飯後，映紅夫人兄弟婆兮寨土司祿洪，陪著沐天瀾到後寨相近偏院內看望金翅鵬的傷勢。

這時金翅鵬雖經本地外科醫生敷藥救治，依然昏昏沉沉，神智未復，無從慰問，只好退出，仍然回到內寨正院。滇南苗寨房屋，大小不一，大概倚山築岩，樹木為柵。像龍家金駝寨土司府卻是半苗半漢的建築，體制較崇，佔地頗廣，圍牆凌厚，望樓四角，前寨後寨，屋宇深沉，而且警衛森嚴頗為威武，無異一座小城池。

映紅夫人對於沐二公子沐天瀾視同恩主，特地把後寨居中正屋的幾間樓房，鋪設得錦繡輝煌，而且體貼得無微不至；特地指定中樓兩間有門相通的房屋，作為沐天瀾、羅幽蘭分居憩息之所。自己和女兒璇姑、兒子龍飛豹子退居到偏樓。又把沐天瀾帶來的二十名家將安置在樓下側屋內，以便兩人隨時差遣，又下令寨內，選就勇幹精細的頭目，率領幹練苗卒全身武裝，前寨後寨分班巡邏，晝夜不絕。

次晨，沐天瀾從羅幽蘭房內回到自己臥室，猛見臨窗書案上，擱著一件晶瑩奪目，光彩非常的東西，東西底下，鎮著幾張褪紅薛濤箋，箋上寫著一筆類似瘦金體而又雜亂章草的書法，飛舞娟逸，波磔通神。沐天瀾吃了一驚，先不看箋上鎮物，慌拿起幾張薛濤箋，仔細一瞧，上面寫著：

「妾閱人多矣，世間不乏美男子，然秀於外者未必慧於中，大抵氣濁神昏稟賦脆弱之流。造物吝嗇，全材難得如此。近年伏處滇南，時於黑牡丹、飛天狐輩口中，道及沐二公子盛名，此輩多皮相，耳食而已。及得諜報，趨從南來，預伏道左，得睹光采，始驚毓秀鍾靈，近在咫尺，果一秀外慧中，翩翩濁世之佳公子也。

「復奇造化小兒，故施妙腕，於千萬人中，獨使草莽之物，拔幟先登，且復聯轡並駕，使滇南苗疆兒女啟踵延頸看煞衛玠，妒煞夷光。然而金屋阿嬌，已成禍水，紅顏薄命，預伏殺機，蓋阿迷猓族，敵愾同仇，誓欲焚香搗鹿，死君床頭人而泄憤，禍不旋踵，行且危及公子矣。妾不速而來，思欲晉接梁孟。

「不意錦帳半垂，鴛夢方酣，未驚好夢，聊書數行。辟邪劍書乞賜玩，留質身佩玉獅子一具，其人如玉，其勇如獅，敬以玉獅子雅號奉贈何如？日落邀君於異龍湖畔。龍家細事，得公子一言事立解。公子信，毋勞延佇，倘伉儷偕臨，使草野蒲柳，得親炙絕代佳人，尤所企幸。羅剎夫人寫於龍窟之夕。」

沐天瀾把幾張信箋，反覆看了好幾遍，面上紅一陣，白一陣，驚奇、欽佩、慚愧、憂慮種種情緒，同時在他心上翻騰，弄得他如癡如呆。

半晌，他回過頭去，一看自己錦榻上掛著的辟邪劍，連鞘帶劍果然失蹤，慌拿起鎮紙的玉獅子仔細鑒賞，通體晶瑩透澈，色逾羊脂，雕琢精緻，細於毫髮。尤奇通體雪白無瑕，惟獨一對玉獅眼，赤如火齊，光芒遠射，確是稀世之寶。卻猜不透羅剎夫人肯用這樣寶物留下作押，把自己辟邪劍拿去，是何用意？箋內語氣，似乎暫時拿取鑒賞一下，並非玉獅換劍，舉動一發難以捉摸，最怪筆法秀逸，才情淵雅，而且風流放誕，情見乎詞。天下竟有這樣多才的女子，又是這樣的奇特人物。猛想起她在這間屋內，從容自若的寫下這許多字，我們睡在隔室竟像死的一般，全未覺察，內外又通宵巡邏不斷，竟被她來去自如，這種飛行絕跡的功夫，也實在太可怕了。

沐天瀾立在窗口書案前，拿著這幾張薛濤箋，逐字逐句，來回琢磨，全付精神都貫注在這上面，不料驀地裡從身後伸過一隻雪白手來，迅的把手上幾張信箋奪去。沐天瀾慌一回身，才知羅幽蘭悄悄從臥室出來，掩在身後，面上嬌慵未褪，秀髮拂肩，羅襟半掩，酥胸微露，一陣陣香澤似箭一般撲上身來。沐天瀾癡癡的鑒賞秀色，新上雅號的玉獅子，幾乎變成向火的雪獅子了。

羅幽蘭嗤的一笑，嬌嗔道：「你又發的什麼癡，一早起來立在窗前看這幾張撈什子，嘴上自言自語的，不知叨念什麼。我立在你背後半天有時，你通沒覺察，這幾張撈什子，誰寫的？引得你這樣發癡。」羅幽蘭嘴上說著話，一對妙目早已貫注在幾張字箋上。

無奈羅幽蘭從小生長盜窟，識字無多，像箋上寫的一筆行草和這樣文字，苦於無法通釋。不過她是聰明極頂的人，箋上的「美男子、佳公子」和具名的「羅剎夫人」等字跡，雖然半行半草，也可以意會而得。尤其一看到羅剎夫人的具名，立時妙目大張，口上「噫」了一聲，急問道：「瀾弟，這是什麼一回事？這幾張字怎樣來的，說的怎樣話？瀾弟，你快說與我聽。」

沐天瀾當然唯命是從，羅幽蘭靜靜的聽他解釋完畢，回頭向榻上掛劍的地方瞧了一眼，一伸手從沐天瀾手上把玉獅子搶了過去，看也不看塞在懷裡，急急跑回自己臥室。一忽兒走了出來，頭上髮已攏好，身上也結束整齊，立時向兩間屋內前後窗戶仔細勘查了一遍，然後推開一扇後窗，一聳身，躍出窗外翻上屋去。沉了一盞茶時，從前窗跳進室內，向沐天瀾說：「這人一身輕功，與眾不同，確在我輩之上。怪不得來去自如，我們茫然無知了。」

沐天瀾道：「岳父去探她行蹤，還沒有到來，萬不料她已到此，反而把我們情形，被她悄悄的摸去；而且今天約著我們在異龍湖畔會面，是善意是惡意，一時真還捉摸不定。雖然她箋上說得冠冕，說是龍家的事，小事一段，一言可決。我推想其中定有文章，我們一毫大意不得。」

羅幽蘭看了他一眼，柳眉微蹙，沉思了半晌，才開口道：「這幾張字箋，經你兩次解釋，我才大體明白了。她箋上的話並沒有假話，也沒有什麼用意。她定是個目空一切，本領才智樣樣過人的奇女子，而且是個放誕不羈、性情怪癖的女魔王，我先說在這兒，將來你可證明我推測準確的。她黌夜到此，換去辟邪劍和約你會面，不言而喻是衝你來的。誰教你是秀外慧中、唯一無二的美男子呢……。」

沐天瀾被她說得不好意思，搖著手說：「休得取笑，我們商量正經的。」

羅幽蘭嘆了口氣說：「瀾弟，你本是一位深居簡出的貴公子，雖然在哀牢山中住了幾年，可是滇南大俠庇護之下，一心精研武技，江湖上一切奇奇怪怪的事，也無非由師尊耳提面命，聽了一點皮毛。現在可不一樣，業已親身歷險江湖，又來到世仇潛伏的滇南，如說黑牡丹、飛天狐這般人，無論用怎樣毒計對待我們，我深知她們根底，毫不可怕。

「我所憂慮的，便在那美男子三個字上，偏偏冷門裡爆出一個羅剎夫人來。看情形黑牡丹、飛天狐和當年九子鬼母部下，大概已與羅剎夫人暗有結合；只要一個處理不當，定又發生牽纏不清節外生枝的禍事。不是我膽小怕事，如果沒有龍家的事，我實不願你去和羅剎夫人會面，我現在只盼我父親快來，求他老人家替我們作主了。」

兩人悄悄商量了一陣，決定把羅剎夫人暗進後寨的事，向眾人絕口不提。異龍湖畔約會的事，辟邪劍既被她取走，難以裝聾作啞，決計到了日落時分兩人一同前去，見機行事。

商量停當，喚進隨從，伺候梳洗已畢，便下樓和映紅夫人等歡聚。表面上照常討論挽救獨角龍王的事，暗地裡只盼桑苧翁早早到來。

午後，夕陽西下，沐天瀾、羅幽蘭推說要到跳月出事的地方，異龍湖畔遊覽一番。映紅夫人和她兄弟祿洪便要陪同前往，沐天瀾極力推辭，只要一名頭目領路，卻暗地吩咐自己帶來二十名家將配好馬匹，每名帶著一柄腰刀、一張匣弩，遠遠跟在身後，以防不測。

羅幽蘭把羅剎夫人留下的玉獅子拿出來教沐天瀾藏在身邊，見著羅剎夫人時送還她，以便把辟邪劍換回來。兩人打算停當，便和領路頭目三人三匹馬出了土司府向異龍湖走來。

土司府距離異龍湖原沒多遠，片時到了地頭。

沐天瀾、羅幽蘭一看異龍湖風靜波平，山峽倒映；兩岸嵐光樹影，蔥鬱靜穆，別具勝景。細問領路頭目時，他口講指劃，指點著對岸東至北一片大森林後面，巉巉叢影，壁立百仞的便是插槍岩。由西至南，環繞一條峻險高嶺，如屏如障，橫亙天空，便是象鼻沖。象鼻沖下湖面較窄，有一座竹橋平鋪水面，可以通行兩岸，龍家土司率領人馬出獵遇險，便從這座竹橋過湖，再翻過象鼻沖高嶺，向阿迷邊境雲龍山一條路上走的。

沐天瀾、羅幽蘭立在湖邊依著頭目指點的方向，靜靜打量了半晌，對岸寂無人影，大約羅剎夫人還沒有來。回頭向來路上一瞧，自己二十名家將，背弩插箭，騎著馬緩緩地向樹林裡轉了出來。這隊家將後面矛光隱隱，似乎有一隊苗兵隱身林內，雙龍出水式，分向左右兩面散開。

沐天瀾立時明白，這隊苗兵定是奉了映紅夫人之命，來保護自己的。羅幽蘭也看出來了，悄悄向沐天瀾耳邊說：「我們雖然不能不防著一點，但也不能被羅剎夫人輕視我們，讓人家笑我們沒有膽識，輕舉妄動。」

沐天瀾想了個主意，招呼叫那頭目過來，對他說：「我們隨便出來遊玩一下，這兒是貴寨轄境，大約不致有什麼風險，再說我們帶著防身兵刃，也不怕有人行刺。你去吩咐他們，和我們家將一齊隱在樹林裡，不必出來。你自己也不必跟著我們，我們過橋去隨便看一下，便回去了。」那名頭目不敢違拗，撤身進林依言知會去了。

沐天瀾阻止了那隊苗卒和領路頭目，便和羅幽蘭緩緩向那座竹橋走來，過橋一片森林，穿林一條黃泥路直通到象鼻沖的嶺腳。兩人信步向這條路走去，不知不覺走到了嶺腳，抬頭一看此處嶺巔並不十分高，嶺上松風霍霍頗為清幽，嶺腳也有一條山道，曲曲的通到嶺上。

兩人一想既然到此，不妨走上嶺去，瞧一瞧嶺那面是何景象。據說通到羅剎夫人隱跡的荒谷，便須過嶺去，也許她從嶺那邊過來。她是否一人赴約或者帶著羽黨同來，先在嶺上等候，一望而知，也可預作打算。這樣一計算，兩人便加緊腳步向嶺上走。

到了嶺腰，回頭一看，自己帶來的家將，把馬留在林內三三五五已踅過橋來，兩岸橋頭上，也有幾個背標槍跨苗刀的寨卒守望著了。羅幽蘭道：「只要不到跟前來，隨他們去罷。」兩人仍然向嶺上走去，走到離嶺巔沒有多遠時，驀地聽到嶺上不遠處所，突然起了一種宛轉輕飈的歌聲。

這種歌聲，一聽是撮口作聲而出，卻不是信口長嘯，居然抑揚頓挫，自成宮商，比發自絲竹還要悅耳賞心，有時曼聲低度，餘韻搖曳，聽之迴腸盪氣，神魂飛越。兩人凝神細聽，不忍舉步，不料一曲度罷，截然中止，兩人急欲探明是誰，飛步上嶺。

沐天瀾、羅幽蘭兩人到了嶺上，一瞧當面層層一片松林，西面斜陽穿入林內，滿地盡是樹影子，哪有半個人影？兩人走進林去，這片松林足有一箭路長，不知歌聲從何而來？正想得奇怪，忽聽得歌聲又起，這一次卻聽不出是撮口作聲，輕圓嬌脆，發自喉舌；而且字正腔圓，動人心魄，明明是個女郎珠喉，可是歌聲搖曳高空好像從雲端裡唱出來一般。

兩人側耳細聽，只聽她唱道：

「沒來由，撞著你。
害得我——魂惹夢牽，想入非非。
往常心似鐵——今番著了迷。
從今後——萬縷情絲何處繫，從哪兒說起？
恨起來——咒得你魂兒片片飛。
咳——你——你——你！」

兩人一先一後向歌聲發處尋去，竄出這片松林，露出十幾丈開闊的一片黃土坪。坪上矗立著一株十餘丈高的參天古柏，樹身兩人抱不過來，幹枝鬱茂，形狀奇古，獨有一支椏幹飛龍般倒垂下來，貼地而遊。數丈以上，夭矯盤屈的枝條，龍蟠鳳翥，飛舞高空，黛色如雲，垂蔭全坪，一股清香，沁脾醒腦。這種千年古柏，很是少見。

兩人不免仰頭觀看，猛聽得最高層柏樹巔上，銀鈴般一陣嬌笑，似乎向下面嬌喊一聲：「兩位才來。」嬌音未絕，從葉帽子飛起一條俏影；兩臂分張，頭下腳上，燕子一般從十幾丈以上的高空飛瀉而下。

飛下的地方，正是貼地橫行的枝梢上，離枝梢還有七八尺光景，看她並不翻胸拳腿，只身形微微一縮，看不出用什麼身法，業已變為頭上腳下，身形一落，僅在葉帽子上輕輕一沾，刷的又騰身而起，人已飄飄的立在沐天瀾面前了。

定睛瞧時，只見她穿著一身苗婦裝束，自己的辟邪劍斜在身後，繡花的包頭布帕，綉邊的藍布衣褲；下面天足六寸，淨襪布鞋，一身普通的苗裝穿在她身上，便覺得異常的熨貼，異常的甜俏。頭帕下面，一副容采照人的略長鵝蛋臉，蛾眉淡掃，脂粉不施，五官位置活似龍家璇姑。不過她鳳眼含威，斜眉帶煞，櫻唇菱角，瑤鼻通樑，便覺得宜嗔宜喜之中隱含肅殺之氣，和龍璇姑春風俏面，猶帶稚氣，便不同了。

這時苗裝女子覺得沐天瀾一對俊目，一瞬不瞬的打量她，不禁眼波流轉，嘴角微翹不由的對他嫣然一笑，露出編貝似的一口細牙。這一笑不要緊，沐天瀾頓時心頭怦怦亂跳，而且吃了一驚。

原來他知道她定是羅剎夫人了，不免仔細打量，起初覺得丰韻雖好，微嫌英氣逼人，怎及我羅幽蘭艷麗如花。不料對面的羅剎夫人朝他嫣然一笑，這一笑，好像她面上平添出無窮媚態，而且其媚入骨，難以形容。平時羅幽蘭未嘗不笑，笑亦未嘗不媚，此刻和羅剎夫人笑容一比，便覺幽蘭笑時姣而非媚，羅剎夫人才夠得上古人說的「一笑百媚生，六宮無顏色」了。

他這樣心裡暗暗翻騰，無非在俄頃之間，可是羅剎夫人秋波如電，早把初出茅蘆的美男子，從頭到腳，從外到內，鑒賞得一覽無遺。她心裡似乎起了微波，面上不斷的露出笑容，耳朵上垂了一對龍搶珠的環上，隨著身子宕樣，也彷彿充滿了笑意。

沐天瀾領略她笑的姿態似乎種種不同，從笑裡表現的媚態也刻刻變樣，真有「橫看成嶺側成峰」之妙，未免暗暗驚奇！才知女人的笑，竟有這樣大的變化和奧妙。也許一個醜女子，只要笑得神秘，笑得到家，也許可以變醜為俊。雖然世上有不少女子，笑起來比哭還難看，那只有怨天公不做美，無法改造了。這當口，兩人和羅剎夫人對了面。

沐天瀾看她朝自己笑得這樣神秘，聯帶想起了昨夜留下風流放誕的文字，和「美男子」、「玉獅子」的雅號，以及剛才聽到的迴腸盪氣的歌聲，未免神態有異。猛地警覺身邊羅幽蘭默不出聲，眈眈監視，慌不及收攝心神，先開口道：「昨夜尊駕光臨，有失迎迓。此刻同內子羅幽蘭遵約前來，未知有何賜教？」

羅剎夫人含笑點頭，伸手把背上辟邪劍褪下，雙手送了過來，笑著說：「尊劍尚非凡品，卻也不是神品，昨夜順手牽羊不告而取，無非借劍引人罷了。倒是我留下的玉獅子，是個人世罕見之物。但是兩位不要多疑，這不是鼓兒詞上，才子佳人們互換表記的行為，兩位如故定從這面上著想，那是大錯特錯，而且是笑話了。」說罷，笑得風擺荷葉一般，一面笑一面把劍遞了過來說：「現在原物奉璧。」

沐天瀾接過了辟邪劍，沒做理會處。身旁羅幽蘭兩隻眼盯住了羅剎夫人，看她笑得這樣風騷，心裡有氣，向沐天瀾瞪了一眼，發話道：「人家東西，還不掏出來還人家？」沐天瀾慌不及把劍繫在身上，伸手向懷裡去掏玉獅子，還沒有掏出來，羅剎夫人突然笑容盡斂，面色一沉，倏地往後一退，鳳目似電向兩人一掃，盯在沐天瀾面上，朗聲說：「玉獅子是你們家裡的東西，理應物歸原主，二公子難道不認識自己寶物麼？」

此話一出，羅幽蘭初進沐府，當然不知沐家的東西，可是沐天瀾也莫名其妙，暗想這玉獅子自己沒有見過，就算是自己家中寶物，何以會落在她手上呢？羅剎夫人又開口了：「看情形二公子沒見過此物，話不說不明。前幾天阿迷黑牡丹拿著這件東西孝敬我，問她何處得來？她說夜進沐府割取人頭時，從你尊大人項上取下來的。她既然一番誠意送來，我只好勉強笑納。其實我不像九子鬼母，喜歡收集珍寶。事情湊巧，昨夜進了你們洞房，恰好此物佩在身邊，順手留下鎮紙藉此物歸原主，也免得我身上沾著不願意沾的血腥氣味。經我這樣說明，你就不必往外掏那勞什子了。」

兩人聽了，都吃了一驚！想不到這件東西還是自己父親貼身的佩物，大約自己哥哥沐天波也沒有留意，所以沒有提起過。沐天瀾碰到這位神秘的羅剎夫人，一舉一動都出人意料之外，竟分不清是敵是友，應對之間未免有點不大自然。

但是人家一番好意，把父親遺物送還，不由得拱手稱謝，稱謝以後，又覺無話可說了。

這當口，羅幽蘭忍不住了，衝著羅剎夫人侃侃的說：「我們從昆明到此，誰也知道是為了金駝寨龍土司的事。事情湊巧，我們到此頭一晚便蒙你親身光降，又約我們到此聚會，我們能夠會著你這樣女中豪傑，可算得不虛此行了。好在我們素昧平生，談不到恩仇兩字，我們既然有緣相逢，尊駕本身對於金駝寨也沒有什麼過節，人生何處不相逢，得了便了。我們求你放寬一步，彼此交個朋友，把龍土司的事就此作個了斷好嗎？」

照說羅幽蘭這番話說得非常得體，非常委婉，哪知道羅剎夫人聽了這番話，朝羅幽蘭看了一眼，面上微微一笑。說也奇怪，羅剎夫人面上的媚容，雖然同是一笑，卻有許多變化，朝沐天瀾笑時，笑一次，增添一次的媚態，而且笑時，兩邊嘴角總是往上微翹時居多。

這一次對羅幽蘭笑時，便變了花樣，兩面嘴角不往上翹，卻往下撇，眉梢眼角反而添了幾分煞氣，皮笑肉不笑的，笑得那麼冷峭。而且一笑即逝，面現秋霜，立時發出鈴鐺般嗓音，劈面便說了一句：「你錯了！——泥菩薩過江，自身難保，你們還有功夫管龍家的事？不錯，我和龍家沒有過節，我也犯不著替黑牡丹、飛天狐冤冤相報，龍家的事其中另有別情，請你們暫時悶一忽兒。昨晚我暗進龍家內寨，此刻約你們相會，和龍家的事一點不相干。可以說一半為了你們，一半我想見識見識你們這一位——」她說到這兒，眼珠滴溜溜一轉，轉到了沐天瀾面上，不由的弧犀微露，嘴角又慢慢向上微翹，立時變成一種神秘的媚笑。

羅幽蘭對她並沒有什麼惡意，只恨她面上陰晴不定，恨她笑得這樣神秘、這樣狐媚！她這樣笑法，準可使男子丟了魂。自己這一位便被她笑得有點著了魔，恨不得在她笑時，笑的拔出寶劍來，在她面上劃個血淋淋的十字，看她還媚不媚！

在羅幽蘭咬牙暗恨當口，羅剎夫人又接著說道：「現在把事情擱在一邊，沐二公子是哀牢山滇南大俠葛乾孫的高足，你是峨嵋派嫡傳名震六詔山秘魔崖的女羅剎。尤其是你身邊帶著江湖喪膽的透骨子午釘，我們總算有緣，我想見識見識你們兩位武功。不過話要說明，兩位不要起疑，我和黑牡丹、飛天狐雖然有點交往，沒有什麼大交情，我和你們兩位卻有點淵源，將來你們自會明白。

「我學的功夫，和兩位大不相同，以武會友，我們不妨彼此印證一下。兩位儘管使用隨身利器，兩位最好一起上，免得耽誤工夫。千萬不要手下留情，瞧我接得住接不住，隨便比劃幾下，我還有許多話和你們說呢。」

這一來，兩人真有點瞧不透了：你要猜她居心不善，她明明說得牙清口白，和黑牡丹等沒有多大交情，還說和我們倒有點淵源。如說是善意，為什麼定要較量一下，再和我們談話，而且口氣這麼大，彷彿把兩人當作小孩子，叫我們一起上。還指明要見識見識兩人劍術和暗器。暗地打量她一身粗布苗裝，不帶寸鐵，年紀也不過比兩人大了四五歲的樣子。

平時沒有聽到過羅剎夫人的名頭，也不知她是何宗派、何人傳授？剛才見她從樹上飛下來，輕功確係與眾不同，即使得過高人傳授，憑我們兩人還能被她較量下去嗎？瞧她談笑自若，目無餘子的神氣，簡直不把兩人放在心上。羅幽蘭第一個心頭火發，沐天瀾也有點嫌她過於狂妄，兩人眼神一打照會。

沐天瀾自問是貴胄公子、大俠門徒，怎能夫妻同戰一個女子，被人說笑，一步上前，拱手說道：「在下雖從名師，苦無心得，女英雄定要叫我獻醜，只好奉陪。不過敝恩師時時告誡，紅蓮白藕，武術同源，同門同派，尤忌輕意出手，我們和女英雄初次相會，平日毫無仇隙。女英雄師門宗派，務必賜示一二，以免冒昧。」

羅剎夫人聽得不住點頭，微笑道：「二公子謙恭溫雅的是不凡，而且不亢不卑，語語得體，憑你這一番話，我真有點不好意思和你比劃了。不過公子所慮的恐怕違背師訓，這一層可以不必顧慮。因為我身上一點粗功夫，半由稟賦半由師傳，連我自己也不知道出於哪一派哪一門？我這話任何人不會相信，既有師傳，定有宗派。

「哪知道當年我老師傳授我武功時，我也問過我老師的門戶，他說：『我傳授的武術，與眾不同，沒有門戶宗派，卻包含著各派各門的精華。』這話驟聽去似乎誇大一點，其實天下武術本來同源，後人互爭雄長互相標榜，鬧得分宗立派，門戶之見越來越深，遂使武術真傳一代不如一代。

「假使泯除門戶之見，把各式武術捨短取長，融會貫通，豈不集武術之大成！可是功夫到了這樣境界，談何容易？我老師也許有這造詣，我從師十餘年，自問得不到師傳的一半，自然談不到融會貫通上去。不過沒有門戶宗派，而且我老師只傳我一人，更沒有同門師兄弟。我這樣一說明，公子就不必顧慮了。」

沐天瀾、羅幽蘭聽她越說口氣越大，她老師究係何人，愣敢說集各派武術之大成！要想再問她師父是誰，一時不便掘根究柢。沐天瀾只好說一句：「女英雄高論，佩服之至，請賜招罷。」說罷，表示謙恭，趨向下風，擺出少林門戶，等候羅剎夫人進招。

羅剎夫人看他文謅謅的越來越謙虛，撇嘴一笑，伸出白玉般指頭，點著沐天瀾笑道：「公子怎不亮劍？我是誠心討教你師傳劍術的。」這一句話，惹得沐天瀾劍眉一豎，俊目射光，暗想：這是成心看不起人，也許她腰內盤著得意的軟兵刃，外面衣服蓋著瞧不出來。你自己叫我亮劍，我倒要較量較量你沒門沒派的武術，怎樣的厲害法。主意拿定，翻手一按崩簧，刷的一道寒光，抽出背上辟邪劍來，當胸一橫，左指劍訣虛按劍脊，微一躬身，低聲說：「在下候教。」

羅剎夫人滿面媚笑，並沒亮出門戶，也沒拿出什麼軟兵刃，竟自嬝嬝婷婷的緩步走近身來。沐天瀾還以為尚有話說，不料她離身三尺，突然身形一矮，左臂一圈，立掌當胸，右臂一吐，駢立中食二指，竟向他左脅軟骨下點來。

沐天瀾大驚，識得這手功夫，是本門少林最厲害的「點穴金剛指」，如果被她點上，氣穴立閉。哪敢怠慢，慌一錯身，劍隨身走，「白鶴亮翅」揮劍截腕。

羅剎夫人右臂一撤，左掌下沉，竟把沐天瀾手上辟邪劍視同頑鐵，左掌虛向劍脊一拂。沐天瀾便覺有一股潛力把劍勢逼住，她卻身如飄風，一轉身右腕揚處，忽變為辰州「言門雞心拳」，向他腦後枕骨啄來。

沐天瀾一甩肩頭，陀螺般一轉身，「玉女投梭」舉劍直刺，對面哪有敵人？同時身後有人在他耳邊悄悄說一句：「穩實有餘，輕靈不足。」沐天瀾猛地斜著一塌身，揮劍橫斫，蒼龍入海，猛又劍光貼地如流，身法屢變，疾展開師門「達摩劍法」。頓時劍光如匹練舞空，疾逾風雨。

說也奇怪，他無論用何種厲害招術，連羅剎夫人一點衣角都沾不著，只覺她若即若離的一個俏影，老是如影隨形貼在身後。有時候乘虛而入，開玩笑似的，肩頭上輕輕的拍一下，耳邊還聽得對方悄悄的說：「不睹沐二公子手采者，是無目也。」

她這一掉文，沐天瀾又羞又急，疾展一招撒花蓋頂，疾又轉身變為「玉帶圍腰」，隨著一塌身，劍光鋪地化為「枯樹盤根」，刷刷刷接連三招，勢如狂風驟雨。滿以為這幾下，對方不易近身。

哪知他施展第三招枯樹盤根時，微覺眼神一暗，一陣香風，拂面而過，自己胸前似乎被人輕輕一按，同時聽得身後遠遠有人嬌喚道：「二公子好俊的本領，我們就此停手，不必再分雌雄了。」

沐天瀾急回身看時，羅剎夫人春風滿面的俏立在一丈開外，胸前玉掌平舒，托著一件晶瑩奪目的東西，正是自己深藏懷中的玉獅子，竟被她神出鬼沒的拿取了。沐天瀾明白像她這樣本領，如果存心要傷害自己性命，真是易如反掌。看起來，武功一道沒有止境，自己十餘年師門秘傳，到了她手上如同兒戲；便是自己師父來也未必定占勝算，難怪她大言不慚了。這一來，鬧得他又欽佩、又羞愧，訕訕的竟說不出話來。

這當口，旁觀者清，羅幽蘭已看出羅剎夫人實有特殊的功夫，非常人所能及，自己上去也未必有把握，可是心有未甘，不如用自己獨門暗器「透骨子午釘」試它一試。她在沐天瀾交手時，預防羅剎夫人心懷不善，早已手撫鏢袋，遠遠監視著；這時沐天瀾一停手，忍不住嬌喊一聲：「仔細，我也獻醜了。」

語音未絕，右臂一揚，一枚透骨子午釘已到羅剎夫人胸前。這種暗器才三寸多長，筆桿兒粗細，完全用的是腕力指勁，和用機括箭筒發出來的袖箭等類，是兩種門道。這種暗器練到家時，隨心所欲，疾逾閃電，比旁的暗器霸道，鐵布衫、金鐘罩一類功夫，也搪不住。偏逢到大行家的羅剎夫人，只聽她喝一聲：「好傢伙！」玉手一揚，一枚透骨子午釘已夾在中食二指之間，還朝著羅幽蘭點頭笑道：「發一支兩支，沒有多大意思。你鏢袋裡有的是，通通施展出來，讓我瞻仰一下。」

其實她這話是多餘，在她張嘴時，羅幽蘭早已手不停揮，用最厲害手法聯珠般發出五枚透骨釘了。五釘所向，專向羅剎夫人兩目咽喉心口等要害，而且手法迅速，差不多同時襲到。

好厲害的羅剎夫人！一手拿著玉獅子，一手拈著一支透骨釘，身子不離方寸，只身形往後一倒；腳似鐵樁，整個身子和地面相差不過幾寸，比平常鐵板橋功夫高得多。五支透骨釘哧哧哧，早已支支落空飛向身後。

羅剎夫人身子一起，尚未站穩，不料站在一丈開外的羅幽蘭，又是一聲嬌喝：「這是最後一支了。」狡猾的羅幽蘭，暗器出手之後才故意嬌喊一聲，這邊聲剛出口，那邊暗器已到羅剎夫人跟前。

這一下羅剎夫人也夠險的，卻看她微一側身，櫻嘴一張，巧不過正把一支透骨子午釘，用檀口擒住。

羅幽蘭吃了一驚！不等羅剎夫人開口，慌自找台階，一聳身飛躍過來，開口的大讚：「好本領，好功夫！羅剎姊姊，我們真欽佩得難以形容了。」

羅剎夫人朝她看了一眼，從嘴上拿下子午釘，兩支子午釘一齊托在手上，看了一看，向羅幽蘭點頭道：「好聰明，好厲害的小姐，我算認識你了。我一大意，差一點就上了你的大當。可是你為什麼不用餵毒的子午釘出手呢？據黑牡丹告訴我，你鏢袋裡藏著兩種子午釘的。英雄怕掉魂，說實話，我要在你地位，未必有這樣大量。這一層，我要存在心裡的。」

說罷，她向羅幽蘭嗤的一笑，卻把手上的玉獅子朝沐天瀾一晃，笑著說：「喂，以後咱們相逢，我就叫你這雅號『玉獅子』了，滿嘴公子公子的多俗氣。」說了這話，才把玉獅子和兩支子午釘，一齊向羅幽蘭手上一塞，笑說：「這玉獅子真是難得寶貝，你好好的收藏著，不要再落在人家手上了。」

羅幽蘭聽得心裡一動，似乎這句話別有用意，一語雙關似的，但也不便再說什麼，收起了玉獅子和子午釘，趁勢走過去，向地上揀起另外五支透骨子午釘，一齊藏入鏢袋。回身一瞧羅剎夫人已向那株古柏走去，到了樹下，翻身向沐天瀾、羅幽蘭舉手亂招。嬌喚著：「兩位快來，我們坐在這樹根上，談一談。」

兩人知道她必有話講，一齊走去。恰好四面樹根，地龍一般，此伏彼起，透出土面，略一拂拭，大家品字式坐了下來。這時太陽已沒入地平線下，除出西面峰背尚餘一抹殘霞，其餘方向的林麓岩腰，霧氣沉沉，晚色蒼茫，異龍湖對面鞍峰之間，炊煙四起，燈火隱沒，轉瞬便要星月在天了。

羅剎夫人說道：「我們略微遊戲了一陣，便已入夜，真是光陰如流了。」

她說到這兒，對面松林內步聲雜遝，跑出七八名沐家將和兩名土司府的頭目，步履如飛奔過來向沐天瀾、羅幽蘭俯身行禮，嘴上說道：「府內到了一位道爺和一位老禪師，土司夫人已經好幾次派人請公子回府，下弁們知有貴客在此，不敢上來稟報。剛才土司夫人又派人飛馬催請，說是府內擺設盛筵，替新到道爺和那位禪師接風，專等公子和羅小姐回去入席。下弁們一看天色已晚，只好上來請公子回府了。」

沐天瀾明白新到道爺，定是自己丈人桑苧翁到了。同來的老禪師，卻不知何人？照理應該馬上回去才對，無奈龍土司性命在這位女魔王手上，好歹要探個著落，心裡一陣猶豫。

羅幽蘭卻接口道：「我想請這位羅剎姊姊同到金駝寨去盤桓一下，龍家的事且放在一邊。羅剎姊姊的功夫，我實在佩服得了不得，我妄想高攀一下。」

她這番話意思是朝沐天瀾說的，其實想探一探羅剎夫人口氣，而且用意非常深妙，真想把她拉去和自己父親見面，藉此探明她的來歷。一面想法拉攏她，解開龍家的鈕結，而且還可從她口上設法探出黑牡丹等仇家，對待自己怎樣下手？她這樣說時，沐天瀾立時領悟，很至誠的請求羅剎夫人一同駕臨金駝寨。

羅剎夫人向兩人一使眼色，沐天瀾會意一揮手叫家將們先行退去。

家將一退，羅剎夫人開口道：「兩位盛意我非常感激，我本來有許多話和兩位細談，現在兩位急欲回去，只好另日再談了。兩位要我回去，我和諸位毫無怨仇本無不可，不過龍家的事其中略有糾葛；如果同兩位到了金駝寨土司府內，我雖不怕龍家對我發生意外舉動，可是萬一發動，兩位處境便為難了。

「再說，我和龍家本來沒有什麼過節。我把龍土司和幾十名苗卒扣住，和通函祿映紅有所要挾，說穿了，並非替九子鬼母舊部擋橫，藉此報復。這種趁人於危的舉動，我是不屑幹的。

「我所以這樣做，其中另有文章，而且是合乎天理人情的。這裡邊的巧妙我很想向兩位說明，卻不便在金駝寨內向大眾宣佈；如果我一宣佈，於我無益，於龍家的威風便要掃地了。有這幾層原因，所以我暫時不便同兩位前去。現在這樣辦，兩位只管回去，到了三更時分，我再做一次不速之客，和兩位促膝談心。但是兩位不嫌我驚擾好夢嗎？」說罷，電光一般的眼神，向兩人面上一掃，面上又露出神秘的媚笑來。

沐天瀾、羅幽蘭只好報之以微笑，當下和她約定三更再見，立起身來告別。兩人已經並肩走開了一段路，忽聽身後嬌喚：「玉獅子回來。」

沐天瀾轉身一瞧，羅剎夫人在柏樹下向自己直招手，只好再走近前去，喊的是「玉獅子」其勢羅幽蘭不便同往，只好停步等他。沐天瀾到了樹下，羅剎夫人眼波欲流，向他看了又看，緩緩的說：「我剛才說的龍土司一檔事另有文章，在我沒有對你們說明內情以前，千萬不要隨便亂說，你明白我的意思嗎？」

沐天瀾點點頭，表示領會。羅剎夫人又笑道：「剛才我們交手時，我有點遊戲舉動，你不恨我嗎？」沐天瀾對於這位女魔王，心裡真有點發慌，紅著臉囁嚅半晌，才說了兩個字

「不恨」。

羅剎夫人死命盯了他幾眼，不知為什麼，忽然又嘆了口氣，低聲說：「好，記住我的話，你回去罷。」

羅幽蘭遠遠立著，雖然聽不清他們說的什麼，一對秋波卻刻刻留神羅剎夫人的舉動。等得沐天瀾回到身邊，兩人向嶺下走去，羅幽蘭問道：「她叫你回去說什麼？」沐天瀾把囑咐的話說了，羅幽蘭又問：「還有旁的話嗎？」

沐天瀾一跺腳，搖著頭說：「唉！這女魔頭！」

羅幽蘭嘆口氣說：「女子長得太好了，古人稱為『禍水』；男子長得太好了，叫什麼呢？我想叫作『禍土』好了。」說罷，噗嗤的笑出聲來。

第十三章　猿國之王

沐天瀾、羅幽蘭走下象鼻沖，渡過竹橋，領著家將們回到金駝寨龍府。燈燭輝煌，華筵盛設，上面高坐著桑苧翁，映紅夫人、祿洪、璇姑、龍飛豹子都在下首陪著。

桑苧翁左右空著三席，頭目們高聲一報：「沐公子、羅小姐回來了。」映紅夫人慌忙離席相迎。

兩人進門先向桑苧翁行禮請安，然後在桑苧翁左首並肩坐下。

羅幽蘭問道：「父親，聽說有一位老禪師一同駕臨，怎的不見呢？」

桑苧翁笑道：「這位老禪師不是外人，便是川漢交界黃牛峽大覺寺方丈無住禪師。遇蟒重傷的金翅鵬便是老禪師的俗家徒孫。他不知從何處得知金翅鵬九死一生，特地趕來。因為老禪師深通醫道，善治百毒，真有起死回生之妙，被我無意相逢，而且從這位老禪師口中，探出羅剎夫人來歷。免我跋涉山林，所以我們一同到此。此刻無住禪師正在前面用自己秘藥，替金翅鵬消毒治傷，已有不少工夫，想必便要回來入席了。」

沐天瀾道：「這位老禪師還是我的師伯呢。當年六詔九鬼大鬧昆明，師伯和家師光降寒舍。那時我年紀還小，曾經拜見過一次。那時師伯年壽已逾花甲，現在怕不古稀開外了。我應該前去叩見，順便迎我師伯進來入席。」說罷，向眾人告了罪，離席而去。

片時，沐天瀾陪著一個鬚髮如銀、滿面紅光的老和尚緩步而入，眾人起立相迎。

老和尚嘴上連說：「好險好險！我遲到一天，我這徒孫這條命便算交代。現在大約命可保全，可是半個面孔業已腐爛，好起來也要變成怪相了。」

映紅夫人不絕口的道謝，請他在桑苧翁右首一席落坐，親自敬酒，頭目們把特備的素餚一碗碗的端上來。原來無住禪師雖然淨素，卻不戒酒，合掌當胸，不住念佛。

羅幽蘭在當年群俠士破秘魔窟時，也和他有一面之緣，此刻卻以晚輩之禮叩見了。大家讓了一陣，各自歸座。

無住禪師仔細打量了羅幽蘭幾眼，念了幾聲「阿彌陀佛」向她說：「姑娘，你是有造化的人。你們尊大人把姑娘經過已對我說過了，菩薩保佑！姑娘，你從此魔難退淨，福運齊來。老僧聽得痛快極了。」說罷，面前一大杯酒，嘓嘟幾聲便喝下去了。

羅幽蘭慌搶起一把酒壺，春風俏步的走下席來，替老和尚滿滿斟了一杯，竟也叫了一聲：「師伯，小輩借花獻佛。」

老和尚呵呵大笑，衝著沐天瀾點點頭，好像說：「這聲師伯，是跟著你輩份叫的。」

酒過數巡，大家吃得差不多時，映紅夫人向沐天瀾、羅幽蘭問道：「兩位剛才到異龍湖畔遊覽，有人來報，說是兩位和一苗婦裝束的美貌女子，在象鼻沖嶺上交手。我聽得奇怪，我們金駝寨哪有這樣人物？忙派可靠的頭目，前去探個實在。

「恰好派去人內有一個頭目，便是背著鵬叔拚命逃出險地，半路碰到羅剎夫人，叫他捎回那封信來的人。他趕到嶺上偷瞧你們在一起談話，他遠遠認出苗裝女子便是羅剎夫人，立時騎馬趕來通報。

「我一發猜不透是怎麼一回事，正想自己趕去，恰巧尊大人和老禪師一同駕臨，立時把這檔事向兩位老前輩請教。尊大人推測兩位和她談話，定與拙夫有關，去人驚動反而不妙。後來天色漸晚，我不放心，才接連派人迎接。兩位怎樣會碰上她呢？」

沐天瀾、羅幽蘭早知她有這一問，在路上已經商量好，在未明真相以前，還是說得含糊一點的好，免得三更時分羅剎夫人到來，別生枝節，反而貽誤大局。

此刻映紅夫人一問，沐天瀾便說：「我們兩人渡過異龍湖走上象鼻沖，在一株大柏樹下突然碰見了她。起初不知她是羅剎夫人，她卻認識我們，而且自報名號。這人真是一個怪物，一見面便要和我們比劃比劃。

「我和她一交手，對拆了幾招以後，她又突然停手，態度變得非常和平，說是『和兩位一點沒有過節，兩位為龍土司的事從昆明趕來，我看在兩位面上，咱們不妨先商量商量，商量不妥我們再用武力解決不遲』。我們不曉得她葫蘆裡賣什麼藥，一想先探一探她的意思也好，這樣我們便和她談龍世叔的事。還沒有談出眉目來，頭目們便來報兩位老前輩到來。她便說龍家的事，明天約地再談不遲。」

沐天瀾說完，不等映紅夫人再問，立向桑苧翁問道：「羅剎夫人舉動奇特，武功也與眾不同。岳父剛才說無住師伯知她出身，究竟怎樣的來歷，可否請師伯說一說？對於想法解救龍世叔，和怎樣對待羅剎夫人，也容易著手。」

沐天瀾這樣一問，話風立時移轉方向，合席的人都願意聽一聽羅剎夫人的來歷，都向上面兩位老前輩討下落。

桑苧翁道：「你們知道現在出現的羅剎夫人是誰？說起來和我還有淵源哩。當年我在羅剎峪的一段經過，大約在座的都已明白。當年羅剎峪隱居的老羅剎夫人一病不起。她女兒小羅剎只三四歲光景，從小吃的是猿奶，平時總是那頭母猿抱著玩，背著走。那頭母猿雖然能解人意，總是獸類，早已把小羅剎認作自己親生兒女。一半也是老羅剎夫人幾年病得不能起床，慣得那頭母猿和小羅剎頃刻不離。

「老羅剎夫人一死，平日供給驅使的幾頭巨猿沒有管頭，我和內子在羅剎峪內，在幾頭巨猿心中卻被當作客人一般。在老羅剎夫人死的一晚，那頭母猿背著小羅剎，和另外幾頭公的巨猿竟是獸性發作，悄悄的走得不知去向。四五歲的小羅剎也無法反抗，竟被幾頭巨猿帶著翻山越嶺，跑到不知何處去了。那幾頭巨猿為什麼要這樣跑掉？那時我當然無法推測。直到昨天無意中碰著這位無住禪師，講起現在出現的羅剎夫人的來歷，才明白了。」

這時無住禪師喝了不少酒，興致勃勃的笑道：「以後的事我來講罷。」

老和尚一面喝酒一面說：「羅剎峪我沒有到過，但是我知道離羅剎峪不遠，有一處極險惡的山谷，因為從前人跡未到，無路可走，也沒有地名，卻有無數猩猿生長其間，那地方稱為『猿國』恰當不過。

「羅剎峪跑走的幾頭巨猿，原是猿國生長，偶然跑到羅剎峪去，被羅剎夫婦用白蓮教驅役獸類的法子，把跑去的幾頭巨猿馴服得不敢跑回猿國，願供驅使。老羅剎夫人一死，羅剎大王又沒有回去，那幾頭巨猿算脫離了樊籠，帶著小羅剎跑回猿國去了。

「小羅剎跟著一群猩猿，在猿國住了四、五年，已長到八九歲，人卻變成猿猴差不多了。精赤著身子，遍身也長了一層茸茸的細毛，終年跟著猴子飛躍於林巔岩壁之間；平常人學不到的輕身功夫，她卻在天然環境之中，很快的練到出神入化。而且一身鐵筋鋼骨，力大無窮，比一般猩猿還厲害，變成了猿國之王。

「那時她已通曉猿語，對於父母的印象已模糊不清，腦子裡只記著『羅剎夫人』四個字。她在猿國裡唯一人言，便是『羅剎夫人』四個字。一般猩猿學她的樣，怪聲怪氣的都朝她喊作『羅剎夫人』，她自己也把『羅剎夫人』四個字作為猿國之王的名號了。

「世上的事，真是不可思議，只有我佛才能算出前因後果。假使這位猿國之王長此下去，忘記自己是人，無憂無慮的老死猿國，也就沒有現在的羅剎夫人了。老天爺偏要把她造成一個世上奇特的女子，而且是一個武功異眾、智慧無比、舉世無雙的女子。她偏有這樣巧遇，在這永久人跡不到的地方，竟被一位奇人發現，使她脫卻一身獸毛，把自己絕頂的武功、滿腹的才學，通通傾囊傳授；還帶著她雲遊各處，歷遍奇山名川，造成了現在的羅剎夫人。這只可說是老天安排，我佛慈悲了。」

老和尚說到這兒，停了一停，把映紅夫人斟上滿滿的一杯酒，又慢慢的喝了下去。

席上的人被老和尚說得心癢難搔，急於想聽下文，頭一個羅幽蘭先忍不住，問道：「師伯，那位奇人，究竟是誰呢？」

老和尚慢吞吞的笑道：「說起這位奇人，現在已經作古。從前我和他會過一面，可是到現在我對於這位奇人是惡人還是好人，我尚無法斷定。說起我和他會面的故事，到現在想起來，我還心悸，好像作夢一般。」

老和尚這麼一說，引逗得席上的人格外注意了，龍璇姑和龍飛豹子姊弟，更是急得瞪圓了小眼，幾乎想說：「你快說出來罷，我的佛爺。」

老和尚還是忘不了面前的美酒，一仰脖子又是一杯下肚，嘴上還咂了咂味兒才緩緩開口說：「老僧的大覺寺在宜昌、秭歸之間，小地名叫作黃牛峽，是湖北和四川交界處所，也是一個長江要口。大覺寺又在黃牛峽地勢較高之處，坐在山門口，天天可以看到從上流瞿塘、巫山下來或者從下江入川的貨船客船。黃牛峽既然是個入川要口，沿江也有一點買賣，也備有過往行商息宿的酒店宿店。有時風緊流急，許多過往船隻，也常在黃牛峽停泊，熱鬧得像大市鎮一般。

「有一年上流山洪暴發，又加上連日風雨連綿，船老大不敢冒險，江面上船隻特別稀少。不料這天突然從上流急流旋伏之中，箭一般飄下一隻大號客船來。這樣順水急流，居然快上加快，船頭上還張著一片布帆，可是船頭船尾掌篙掌舵的船老大，人影全無。兩岸人聲鼓噪，人頭鑽動大家齊喊：『看呀，看呀！』

「原來大家驚喊的是，這隻船頭風帆上，疊疊的掛著幾個血淋淋的人頭，布帆上還血淋淋的寫著幾個字。可惜江流湍急船如奔馬，等得眾人驚喊『看呀看呀』時，那隻怪船已飛一般過去，看不清帆上寫的什麼字。直飄到黃牛峽下站三斗坪地方，才被沿江船戶截住，由地方官相驗緝兇，才沸沸揚揚傳遍了沿江人們的耳朵內。

「原來那隻怪船滿載著金珠財寶，船上七個壯漢全數殺死，滿艙血污，屍身像宰翻豬羊一般疊在艙內。屍身大腿上，個個都刺著一個八卦；而且有許多兵刃散落在艙板上，似乎經過一次劇戰才被兇手殺死。

「最奇的都是項上一刀割下頭來，身上別無傷痕。好像這七個壯漢雖然力圖抵抗，卻被兇手一齊制住，挨個兒砍下頭來，掛在帆上。蘸著血在布帆上寫著：『先殺凶黨，後除巨憝；艙中不義之財，應由公正紳士充作善舉，妄動者死。』幾行血書。

「當這件血淋淋的慘案傳到老僧耳內，便知這是江湖仇殺的舉動。不過做得太慘太辣了！而且死者腿上八卦記號，是白蓮教匿跡銷聲以後的一種秘密組織。這班黨徒本來無惡不作，卻也死有餘辜，可是殺死七個人的又是何種人呢？」

老和尚說到這兒，酒杯內早有人替他斟滿，又把酒杯擱在唇邊上了，一杯下肚，才搖著頭說：「事情真怪！一船珠寶、七個壯漢性命，非但沒有人領屍領船，官面上忙碌了一陣始終追究不出下落來。因為那隻船被三斗坪的船戶截住，由三斗坪首戶募捐充善舉，買棺盛殮七個壯士屍身。珠寶財物暫由官廳存庫，查明案情以後，再行處分。三斗坪首戶收殮七個無名屍體以後，又分邀高僧高道，分批做水陸道場，超渡冤魂。

「三斗坪本來非常冷落，這一來轟動四方，也熱鬧了一時。我們大覺寺的僧眾，也被三斗坪首戶請去禮懺，而且指名要老僧親自出馬。

「老僧主持大覺寺多年，平時和左近地方士紳，也有點來往，指名要我親去，也沒有在意。可是三斗坪的首戶是誰，卻記不起姓名。向來人打聽，才知三斗坪紳富門第，也有好幾家；這一次卻是個姓左的大戶為首，對於這件事，出人出財，還非常認真。當下答應來人規定第二天率領寺僧，到三斗坪拜一天梁王懺。

「第二天清早領著本寺僧人二十餘人，帶著經擔法器，向三斗坪走去。走到一半路上，因為四月天氣，大家走得有點口渴，便在路旁茶棚內坐下來，預備大家喝碗茶，解解渴再走路。我走進茶棚，一看棚內坐著一個骨瘦如柴的老尼姑，身上披一件茶褐色道袍，下面淨襪草履非常整潔。閉著眼，垂著頭，膝上橫著一柄拂塵，似乎在那兒打盹。

「我一想一般和尚裡面，偏夾著一個尼姑，雖然是個龍鍾老尼，也覺有點不大合適。正想催僧眾們早喝早走。忽見茶棚外面閃進一個十七八歲的小姑娘來，雖然穿著一身平常的粗布衣服，天生的容光照人，而且眉目間英氣逼人，步履之間也看出與眾不同。我正覺詫異，卻見那小姑娘進棚來，便到了老尼姑身邊，似乎在老尼耳邊，低低的說了幾句。老尼依然閉著眼，垂著頭，嘴裡卻說了一句：『你只記住我這話，事不干己，少管閑事。』

「老尼說時，旁邊的小姑娘朝我看了一眼。微微笑道：『活了這麼大，也得看清了事，才敢伸手呀！』老尼又喝了聲：『多嘴！』慢慢的立起身來，由小姑娘付了茶錢。老尼一手扶在小姑娘肩上，一手提著拂塵，顫巍巍的走出茶棚，向三斗坪那面走去，始終沒有睜開眼來。究竟是不是瞎子，也難斷定。但是一老一小對答的話，和那小姑娘的神情，我總覺得點異樣。

「我們隨後付了茶錢，走到三斗坪，有人領我們到了那左姓富戶家中。果然是個大戶模樣，可是房子造得特別，很像樣的一片瓦房，卻建築在靠江邊一座危岩的背後。雖然藏風聚氣，可是孤零零的只有這所房子，四近並無鄰居，沒有領路一時真還找尋不到。屋外圍著一道虎皮石牆，沿牆盡是竹林，顯得那麼陰沉沉的。進了圍牆，走了一段兩面竹林的甬道，才看見了厚厚的石庫台門。進門是一塊鋪沙空地，走過空地，才進了一排廳屋，後面接連著許多房子。

「我們在廳上展開了拜懺工作，後面怎樣局面便不得而知了。這位左富翁沒有露面，招待奔走的下人們真還不少，個個是精壯漢子。廳上陳設的古玩字畫，也應有盡有，不過佈置得格格不入，顯得主人決非風雅中人。

「這是富戶與書香世家不同之處，原是無可驚異的，但是有一點引起了我的注意：大廳中間一軸進官加爵的大堂人物畫上面，又高高掛著一面刻著八卦的銅鏡。江南小戶人家，門口掛著避邪壓煞的八卦，這是極普通的，如果大戶人家大廳中間也掛起這種八卦來，便覺俗不可耐。

「但是我注意的不是俗不俗的問題，我看廳上的八卦，不由我不想起慘死七名壯士腿上的八卦了。當時無非心頭一瞥而過，一心禮佛拜起懺來。照例功課已畢，天色將晚，收拾經具便要告辭。不料在告辭當口，下人們說：『主人剛從別處回來，聽說老方丈法駕親臨，感激得不得了。難得有此機會，務請方丈暫留貴步，主人馬上出來陪話。』

「我覺得施主這樣謙下，未便再堅決告退。好在這點路程，自己一人夜行反而爽利，便叫隨來僧眾們先行回寺。他們一走，主人又打發下人們請我到內院相見，我沒法只好跟著進去，轉過廳屋，現出一座整齊的院子。一個五十多歲濃眉深目禿頂方頷的高個兒，拱著雙手，降階相迎，後面還跟著幾個鋒芒外露，一身精悍的年輕小夥子，也是衣冠楚楚的，含笑抱拳。

「我一見這幾個施主，心裡驀地一動，不用問，這幾個施主定是身有武功。大家一陣謙讓，走進屋內，便在中堂落坐。

左施主這番謙恭真是少有，談不了幾句話，立時擺起一桌整齊的素筵。好像預先置備停當似的，讓我高踞首座，也不知從何處打聽明白，知我不忌杯中物，把整罈佳釀當面打開，流水般斟上杯來。我受寵若驚，被這位左施主左一杯，右一杯，灌得有點駕了雲。我們雖然吃十方，但是平白無故的受人厚愛，心裡也有點不安，雖然有點不安，還不知道這幾杯酒是不易消受的。

「等到內外掌燈，席上也明煌煌點起幾支巨燭，照得我面上也有點熱烘烘的。哪知道就在這當口，左施主朝我連連抱拳，嘴上說：『老方丈是世外高人，真人面前不說假話，兄弟從前在江湖上也混過不少年頭，多少也闖出一點萬兒。說起來，老前輩大約有點耳聞，「追魂太歲」禿老左便是在下。』

「他這樣一報字號不要緊，我幾乎把手上酒杯掉在地下。倒不是怕他名望大武功好，我是後悔自己太糊塗，怎麼喝酒喝到這魔頭家裡來。追魂太歲的酒，豈是隨便可以喝下去的？表面上還不能不敷衍他，慌說：『幸會幸會，當年三湘七澤提起追魂太歲，哪一個不豎大拇指。』禿老左被我一恭維，面上透光，立時提起酒壺替我斟上一杯。可憐他沒有報字號時，我喝得挺香，此刻他替我斟上，挺香的酒馬上變成砒霜。我真不敢喝了！」

他講到這兒，桑苧翁呵呵大笑，提起席上酒壺，替他斟滿，笑說：「這杯也是砒霜，喝不喝？」

老和尚大笑道：「你請我喝的，便是真真砒霜，我也直著脖子灌下去。不信。你瞧！」說罷，舉起杯來，嘓嘟一聲喝下去了。眾人都笑了起來。

老和尚又說道：「笑話歸笑話，那時節我真有點坐不住了。因為這位禿老左犯過江湖大忌，兩手盡是血腥氣。萬想不到他銷聲匿跡了好幾年，會在三斗坪出現，表面上假充富戶，暗地裡不知做什麼勾當？想起怪船上慘死的七個壯漢，他居然邀僧聘道，超渡亡魂，又住在這樣江邊隱僻處所，以及廳上掛的八卦，一連串疑問，都是他暗地行為的註腳。而且想起來時半路碰到老尼姑和小姑娘說的幾句話來，似乎與他也有關連。

「這一心血來潮，喝下去的酒都變成冷汗，從背脊上冒出去了。最可怕的，他這樣殷勤待我，定有用意。喝了人家，便像短了人家似的，所以我真難過極了。在我難過當口，那位追魂太歲禿老左，對我說：『當年我混跡江湖，手下弟兄們難免胡來，弄得我騎虎難下，因此結了不少仇家。我後悔得了不得！因此在前幾年立誓金盆洗手，住到此地，安分守己懺悔我過去的錯誤。我聽念書人常說人孰無過，過而能改，便是聖賢。念佛的人也說放下屠刀，立地成佛。我聽得這樣的名言，高興極了。所以我極力從這條路走。』

「他說得神乎其神，我肚裡暗暗大罵，好個『放下屠刀，立地成佛』！滿船的金珠財物，不是用屠刀屠來的是什麼呢？

「他見我沒有恭維他，又嘆口氣道：『誰知道想做好人，也是不易。我躲在這樣地方，還有人找上門來，我難過已極！從此我願意皈依三教，削髮出家。久仰老前輩是得道高僧，揀日不如撞日，我從此刻起便拜列老前輩門下，務請老前輩慈悲，收留我沒出息的門徒。我從此隱跡佛門，一心念佛了。』說罷，真個想起來行禮。

「我嚇了一大跳，連說：『慢來慢來，像施主這樣花團錦簇的家當，後福無窮，別人羨慕還來不及，施主卻說出投入空門的話來。便是仇家找上門來，像施主一身武功，子弟們也不是碌碌之輩，強龍難壓地頭蛇，怕他何來？』我這番話，連激帶損，實在也動了一點無明火。哪知他老奸巨猾，安排好步驟，想叫我自投圈套。

「他聽了我這番話，故意用腳狠狠一跺，嘆著氣說：『仇人找上門來，我怕什麼？但是我金盆洗過手，祖師爺面前立過誓，從此封刀，連子孫也不許在江湖走動。萬一仇人找上門來，我怎能違背血誓，和來人動刀動杖？如果我束手受戮，天下也沒有此理。事情偏湊巧，前幾天發生一船七命的事，偏被三斗坪船戶截住。我這幾年到處行善事，起初也以為江湖上仇殺。等我捨棺行善，僧道超渡，親到江邊相視裝殮，一看七顆人頭，竟是我當年舊部弟兄。一船珠寶被官面收去，沒有瞧見。』

「他又嘆道：『大約這七位舊弟兄仍做沒本買賣，被我仇人狹路相逢，把這筆帳劃在我身上，居然還探出我隱跡在此，下書恫嚇，說是殺盡我全家老幼，才出心頭之恨。我既痛七位舊弟兄誤遭慘殺，仇人還揚言要殺盡我全家老幼，真是逼得我無路可走了，剛才我同我子侄輩分頭到江邊察看，有無仇人隱伏，究竟仇人是誰？沿江走了幾遍，卻查不出蹤跡來。回來之後，我女人也暗暗查訪去了，到現在連仇人的姓名面目都不知道，叫人真無法著手。因此我覺悟江湖這條路萬萬走不得，既然從前走錯，只有痛改前非，身入空門。求老前輩佛門慈悲，替我解脫這場冤孽了。』

「他說到這兒，我才有點明白了，大約他從前結仇過多，弄得仇人是誰都弄不清楚了。他又明白慘死的七個弟兄，並非平凡之輩，卻死得這樣乾脆，仇人的厲害可想而知。特地留我在家中，死活和我套交情，表示悔悟，無非想叫我替他做擋箭牌罷了。但是在那時我真為難了，既不願替他做擋箭牌，便該拂袖而去；可是他表面上滿口仁義道德，一方面總算是施主，太做得決絕了，也不是辦法。

「正在為難之際，我的救星到了，他的難星也到了。猛聽得堂屋外面叭噠一聲悶響，對面屋上嬌滴滴的喝道：『禿老左，你千嬌百媚的太太——玉面狸回來了！你血海深仇的好朋友也來了！三湘七澤的大英雄——追魂太歲，好朋友在這裡恭候了。』」

第十四章　鐵面觀音石師太

無住禪師講羅剎夫人出身的故事，講到此處已到了節骨眼兒，一席的人都聽得出了神，忘記替他斟酒了。老和尚笑瞇瞇的自己斟了一杯，潤了潤喉嚨，又接著說：

「當時堂屋外面一陣嬌喊，屋內幾個年輕小夥子慌了神，一個個跳起身來，藏入堂屋後面。禿老左卻不驚慌，朝屋外哈哈大笑道：『這一位嬌滴滴的好朋友，我們記不起來了。好！我就來奉陪。』說罷，立時翻身向我說道：『老前輩，你聖明不過。事情逼到這兒，有什麼法子？我先向老前輩告罪，請老前輩多慈悲罷。』說罷，站起身來，一個箭步竄進了堂屋側面的一間屋內。

「我知道他們不是逃避，這是各人去拿兵刃，也許預備著對付仇人的計劃。可是堂屋裡連下人們都走淨了，一桌燈燭輝煌的酒筵，只剩我一人高坐在上面，弄得不巧，追魂太歲的仇人還以為我替他們擋橫呢！

「果然，對面屋上嬌滴滴的嫩嗓子，又喊了起來：『喂！屋裡那位是大覺寺的老方丈嗎？我不知道你和他們是什麼交情，看情形你想伸手管這檔事了。那就請出來罷，大馬金刀的坐著，當不了什麼事。喂！我說老方丈，你聽明白沒有？』

「我一聽，心裡這份難受就不用提哩。活了這麼大還沒有受這樣奚落過，心裡一陣火發，先不管他們怎樣一回事，先要教訓來人一頓再說。猛地心裡一動，一想不好！我和來人一爭口舌，正好合了追魂太歲心意。他們走得一人不剩，焉知不是故意如此，叫我替他們擋頭陣。但是紋風不動的坐著也是笑話，好歹和來人亮一亮盤，見機行事，說明自己地位，才是道理。

「主意打定，我離席緩步走出堂屋。抬頭一看對面大廳屋脊上，影綽綽立著一個女子，階下仰面躺著一個身背雙刀，腰懸鏢袋的婦人。仔細一瞧，敢情胸口汩汩冒血，早已死去。

「我正想和屋上人答話，驀地對面廳背後人影一晃，有人大喊：『老前輩，不必和這小輩計較，我們一齊到門前空地上去，教訓教訓這狂妄後輩，還怕他飛上天去嗎？』這說話聲音，卻正是秃老左本人，而且說完便隱身退去。他說時嗓音特高，屋脊上女子哈哈笑道：『好！有一個，算一個。老方丈，咱們前面空地見。』說罷，身影一晃，便已不見。

「這一來，真個把我扣在裡面了，好厲害的追魂太歲，步步為營，硬生生把我拖入渾水。這一面做成圈套，叫我自己往裡鑽。那一面目中無人，把我老和尚當作廢物，我真有點冒火了。我不問你們什麼事，我卻要見識見識你們這般後輩英雄，究有多大神通？哪知道我這樣一冒火，幾乎嚇得我魂魄齊飛，回不了大覺寺！

「我離開內院，走過廳屋，人影全無。霎時燈火全滅，內外漆黑。只廳前一塊空地上，水銀似的一片月光鋪在地上。

「空地上兵刃耀光，四面展開了七八條人影，卻沒有見著敵人身影。我一走出廳門，追魂太歲禿老左倒提著一柄厚背闊刃九環大砍刀，轉過來向我說：『老前輩，事情真怪！來的只一個乳毛未乾的女孩子，我從來不認識她，可是我女人已經毀在她手內了，不由我不動手了。我見她在廳脊上已經轉身，卻沒有跳下來。也許知道老前輩在此，把她嚇跑了。』

「我一聲不響，肚裡暗罵，你還做夢哩！一看他手上大砍刀，又想起剛才他說在祖師爺神位前金盆洗手、立誓封刀的話來，一發瞧不起他。他見我面寒似水，啞口無聲，面上立現出陰險狠毒的神色來。卻在這時，從我身後廳門內嗖的射出一條黑影，疾逾飄風。已在兩丈開外空地中心，立定一個玄色勁裝、眉目英秀的青年女子，赤手空拳，從容俏立。

「我仔細一瞧，便認出半路茶棚碰見的小姑娘就是她，雖然服裝改了，面目身形一望而知。明知善者不來，來者不善；同小姑娘一起的老尼姑，真人不露相，更是個難以猜測的人物。也許此刻隱身暗處別有作用，橫豎今晚夠禿老左搪的。

「小姑娘飛落空場，四面七八條人影，便向中心一圈。追魂太歲禿老左當先一個箭步竄了過去，左臂抱刀，右手指著小姑娘大喝道：『我與你素不相識，憑空到此行兇，是何道理？憑你這點年紀，也敢發橫，定必受人指使無疑！趁早實話實說，還可商量；否則殺人償命，立時還你個公道。』那小姑娘冷笑了一聲，朝他點點頭道：『禿老左，你說的太對了！殺人償命，姑娘我便是還你公道來的。片時便教你死得公公道道，決不教你做糊塗鬼！』

「禿老左大怒，刀環嘩拉拉一響，便要動手。猛聽得禿老左身旁兩個小夥子厲聲大喊：『我娘毀在她手裡，還容她多說什麼？拿下活口，不怕她不說出實話來。』一聽這兩個愣小子的口氣，定是禿老左的兒子，一個手使雙刀，一個手上合著三節棍。大約禿老左暗地看出來人雖然空拳赤手，只憑殺死玉面狸這一手，便知不是易與。

「他們父子們已暗地計劃好，不管江湖恥笑，想以多勝寡，免遭毒手。所以這時兩個兒子先搪頭陣，使雙刀的一個箭步竄到小姑娘左側，刀光一閃，力沉勢猛，向她瘦削的玉肩斜劈下去。同時那個使三節棍的，一上步，呼的抖開了棍環，使得筆直，向右面柳腰上橫掃過去。如果被雙刀一棍帶著一點，怕不玉殞香消！

「哪知這位小姑娘，把這兩個愣小子視為廢物，而且心狠手辣，立見真章。她待兩小子招數發出，只微一聳身，向前出去幾步，倏地一轉身，已到兩人背後。兩小子刀棍齊施，又是一個猛勁，不意都落了空，使空了勁。兩人腳步留不住，向中間一擠，雙刀正砸在棍頭上，臂上一麻，心神一驚，正想翻身當兒，兩人又猛覺腰眼裡都被人截了一下。立時嚇的一聲，撒棍扔刀，一齊癱在地上了。

「兩個愣小子一跌倒，禿老左嘩啦啦大砍刀一舉，大喊一聲：『上！』四五個雄赳赳的凶漢，嘩拉一圍，把小姑娘圍在中心，各人手上長短傢伙，雨點一般，向她身上招呼。好厲害的小姑娘！只看她玉臂一分，竟展開空手入白刃的功夫，外帶著點穴擒拿法，花蝴蝶一般，在長槍短刀之中穿來穿去。一忽兒功夫，地上躺了一大片，空場上只剩禿老左和我兩人了。

「禿老左急得兩眼如燈，凶光四射，油汗滿臉，形如惡煞。回頭向我惡狠狠瞪了一眼，猛的一跺腳，似乎要奔向前去和小姑娘拚命，忽又停住，反而身子後退。那位小姑娘若無其事，移步向他走來。小姑娘向他走近一步，禿老左便望後退一步。我暗想原來追魂太歲徒有虛名，這樣的不濟事。不料追魂太歲忽地轉身，一頓足，飛身而起，接連幾躍，直退到廳門口，嘴上急喊一聲：『暗青子揍她！』

「我才明白，原來他在廳屋排窗內埋伏了人，特地退回來，好叫埋伏的人向外發暗器向小姑娘鑽射。可是他一聲喊後，兩面排窗內過了半晌，聲響全無。把追魂太歲急得連連跺腳，冷汗直流，發瘋般大吼一聲：『不是你，便是我！』提刀向小姑娘奔去。

「不料黑洞洞的廳門裡面，一個沉著的聲音喝道：『徒兒，這人替我留下。』喝聲未絕，從門內緩步走出一個老尼姑來，身上還是茶棚所見的褐色僧袍，左手上橫著一柄拂塵。見我立在門外，右掌當胸，向我打個問訊，嘴上說：『老禪師雅興不淺。』她這樣文縐縐的一句話，在我聽著，簡直是罵人。我只好說：『事有湊巧，幸會高人。』

「老尼姑微微一笑，朝我看了一眼。這一眼，到現在我還忘不了！白天在茶棚裡，她老閉著眼，我還以為是瞎子。哪知道此刻兩人一對眼神，在她瘦削的面上，卻生著威稜四射，異乎平常的一對神目，眼皮一張，月光底下，好像從她眼珠內射出兩道閃電。普通人碰著這種眼光，定要嚇一跳。

「那時老尼姑像朋友似的，舉手向禿老左一招，緩緩說道：『追魂太歲，你還認識老尼嗎？請過來，我們談一談。』這幾句極平常的話，鑽在禿老左耳內宛如沉雷轟頂！噹的一聲響，手上一柄九環大砍刀，竟自從手上跌落，鬥敗公雞似的走了過來。

「那個小姑娘在他身後跟著，解差般押了過來。禿老左走到離老尼七八步外便立定了，凶威盡斂，垂頭喪氣的說：『早知是你，用不了費這麼大事，我這條命拿去便了。……但是……我子侄輩，你能放他們一條生路嗎？……』

「禿老左這幾句話，掙命似的斷斷續續說了出來，情形非常淒慘，老尼簡直是他剋星。可是老尼非常和氣，一聽他說完，立時接口道：『好商量，你帶路。我們借你寶宅談一談。』說完，又向我笑道：『老禪師，我們也是有緣。老禪師既然湊巧碰上我們這檔事，何妨暫留佛駕，看個水落石出。老禪師，裡請！』

「我已看出這位老尼面善手辣，這事結果定然不祥。佛門中人怎能參與此事？可是老尼和小姑娘，究係何等人物？他們究係怎樣冤仇？既然看了一半，不能不看個究竟。也許從旁說句話，可以救人一命，勝造七級浮屠。誰知我這一想，又想左了。總之那天晚上，我是一步錯，步步錯了！

「禿老左在先，我和老尼小姑娘跟著走進廳門。這時月光透進前窗來，窗下橫七豎八躺著一排人，禿老左像沒有看見一般，直著眼一直領到內院堂屋內，小姑娘搶先一步，不知哪裡找來火種，點起燈燭，一桌素齋依然整整齊齊的擺在桌上。禿老左如醉如癡，一言不發的立在桌邊，老尼卻請我坐在堂屋後身太師椅子，離著那桌素齋有一丈多遠。老尼自己坐在屋門口的檯子上，和我遙遙相對，小姑娘侍立在老尼身旁。

「老尼並不和我說話，卻向禿老左說：『你請坐。』禿老左真還聽話，就在近身素席座上坐了下去。老尼又向他問道：『今天你府上共有幾位，請你實說，免得誤事。』禿老左說：『連我自己一共是九個。』老尼問小姑娘道：『數目對嗎？』

「小姑娘向上面看了我一眼，笑道：『除去這位老禪師，是對的。』老尼說：『你把空場上幾位都請進來，不要忘記了玉面狸。』小姑娘領命出去，一忽兒，一手提著一個軟郎當的漢子，走了進來。卻把手上的人都放在中間素席的座位上，把他們兩隻手臂擱在席上，雖然一個頭軟綿綿的抵在胸口，憑著兩臂攔在席上，也勉強支住身體了。

「小姑娘這樣進進出出大搬活人，一個個照樣都支在素席上，最後把禿老左女人玉面狸的屍身也提了進來，擱在禿老左身邊的座上。這樣，席面上禿老左一個活人，玉面狸一個死人，其餘八個半死不活的人，是禿老左的子侄門徒。一共十人，團團的坐在一桌整齊的素席上。

「這種奇怪舉動，誰也猜不透是何用意？只有禿老左肚裡明白，面色變成紙灰一般；比他身旁太太的死人面皮還要難看。不過他這時自己狠命的咬著下唇皮，咬得嘴上流下血來，顯得他內心痛苦已極！猛然他惡鬼般跳起身來，直著嗓子一聲狂吼，一伸手，想拔出玉面狸背上的刀來。

「不料那位小姑娘早已監視著，一點足，已到了禿老左身後。大約因為小姑娘身體矮小，只見她一縱身，雙臂一起，拇指和中食二指照禿老左兩肩脾骨、鎖骨之間一插，嬌喝一聲：『靜靜的坐下！』在這嬌喝聲中，只聽禿老左肩上咯嚨一聲微響，兩條手臂立時軟軟的吊了下去，一個身子也筆直挫下去，面上變成活鬼一般，額上冒出黃豆大的汗珠，一顆顆直掉下來。小姑娘笑嘻嘻的在他肩上一按，說了句：『好戲在後面，你閉上眼罷。』嬝嬝的回到老尼身邊去了。

「我偷眼看那小姑娘在禿老左身上施展卸骨法，完全是我少林的秘傳。像她這樣又準又快、不動聲色的手法，不要說這點年紀的小姑娘，便是我少林門戶內幾位老前輩裡去找，也沒有幾位。只是剛才她在空場上施展空手入白刃，和用擒拿點穴的門道，治倒了八個小夥子，卻是武當內家手法。竟看不透這一師一徒，一老一小是何門派？而且這一師一徒談笑自若的把三湘七澤的追魂太歲，整治得活鬼一般，又故意擺成這種局面。為了什麼？竟弄得我莫名其妙！問既不便問，走亦不便走，這一次我這老和尚算栽到家了。

「當時追魂太歲禿老左想拔出玉面狸屍身上刀來，大約是想一刎了事，免受活罪，不料被人卸了雙臂弄得求死不能，求活不得。一桌上坐著已死和半死的人，都是他生死相共的親骨肉和門徒；他不敢再睜開眼來看他們一眼，這份活罪真是無法形容。

「偏我是個事外的人，還高坐在上面，眼看著這樣淒慘局面，我實在忍不住了，心裡正想著和老尼說話。誰知對面的老尼竟先開口了，她說：『老禪師，我們都是佛門中人，如果我是事外人，不明其中因果，和老禪師一樣的話，看到這種境界，誰也得觸目驚心，暗念彌陀。老禪師，你想我這話對不對？』

「我心想我想說的，你已替我說了，我還說什麼呢？我只好不住點頭，不住念佛。哪知老尼姑對我說了以後，倏的站起身來，威稜四射的雙目一張，瘦骨崎嶇的臉上，滿布青霜。眼神閃電一般射到禿老左面上，厲聲喝道：『十年光陰，箭一般的過去，你還記得十年前你在洞庭湖畔親手做出一幕天人共怒的慘劇嗎？現在我把那幕慘劇，照樣做給你看……』

「禿老左雙臂雖卸，其餘部分並沒受傷，老尼說話當然句句入耳。他猛然雙目一張，渾身發抖，眼珠突得雞卵一般，鬼一般慘叫道：『老鬼，求你快替我來個乾脆罷，我受不住了！』老尼面現獰笑，向我掃了一眼，喝道：『徒兒，動手！』小姑娘應聲『遵命』，細細的長眉一挑，英氣逼人；身如飄風，已到玉面狸屍身背後。拔下屍背上雙刀，映著燭光看了看鋒刃，撿了一把挾在左臂上，隨手把另一把刀，向席上一插，直插下去半尺深。爛銀似的刀光，映著燭光，來回直晃。

「她又向席上酒杯數了數，只有四五個酒杯，隨手拿了一支燭台，向堂屋後轉了個身，拿來整套的五彩細窯酒杯，把燭台放在原處，在席上各人身後轉了一圈，每人面前放了一個酒杯。除去禿老左一人以外，她又伸出白玉般兩個指頭，在每人頸骨後面捏了一把。這般人的腦袋本來一個個向下垂著，經她捏了一把以後，馬上變成有皮無骨一般，一個個的腦袋像摺疊似的緊貼在胸口了。

「她倏地刀交右手，卻反手倒提，刀鋒朝下，刀背貼臂，玉臂微彎，有尺許長的鋒刃，露在肘外。向我瞅了一眼，面上還是笑嘻嘻的。身子越過禿老左座位，到了玉面狸背後。玉臂橫肱一揮，玉面狸的腦袋骨碌碌從胸前滾到桌子底下去了。她左手立時拿起面前酒杯向腔子窟窿裡一塞，頸腔四圈皮肉往裡一收，立時緊緊的把酒杯嵌在裡面，一點血花都沒有冒出來。

「她這樣從玉面狸起，一刀一個，一個腔子塞一個酒杯，疾逾飛電，渾如切菜一般。只聽得叭嗏、叭嗏腦袋掉地的聲音，一霎時九個腦袋都滾入桌底。席面上九個腦袋一掉，只有禿老左依然活著，依然戴著腦袋。可是他已經急痛攻心，直挺挺仰在椅背上暈厥如死。

「我坐在上面也幾乎嚇昏了心，慌不及把袖子遮了面，一個勁兒念佛。卻聽得小姑娘嘴上讚了一句『好刀』，咔喳一聲，手上這柄刀又插在席上了。她把刀一插，桌上碗碟齊震動，把暈死的禿老左，又悠悠忽忽的驚醒過來了。

「那老尼厲聲喝道：『禿老左，十年前你和你黨羽唱的一幕拿手好戲，你當然還記得。此刻我照樣做給你瞧，大致不差什麼罷？你當年居然做出這樣慘絕人寰的毒辣手段，無非為了你妻子玉面狸兩個兄弟身落法網，被一位朝廷命官依法處決。其間毫無私仇私恨，你卻聽信玉面狸的床頭哭訴，不計利害，暗排毒計。在那位朝廷命官歸隱洞庭之後，正在中秋賞月一門家宴的晚上，你卻仗著手下飛賊潛伏那位命官家中，暗在酒內下了蒙汗藥，把一門三代蒙昏過去。然後你率死黨跳進院內，一門三代連帶幾個下人，都被你刀刀斬絕，還把酒杯一個個嵌在腔子裡。你又搜劫金珠滿載而歸，最後一把火，把這一門三代都葬身火窟之中。』

「『在你以為做得乾淨異常，哪知天網恢恢！他家偏有一個忠誠老僕，躲在庭前桂花樹上，沒有被你搜出，親眼看你們下此毒手。等你們一班惡徒走後，連夜逃出洞庭，拚死爬上衡山，尋到我隱跡之處，向我哭訴。我知道天下罪孽深重的惡徒太多，我隱跡深山，也不願多管人家是非，可是那一門慘死的人家不是別人，那位命官就是我同胞手足。我豈能不管?!立時下山，雲遊三湘七澤，追蹤惡徒，憑你們這點微末武功，豈是我對手？』

「老尼繼道：『你這萬惡匪徒，消息倒還靈通，居然被你打聽得我與這家關係，嚇得你率領幾個死黨，帶著妻子離開湖南，投入白蓮教中，隱求庇護。你又沒有料到白蓮教被官軍剿散，弄得你無家可歸，又投入河南山寨盜窟之中。被我得著蹤跡，獨身拜山，指名索取。你卻膽小如鼠，不顧山寨義氣，帶著妻子從後山落荒逃走，害得山寨盜魁死我掌下。』

「『一晃多年，居然被你漏網。想不到日前帶著我徒兒在巫山腳下，雨後看山。機緣湊巧，在山腰一所破廟裡，巧逢七個匪徒劫掠富家以後，聚在廟裡大吃大喝。醉後漏言，講起你從前所作所為和現在隱跡處所，仍和白蓮教藕斷絲連，假充好人，暗地分遣黨徒沿江截劫。被我師徒暗地聽到，喜得確信。立時授計我徒兒，先殺死你手下七個黨徒，送個信與你。其實我自己早已暗伏此地，細查蹤跡。此次落在我手中，不怕你再逃上天去。我卻不能叫你立死，要瞧瞧你心肝，是不是和人類一般？』

「老尼又道：『我特地要布成十年前你下毒手時的景象，教你自己經歷經歷，教你親身嘗一嘗這樣滋味。原來你心肝也和別人一樣，也知道這樣局面，太慘太毒，只求閉目速死。我算一算當年一門三代連同下人，一共被你殺死十六口人命！現在連你全家和七個匪黨一起算來，也只十七口。事隔十年，連本搭利，還算是你便宜！你要知道，像你這種臭賊，死一萬個也抵不了人家一命。現在你還有話說沒有？』」

無住禪師引完老尼的話，笑道：「其實禿老左此時心膽俱裂，魂魄齊飛，已成半死狀態，哪還有話說？這當口那位小姑娘開了口：『師父，死人腔口的酒杯，最多只嵌得半個時辰，一忽兒便要連血衝出。禿老左已剩一口氣，師父，徒兒代師父了此夙願罷。』老尼把頭一點，小姑娘伸手在席上掀起那柄刀來。

「這時禿老左仰躺椅上形同半死，小姑娘迎面一揮，禿老左一顆腦袋向椅背後飛了出去。小姑娘這次沒有塞酒杯，一腿飛去，無頭屍身連椅跌倒，腔子裡一收一放，嗤的衝出血來。立時血腥味布滿了一屋子。

「老尼姑向我說道：『老禪師，多多得罪。貧尼積憤在胸，也是出於不得已。此地我們事了，同到外面一談罷。』呵呀！我活了這麼大，在江湖上也見過世面，卻沒碰見這樣凶辣淒慘的局面。我雖然袖子遮著面，我耳朵卻聽得清清楚楚。我不是怕，也不是驚，我只覺那一晚我到了十八層地獄！我不願見許多無頭屍首，我也不願見那老尼姑，更不願見那小姑娘，這樣小小年紀的姑娘，一身好本領不去管她。我只問她片刻之間殺了這許多人，怎樣忍心下的手？

「當時老尼姑叫我到外面一談，我趁此機會，把袖子遮著臉，嘴上一個勁兒念著：『罪過罪過！』假裝著嚇瘋了一般，飛一般逃出屋外。走過前廳，心裡一動，記得窗口躺著許多人，我俯身一摸，個個了賬；原來都點了死穴，哪還有命？好狠的老尼姑，好狠的小姑娘！

「我頭也不回，發瘋一般趕回大覺寺，在我佛面前不住的禮拜念佛，懺悔我這一晚的劫數。第二天沿江一帶三三兩兩的講著三斗坪左家無故起火，而且火起得非常怪道，前後左右一齊起火，一家大小一個都沒有逃出來。他家又是孤零零的獨家村，又住在高岩背後，等得大家望見火光，聚眾救火，已不濟事。燒得片瓦無存了！

「我一聽心裡又是一哆嗦，這是老尼姑照方抓藥，算是一報還一報，做得淋漓盡致，才算罷手。可是我想，老左一家難道都是參加十年前慘案的兇手嗎？阿彌陀佛！只可說和氣致祥，怪氣致戾，戾氣所聚，也無所謂首從不分，池魚殃及了。

「現在我把這故事算結束了，但是那一晚我匆匆一走，沒有細問老尼和小姑娘姓名來歷，我也不便把那晚的事隨便向人出口。在我肚裡藏了半年，碰著了我師弟滇南大俠，才和他談起那晚的事，連我師弟都吃了一驚。

「他說：『師兄，你還算不幸中之幸，沒有和老尼當場起了衝突。你知道那老尼是誰？她就是傳說的江湖怪傑鐵面觀音石師太呀！她一身武功與人不同，誰也不知她出哪一門哪一派，她也輕易不和人交手，到了萬不得已和人動手時，頂多一兩招，這一兩招便沒法破她。我和她倒有幾面之雅，承蒙她對我還加青眼，說得上來。她生平只收一個徒弟，這個徒弟便是你那晚見到的小姑娘。這位小姑娘的出身更是奇特，最好笑是她從小便自稱「羅剎夫人」！』

「我師弟說：『我問過石師太為什麼有這樣怪名稱，真是有其徒必有其師。她倒反問我：「你為什麼叫葛乾孫，人家又為什麼叫你做滇南大俠？」我幾乎被她噎得透不過氣來，但是我涎著臉還得問個明白。她這才講出羅剎夫人在猩猿窩裡生長的經過來。……』」

無住禪師道：「石師太當年和大羅剎夫婦在江湖上也會過幾次面，而且羅剎大王到川邊替他夫人採藥時候，狹路逢仇，被九子鬼母暗器擊傷，還是石師太救他出險。從羅剎大王口中，得知平越州有那麼隱秘的羅剎峪。過了幾年石師太雲遊黔省，想起羅剎峪這個處所，到平越州去尋找秘境。羅剎峪沒有找到，卻在猿國左近碰見了毛女一般的小羅剎。

「石師太聽她口中自稱『羅剎夫人』很以為奇，又見她小小年紀，一身輕功已到極頂，便把她帶到衡山，傳授自己獨門功夫，發生師徒關係。一晃多年，便造成了現在的羅剎夫人。現在這位羅剎夫人為什麼在滇南出現？那只有她自己明白，誰也說不出所以然來了。」

無住禪師滔滔不絕的把羅剎夫人從前一段故事講完，大家才明白她的來歷，竟是這樣奇特。

羅幽蘭暗想自己出身已夠離奇，想不到羅剎夫人的出身還要古怪。這種人物，不用說還是女子，便在男子中也是少有的。將來這人不知要做出怎樣奇怪的事來，真得留神她一點才好。但是映紅夫人一般人心裡又不同了，聽得老和尚說完故事，愁上加愁！自己丈夫落在這樣女魔王手內，能否平安回來，實在不敢再想下去了。

這時老和尚已喝得醉眼迷糊，才停酒用飯。片時席散，老和尚惦著他徒孫，酒氣醺醺的看視金翅鵬去了。這裡撤去酒席，隨便散坐，品茗閑談。映紅夫人一心惦著自己丈夫，便向桑苧翁、沐天瀾、羅幽蘭等討教挽救之策。

桑苧翁向沐天瀾夫妻看了一眼，向映紅夫人說：「夫人休急，我看羅剎夫人既然出面和他們見面，其中定有文章。他們二次會面以後便有著落。依老朽看來，諒不致有什麼風險。」

第十五章　美男計

映紅夫人雖然心裡焦急，卻蒙沐二公子和羅幽蘭馬不停蹄的趕到金駝寨，尤其意想不到的來了兩位老前輩，聲勢頓壯，全寨人心也為之一振。正想點起全寨苗兵，邀同兩位老前輩和沐天瀾、羅幽蘭浩浩蕩蕩興師救夫，忽然羅剎夫人在本寨境內出現，似乎另有解決途徑。其實映紅夫人不明瞭內中情形，無住禪師是專為救治自己徒孫來的，桑苧翁閑雲野鶴一般，沒有自己女兒的事，絕對不會到金駝寨來。豈肯參與其間？沐、羅兩人倒是專來救應，不料一到金駝寨，被羅剎夫人現身一攪，情形立變。要看今晚三更和羅剎周旋以後，再定決策了。

映紅夫人當局者迷，沒有聽出沐二公子答話的含糊，桑苧翁卻是旁觀者清，在沐天瀾說出和羅剎夫人在嶺上見面時情形，便聽出話有含蓄。

當晚，映紅夫人指揮頭目們佈置好客人休息之所，無住禪師便在金翅鵬隔壁屋內休息，以便隨時照看，桑苧翁則在內寨樓下另一間精室內息宿。沐天瀾、羅幽蘭陪著桑苧翁到了安息之所，一看沒有外人，便把會見羅剎夫人實情，和今晚三更約會情形說了出來，不過把不便說的種種遊戲舉動略去罷了。

桑苧翁沉思了半晌，才開口道：「剛才賢婿向映紅夫人說時，我早已料到另有文章。這檔事，最好化干戈為玉帛。羅剎夫人這個人，我雖然沒有會過面，只聽無住禪師講的，和你們兩人所見的，便知道這人武功、才智和性情怪僻無不加人一等。這種人只宜智取，不宜力敵；何況投鼠忌器，龍土司命懸其手。尤其你們兩人千萬記住我的話，不要輕舉妄動樹此強敵。

「父仇不共戴天，兇手尚未授首，這是你們到滇南來的本意。但必須謀定而動，計策萬全；決不可逞一時意氣，輕身入險。須知一身安危關係非輕，萬一身蹈不測，何以瞑九泉之目？你們處境，和江湖上只憑血氣之勇的完全不同。你們把我這話仔細的想一下，便明白其中利害輕重了。」

兩人回到樓上，摒退了侍從，預備翦燭談心，喁喁情話。羅幽蘭心細如髮，在兩間屋內前後窗戶和隱蔽處所，都察看了一下，深怕那位神秘的羅剎夫人提前預匿屋內，像昨晚一般偷聽他們的秘密。四周察看了一下，才算放心。

兩人在自己公府裡，表面上有許多顧忌，無形中有許多監視，形跡上時時刻刻要留意。到了金駝寨，映紅夫人又恭維又湊趣，臥室並列，有門可通，兩屋等於一室，其樂甚於畫眉！真有點樂不思蜀了。不料桑苧翁一席話，兩個仔細一研究，覺得句句金玉良言；可見這位老丈人對於嬌婿、嬌女何等愛護情殷，用心周密了。

羅幽蘭笑道：「我父親囑咐的意思，好像叫我們拉攏羅刹夫人。我明白父親的意思，這叫做『釜底抽薪』。主意是好主意，其實這計劃，在別人要行起來怕不容易，在我們手上……太容易了。我可以說一句，手到擒來！」

沐天瀾道：「你不要把事情看得太容易了。我看羅刹夫人這人機警異常，未必容易對付。」

羅幽蘭噗哧一笑，伸出一個指頭抵住沐天瀾心窩，笑著說：「你呀……你是裝傻！只要我一眼開、一眼閉，讓我們的美男子和她一親近，怕她不手遞降表，乖乖的伏在我們手心裡嗎？」

沐天瀾把她伸過來的玉手把住，笑喝道：「說著說著又來了，看我饒你。」猛地把她推倒，一翻身壓在她身上，上下亂聞，外帶胳肢窩。羅幽蘭最怕癢，在下面笑得四肢酥融，床榻亂響。笑喝道：「不要鬧，再鬧我不理你了。」

沐天瀾跳下身來，把她扶起，羅幽蘭一面理著雲鬢，一面向他說：「說正經的，我決不是故意玩笑。剛才我父親對我們說出這篇大道理來，我就想到這上面去了。我們夫妻相親相愛，我當然不願意有別個女子攪在裡面，但是事情有輕重，羅刹夫人這個怪物，實在關係著我們禍福。要憑我們兩人武功來降服她，不是我泄氣，實在不是她的對手，不用說我們兩人，便是我父親出馬，也未必把她怎樣。剛才父親的話，便可聽得出來。我左思右想，除去我這條計策，沒有第二條道。這也是一條美人計呀……」

沐天瀾不等她再說下去，笑罵道：「你越說越好聽了。我堂堂丈夫，變成連環計裡面的貂嬋了。」

羅幽蘭一扭身倒在沐天瀾懷裡，仰面笑說：「瀾弟，你不要胡攪，我話還沒有完哩。什麼計不去管他，我還有極大的用意在裡面。我雖然是個女子，沒有多念書，沒有像羅剎夫人那樣才情，可是我也有你們男子的胸襟。

「我一進你家的門，有了你這樣丈夫，似乎應該心滿意足。可是我看出老大人故去以後，你哥哥是個好好先生，一切全仗你替他撐腰，才能支持門庭，克承先業。你雖然比你哥哥強勝十倍，只是年紀太輕，閱歷不足。你府上養著這許多家將，無非擺擺樣子，哪有出色的？在這樣天高皇帝遠的地方，一旦發生變故，只憑我夫妻一身功夫，怕有點不好應付了。

「所以我們應該擴充羽毛物色人才，然後廣結外援，互為犄角，非但要克承老大人當年的威信，還要自己闖出一點局面來，使一般悍匪不敢輕視沐公府一草一木。這樣我夫妻才能安富尊榮，雄視一切，才能不負老公爺在天之靈。現在我們面前出了一個武功異眾、才智超人的羅剎夫人，怎能不想法收羅過來，作為我們的膀臂呢？

「好在她對你有點一見鍾情，我自己是女子，當然明白女子的性情。尤其是有本領的女子，平時對於普通男子連正眼都不願看一眼，一旦對上了眼光，春蠶作繭，情絲牢縛。萬一不遂所願，由妒成恨，便成仇敵，除死方休！我們羽毛未豐，父仇未報，何苦平空樹此大敵？你把我這番意思，和剛才我父親說的話，互相印證一下，便明白我不是和你逗笑了。」

沐天瀾靜靜的聽她說完，朝她面上瞧了半天，然後嘆口氣說：「蘭姊，你的苦心我全明白，而且佩服。但是，你還沒有看清羅剎夫人是怎樣的一個人。不錯，我自己也覺她對我有點鐘情；同時我也覺察她是個異乎尋常的奇女子，決不是你所想像得到的。不瞞你說，我對她的武功未嘗不欽佩，對於她的行為性情卻有點害怕。現在定法不是法，等她到來，聽她對我們說什麼，我們再見機行事好了。」

兩人在樓上秘密商量了半天，聽得前寨剛敲二更，羅幽蘭想起一事，悄悄下樓。不便驚動旁人，暗暗指使帶來家將們，安排了一點精緻的宵夜酒餚，預備接待羅剎夫人。

沐天瀾在羅幽蘭下樓時，推開前窗窗戶，隨意閑眺。這晚剛下過一陣濛濛細雨，這時雨止月出，寒光似水，全寨分明。

這所樓房地勢較高，從窗口可以望到前寨第一重門樓，苗族稱為「聚堂」，內設長鼓。這種長鼓是一段大木，空心鏤花，為苗寨傳訊報警之用，左右圍牆兩角。另有望樓，守夜苗兵身佩腰刀螺角，背插匣弩飛鏢，輪班守望，前後都是一樣。

每一個望樓都高眺著一盞紅燈，有時用這盞紅燈作為燈號，四角望樓中的苗卒，利用它互相聯絡。

沐天瀾憑窗閑眺，看這座苗寨內外靜寂無聲，只偶然聽得一隊巡夜苗卒，遠遠在圍牆根和換班的一隊互呼口號巡邏過去，頗有點刁斗森嚴的景象。心想龍土司不在，映紅夫人統率全寨，居然有條不紊，也是不易。

不料在兩隊苗卒換班以後，一東一西分頭過去當口，猛然見從圍牆外面嗖的竄上一條黑影。在牆上一伏身，翻身滾落牆內，倏又身形騰起，形如飛鳥，落在前寨一重屋脊上，絕不停留，好像熟路一般，幾個起落已到內寨相近。

沐天瀾起初距離較遠，以為羅剎夫人赴約來了。等到來人直進內寨，看出來人身形體態雖然似個女子，卻與羅剎夫人身段不同，背上兵刃耀光，身法極快。金駝寨並無此人，定是外來奸細，說不定衝自己來的。慌轉身取下辟邪劍，來不及知會羅幽蘭，提劍躍出窗外。一提氣，左臂挾劍，右掌一穿，「龍形一式」，嗖的平飛出一丈開外，落在右邊側屋上。一縱身，又躍上前院一株梧桐樹上，藉著桐葉蔽身，細看來人意欲何為。

卻見來人到了前寨和後寨銜接的一重穿堂屋上，身形一塌，貼在瓦上慢慢移動，似乎貼耳細聽下面房內有無動靜。樹上沐天瀾在未瞧清來人面目之先，不願驚動寨內眾人，一看近身梧桐樹上長著不少梧桐子，暗自摘了幾顆，扣在手內。留神伏在屋脊後的女子，身形一起，從後坡又躍過前坡來。

沐天瀾看她膽大包身，想到寨內窺探之心，已明白表示出來，不再等她進身，一抖手，兩粒梧桐子已從手上飛射出來。這種梧桐子形如黃豆，分量也差不多，那女子真還不防有這種暗器襲來。剛想飛落院心，重進後寨，不料面頰上和眉頭都中了一下梧桐子。雖然分量輕，毫未受傷，面頰上也覺得微微一痛。不禁吃了一驚！嘴上不由的噫了一聲，身形一轉，唰的飛起。竟退出兩丈開外，落在較遠的幾間側屋上，腳底下依然聲息毫無。

沐天瀾看出此人，輕功身法有點像黑牡丹，怕她就此退去，不再耽誤工夫，唰的從樹上飛出。在穿堂上一接腳，越過一重院落，向那女子立身所在逼近前去。

這時那女子也看見了，嘴上低低的嬌喝一聲：「好，原來是你！」人卻向外竄了過去，接連幾個飛騰，已俏生生的立在牆頭上。沐天瀾劍隱左肘，業已跟蹤追到，那女子向沐天瀾一招手，倏地翻落牆外。沐天瀾躍上圍牆向外瞧時，那女子並沒逃走，立在離牆五六丈遠的山坡上，後面是一片竹林。

沐天瀾這時看清那女子一身黑衣，背插鴛鴦鉤，腰掛鏢囊，面上罩著人皮面具，不是黑牡丹還有哪個？立時怒氣直衝，飛落牆外。再一縱身竄上小坡。一上步，劍換右手，「玉女紉針」疾逾風雨，唰唰唰便是三劍！

那女子料不到見面便拚命，幾個滑步，才拔下背上雙鉤。連封帶鎖，才把這急急風三劍擋住。接著她來了一招「鳳凰展翅」，左鉤向外一掃，右鉤隨著身形一轉，呼的帶著風聲向沐天瀾腰後橫截過去。

沐天瀾不得不微一退身，隨勢破解。她卻趁這空檔，忽地斜刺裡退出五六步去，左鉤一指，喝一聲：「且慢！你這人怎的一見面就下毒手，知道我是誰呀？」

沐天瀾被她這一問，倒有點疑惑不定，暗想難道這人不是黑牡丹嗎？心裡一疑，便按劍立定，喝問：「你是誰？」

那女子不慌不忙，右手鉤往左脅下一夾，伸手扒下一層面皮，向懷裡一塞，豁然露出黑裡俏的鵝蛋臉，長長的丹鳳眼，一道火熾的眼光，直射到沐天瀾面上，誰說不是黑牡丹。

沐天瀾中了她緩兵計，氣得眼裡出火，大喝道：「你這潑賤婦，化了灰我也認得你！」

黑牡丹說：「瞧你這麼凶幹麼呢？我明白上了女羅剎的當，教我做了惡人，她倒心滿意足的享福了。我恨的便是那丫頭！你恨我，也不怪，誰教我殺死你老子呢？可是我丈夫也被你殺死，一命抵一命，也就罷了……」

沐天瀾不等她再說，大罵道：「殺死你一千一萬個丈夫，也抵不了我父親一命。潑賤婦，拿命來！」罵音未絕，一個箭步，挺劍直刺。

黑牡丹也奇怪，被沐天瀾一頓臭罵並不動怒，一劍刺來，只用雙鉤一鎖一擋，一個身子又輕飄飄的避了開去。好像不願和沐天瀾交手一般，兩柄鉤都交在左手上，嘴上卻說：「你等一等，我有話和你說。我並不是怕你，你也不用發狠。我如果發出餵毒飛蝗鏢，我知道你無法抵擋的；但是我自知做錯了事，無法求你諒解，我決不能對你再下毒手。

「那一天，你們在破廟裡過夜，飛天狐兩筒餵毒袖箭左右齊發，另外還有一個人替她巡風；我如果在場，定要想法阻止。不料你命大福大，聽說有一個會使劈空掌的老道，替你們保駕，飛天狐還受點傷。聽說這老道也到了金駝寨，還同來一個老和尚，這一道一僧是你什麼人？你能對我說麼？」

沐天瀾心想：原來今晚她是暗地來探一道一僧的，我不妨把兩位老前輩名頭抬出來，多少和金駝寨有益無損。這潑賤婦暗器確是厲害，不妨把她絆住。羅幽蘭看我不在房內，定會趕來。那時再和潑賤婦算帳。

他主意想定，故作遲疑之態，半晌才開口道：「我本來和你沒有什麼冤仇，誰叫你殺我父親？不用說我本身父仇不共戴天，便是你剛才問的兩位老前輩，一位是武當派尊宿桑苧翁，一位是黃牛峽大覺寺無住禪師。這兩位的名頭，你大約也知道，這兩位老前輩也恨透你們了。當年九子鬼母怎麼樣，你們還逃得了兩位前輩手心嗎？」

黑牡丹冷笑了一聲，開口說：「原來就是這兩個老不死的。老和尚那點功夫，有限得很，那桑苧翁來歷我有點摸不清，但憑他一手劈空掌，也不足為奇。你是個初涉江湖的貴公子，你哪知道人外有人，天外有天！你將來碰見羅剎夫人，便知道我的話不假了。不過……

我不希望你碰見她……」

沐天瀾聽得心裡一動，故意說道：「她一定不是我的對手，所以你這樣說。連我都敵不過，何況兩位老前輩呢！」

黑牡丹聽他這樣說，笑得身子亂扭，連說：「對……對……我也怕碰見你。」一面笑，一面忘其所以的一步一步湊了過來；笑得一對長丹鳳眼細細的成了一道縫。

沐天瀾四面留神，不知怎的，羅幽蘭依然沒有到來，黑牡丹卻騷形騷氣的鬧得不堪入目。暗想何不攻其無備，趁此報了父仇，替百姓也可以除此一害。暗地咬牙，面上仍然裝著笑嘻嘻的樣子，向黑牡丹笑道：「你笑什麼？我看不慣你這種笑樣子。恨起來，我狠狠的刺你一劍。」

黑牡丹聽得又是格格的一陣嬌笑，柳腰微擺，一個手指幾乎點到沐天瀾面上來。嘴上還拖長了嗓音：「你呀……」不料語言未絕，沐天瀾刷的一劍，分心就刺；勁足勢疾，距離又近，照說極難閃避。好厲害的黑牡丹，在這千鈞一髮當口，身法依然一絲不亂。劍到胸口，只差幾寸光景，猛然身子往後一倒，左腿飛起正踢在沐天瀾右肘上。他右臂一麻，辟邪劍幾乎出手。

黑牡丹趁勢肩頭著地，貼地幾個翻身，已閃開七八尺去。一個「鯉魚打挺」跳起身來，煞氣滿面，右鉤一舉，惡狠狠指著沐天瀾喝道：「好小子！你竟鐵了心，老娘幾乎上了你的當！既然如此，怨不得老娘手辣。這也好，殺了你小子，先叫那賤人哭得死去活來；折騰個夠，再取她命！不識抬舉的小子，叫你識得老娘厲害。」說罷，雙鉤像狂風暴雨一般，殺了過來。

沐天瀾一擊不中，右肘反被她踹了一腳，本已怒發欲狂，這一來施展全副本領和她拚上了。這一交手，誰也不留情，招招都是煞手。鉤影縱橫，劍花飛舞，打得難解難分。論雙方武功，一時尚難分出強弱，可是在這靜夜中一場惡戰，鉤劍相擊，未免叮噹有聲，騰踔吆喝，更是傳聲遠處。

交手在圍牆外，雖然與外寨相近，牆角更樓上的苗卒已經聽到。紅燈晃動，螺角一吹，已有一隊苗卒舉著松燎聞聲奔來。

黑牡丹早已留神，雙鉤一緊，向前拚命一攻，倏又撤身一退，躍進了竹林。惡狠狠還要施展毒手，雙鉤一併，正想手探鏢囊，取沐天瀾性命。驀地頭上嘩啦啦一陣怪響，竟在這時無緣無故的折斷了一竿竹頂，一大蓬連枝帶葉的竹帽子，向她頭上砸了下來。她心裡一驚，顧不得再取飛蝗鏢，舉手向上一擋，霍地向竹林裡一鑽，便逃得無影無蹤。

沐天瀾眼看她頭上竹帽子無故的折斷下來，也覺奇怪。等得一隊苗卒趕到，分向竹林內搜查，黑牡丹早已逃遠了。

這時內寨業已得報，羅幽蘭頭一個飛身趕來，見著了沐天瀾，心裡一塊石頭才落了地。

一看他汗流滿面，怒沖斗牛，慌拉著他手問道：「你和誰交手，打得這麼凶？」沐天瀾說是黑牡丹暗探內寨，獨自追蹤，一場惡戰。

羅幽蘭吃了一驚，恨得咬著牙，小劍靴跺著地說：「好險！好險！我幾乎誤了大事，真該死，我想錯了。」

沐天瀾詫異道：「你又是怎麼一回事？」

羅幽蘭在他耳邊悄悄的說：「我上樓看見你不在，前窗開著，我以為你和羅剎夫人撿一僻靜處所談話去了。我故意不去打攪你們，安心的候著。哪知我想得滿擰了。」

沐天瀾朝她看了一眼，剛說了一個「你」字慌又縮住，改口問道：「岳父驚動了沒有？」

羅幽蘭說：「我在窗口聽得消息，幾乎急死，從屋上飛一般趕來，哪有工夫驚動父親？」剛說著，映紅夫人和祿洪領著許多頭目從土司府大門外飛繞過來。大家匆匆一說，頭目們分隊散開，點起松燎向寨前寨後仔細搜查，恐防尚有奸細暗伏。

映紅夫人和祿洪陪著沐天瀾、羅幽蘭回到寨內，沐天瀾又問兩位老前輩沒有驚動麼？侍立的頭目們報說：「沒有驚動。道爺住的屋子近一點，大約聽得一點動靜。剛才在屋內問我們，奸細跑掉了沒有？我們回答已趕跑了，便又安睡了。那位老禪師屋子遠一點，根本聽不到動靜的。」

沐天瀾愕然半晌，向羅幽蘭說：「這事又奇怪了。」

羅幽蘭不解，一問所以，才明白沐天瀾惦記著：黑牡丹探手取鏢，竹帽子無故折斷，砸在她頭上，才把她驚跑。起初以為兩位老前輩暗助一臂，現在又覺不對。似乎暗中維護另有其人。

羅幽蘭卻暗地肘了他一下，故意用話岔開，講到黑牡丹心有未甘，應該謹慎防備才是。映紅夫人更是暗暗焦急，深愁本寨從此多事；雖有幾位武功出眾的貴客在此，豈能長期坐守？本寨得力臂膀金翅鵬偏受蟒毒，一時難以復原，從此真難安枕了。大家談了片刻，已到三更時分，映紅夫人便請沐、羅二人上樓安息。

兩人上樓進了外間沐天瀾臥室，前窗兀自開著，天上起了風，吹得桌上兩支燭台火苗亂晃。羅幽蘭過去把窗門關上，回頭向沐天瀾說：「剛才我阻止你說話，怕你漏出馬腳來。你想，黑牡丹飛蝗鏢出名的歹毒，在她掏鏢時，突然竹帽子砸在她頭上，當然是有人幫你的忙。我真感激這個人。你的功夫未嘗敵不住她，我替你擔心的便是她的斷命鏢。這人來得恰到好處，這人非但救了你，也救了我。」

沐天瀾笑道：「你說了半天，這個人究竟是誰呢？」

羅幽蘭原立在窗口，暗地向自己屋內一指，嘴上卻說：「我想這個人定是羅剎夫人。因為兩位老前輩沒有出屋子，還有誰有這樣神出鬼沒的功夫呢？」

沐天瀾卻吃了一驚，不由得向裡屋看了一眼，只是裡屋黑漆一般，什麼也瞧不見。嘴上故意說道：「當真，此刻已是三更，羅剎夫人快來了。蘭姊，你把窗開著，讓她好進來，免得驚動別人。裡屋燭火還沒有點，她來時我們到屋裡談話，似乎比這兒機密一點。」

羅幽蘭明白他意思，暗地向他一呶嘴，嘴上說：「好，依你。」說著又推開了前窗，一轉身，隨手拿起一支燭台，移步向屋裡走去。沐天瀾跟在後面，進了屋裡。燭光照處，哪有人影？兩人不禁「噫」了一聲，慌把屋裡桌上幾支燭台點了起來，一室通明，哪有羅剎夫人的影子？

沐天瀾朝羅幽蘭一笑，羅幽蘭面上一紅。暗想：我今晚怎的這樣顛倒，剛才想錯了一檔事，幾乎出了大錯，此刻又不對了。我離屋時，明明記得此屋幾支燭台一支未滅，窗又關著，便是像外屋一般開著窗，也沒有被風吹滅。此刻我們上樓來，獨有裡屋燭火全滅，明明是有人進屋故意吹滅，藏在屋內。怎的沒有人的蹤影？真奇怪了。

羅幽蘭一時想得出神，猛聽得屋外噗哧笑了一聲，悄悄的說：「只顧兩口子說體己話，把客人冷落在一邊，裝瞧不見。太難堪了！」說罷，又是低低的一陣嬌笑。兩人驚得一齊轉過身去，羅剎夫人已笑吟吟立在兩室相通的門口了，而且春風俏步的走進屋來。

沐天瀾驟然見她出現，一時怔了神，說不出話；還是羅幽蘭機警，慌趕過去滿面笑容的拉著手說：「羅剎姊姊，你真是神出鬼沒的奇人。我明知你本來藏在這屋裡的，不料你卻在外屋出現。大約你故意滅了裡屋燭火，引得我們到屋裡；你卻藏在窗外，悄不聲的從外屋開著的窗口進來了。」

羅剎夫人今晚換了裝束，不是白天的苗婦裝束了。一身暗藍軟綢緊身密扣夜行衣靠，腰束綉巾，腳套劍靴，頭上錦帕，齊眉勒額，中綴一粒極大明珠，光華遠射。左鬢垂著半尺長的琵琶結，襯著明眸皓齒嫵媚中帶煞的雞蛋臉，似乎臉上薄薄的敷了一層香粉，淡淡的罩了一層胭脂。燭光底下，格外顯得娥眉黛綠，玉潤珠瑩；耳上壓著一對大貓兒眼，寶光閃動，耀人雙目。配著她眉梢口角漾起的絲絲笑意，不斷一閃一閃的晃動著。身上寸鐵全無，背上斜繫著軟軟的一個包袱，大約是外罩的風氅，也許是換下的苗裝。

她聽得羅幽蘭說出她原在屋裡，繼藏窗外，再從外屋窗口進來幾句話，微微媚笑，微微搖頭，似乎說羅幽蘭猜得不對。一對精光炯炯的鳳眼，卻覷著沐天瀾，似乎說：「你猜一猜呢？」

沐天瀾背著燭光，正在暗暗的打量她，被她眼神一逼，不禁面上一紅，慌說：「大約我們上樓時，樓梯一響，已閃到外屋，藏身在床頂，或者是帳後，我們沒有留神所在了。」

羅剎夫人搖著頭說：「你想的更不對了！我還沒有見著你們，為什麼要鬼鬼祟祟的隱藏起來？我又不是小孩子，想藏起來嚇你們一跳嗎？」

兩人一聽更驚奇了，一時想不出她用什麼門道，由屋裡轉到外屋去。

羅剎夫人朝他們兩人面上看了一看，笑說：「我一發使你們驚奇一下。在你們一先一後從這重門外進屋來，我也在這時從這重門內出屋去，你們信不信？」

兩人都表示不信的神氣，沐天瀾搶著說：「這是不可能的，除非你有隱身法。」

羅剎夫人幾乎大笑起來，慌掩住嘴悄悄說：「你們都是聰明人，一時被我繞住了。說穿了，一點兒不稀罕。我在將近三更時分趕來赴約，聽得竹林外面有人說話，一忽兒又狠打起來。掩入林內一瞧，才知你和黑牡丹交上手了。

「我到這兒來，不便叫黑牡丹知道，暗地看你還擋得住；後來苗卒們聞聲趕來，黑牡丹退到林口，惡狠狠要下毒手；我才蹤上林梢，折斷了一支竹帽子把她驚走。自己也從林外繞到內寨，飛身進來。遠遠看見你，從樓窗躍出，一陣風的趕向外面去了。

「我還奇怪，焦不離孟、孟不離焦！他在外面打了半天，你這時才知道。那時我趁機躍進樓內，一看兩間屋子裡燈燭輝煌，料定你們上樓必先進外屋，特意把裡屋兩支燭台滅了，試一試你們的警覺性。我卻暫借寶榻高臥了。

「你們上樓在外屋談話時，我依然躺著。後來你們倆口子一吹一唱，我便聽出你們已知我在屋裡了。我馬上想了個主意，逗你們一逗，偏不叫你們料著，悄悄下床來從門側施展少林壁虎功，帶點武當縮骨法，橫貼在這重門楣上。如果你們進門時，回頭向上一瞧，我便無法閃避，但是我料定你們一心以為我在屋裡安坐而待，不致回頭。

「果然！你們一進門，掩著手上燭光，一個勁兒往兩面搜查，我卻乘機從你們身後，翻出門外去了。這種遊戲舉動，說破了，你們兩位一樣辦得到。最要緊的是身子起落要迅捷如電，卻不准帶一點風聲。」

兩人聽得面面相覷，弄了半天心機，仍然栽在她手上了。

這間房內佈置精雅，一點沒有苗寨氣味。主客三人一陣讓坐，中間一張紫檀雕花桌，羅剎夫人上坐，兩人左右相陪。下面點著明晃晃的兩支巨燭，窗口焚著一盒篆字香，幽芬滿室。

羅幽蘭打疊起精神，竭誠張羅，親自獻上香茗，又搬出美酒佳餚，殷殷招待。這一來，羅剎夫人和羅幽蘭似乎比先前親近了。可是羅幽蘭身上的兵刃和暗器，始終沒有解下，只有沐天瀾的辟邪劍早已放在一邊。

羅剎夫人笑說：「主人情重，這樣厚待大約預備作長夜之談了。其實我想說的，也沒有緊要的話，不過我們這樣長談，難免不驚動本寨主人罷！」

沐天瀾說：「不妨，這一面樓下全是我帶來的人。本寨主人的臥室，隔開了好幾間屋子；巡夜的苗卒們根本不敢上樓，我們可以放懷暢談。」

羅剎夫人說：「我在寨外聽得街上苗民們傳說，土司府又到了兩位貴客，一個是道爺，一個是老和尚，這兩位是誰呢？」羅幽蘭便把破廟父女相認情形，大略一說。

羅剎夫人說：「真是難得，說起來尊大人我小時候定然見過，可惜年紀太小，羅剎峪內的印象，非常模糊了。可是我聽先師說過，羅妹妹被九子鬼母擄去，在秘魔崖混了許多年，完全是代我受過。九子鬼母把羅妹妹當作我，所以替羅妹妹取了女羅剎的渾號。我聽到了這一段事，一直存在心裡。現在好了，父女重逢，羅妹妹又得到這位如意郎君……」

說到這兒，眼射精光，面露媚笑，笑瞇瞇的瞅著沐天瀾。半晌，才向他問道：「還有那位老和尚的來歷呢？」

沐天瀾便把無住禪師的來歷說出。羅剎夫人立時嘴角一撇，冷笑道：「我道是誰，原來是當年三斗坪會面的那位方丈。想不到還是你師伯，和這兒金翅鵬也有淵源。這兩位老前輩，說起來都見過面的，真是人生何處不相逢了。」

兩人明白她說三斗坪見過無住禪師，便是今晚席面上老和尚講的故事，看她神色很有鄙薄無住禪師的意思，可見當年她們師徒對於這位老和尚始終沒有諒解。細按起來，當年老和尚尷尬情形，確也可笑，難怪她有點瞧不起了。

沐天瀾說：「今晚黑牡丹暗探內寨，定是從外面聽得到了一道一僧，也許對我們兩人想暗箭傷人，想不到鬧得虎頭蛇尾。她定不死心，還要來薅鬧。這倒好，省得我們再去找她。我定欲手刃殺父之仇！羅剎姊姊——你能助我一臂嗎？」

沐天瀾脫口而出的叫了一聲「姊姊」，面上不禁一紅。原來他謹受閫教，想籠絡羅剎夫人了。

羅剎夫人猛聽他叫姊姊，格格一陣嬌笑，眉飛色舞的笑說：「玉獅子——不對，我的好弟弟！姊姊一定叫你如願，但是你得先幫姊姊我一點忙，你願意麼？」

羅剎夫人說時還向羅幽蘭掃了一眼。沐天瀾吃了一驚，暗想好厲害，倒打一耙，我這聲姊姊白叫了。

羅幽蘭看他怔了神，慌接過去道：「像姊姊這樣本領，還要我們幫助嗎？」

羅剎夫人目如電光，微微笑道：「天下事不是依仗著武功好就全能成功的。當年楚霸王七十二戰，戰無不勝；忽聞楚歌，一敗塗地！吃虧在有勇無謀，非但無謀，而且魯莽得可笑。不說當年楚霸王，今晚玉獅子也是魯莽萬分，居然逞匹夫之勇和黑牡丹這種人拚起命來。萬一你吃了一點虧，便是我立時把黑牡丹處死，也是得不償失的。所以古人說：『事豫則立，謀定而動』。武功高超的，沒有不講究『靜以制動』。你卻輕舉妄動，和她打得面紅氣粗。不是我交淺言深，你記住我的話以後，便不致輕身冒險了。」

沐天瀾被她說得訕訕的有點不好意思，心裡卻暗暗佩服。

羅幽蘭卻暗想：話是對的，可是從這幾句話裡，也可看出她對於我們這一位如何的關切了。

第十六章　插槍岩寶藏

羅剎夫人笑說：「剛才我把話說遠了，你們哪知道今晚黑牡丹來此暗探，不像你們想的簡單哩。她是奉命而來，原預備不動聲色，探得一點動靜便走，不想被玉獅子一擋一攪，鬧得一無結果。」

兩人聽得詫異，沐天瀾便問：「黑牡丹奉誰的命？暗探以後，預備怎樣？」

羅剎夫人朝他們看了一眼，笑了一笑，笑得有點蹊蹺，沉了片刻才說：「你們真是……這也難怪，連龍家還在作夢，何況兩位遠客呢？」兩人聽得一發驚疑了。兩對眼光直注羅剎夫人，渴盼細說內情。

羅剎夫人忽地站起，走到窗口，推開半扇窗戶，一縱身穿出窗外。半晌，飛身進窗，隨手關窗。向兩人點點頭說：「時逾午夜，隔牆無耳，現在我們可以暢談了。」

她坐下來說：「現在我要說明我的來意了，你們兩位讓我說完了，咱們再商量，這事要從我本身說起。天下不論哪一門哪一道的武術，祖師爺傳下來，一定有幾條戒條教後人遵守，免得依仗武術，妄作妄為。獨有我先師石師太既無門派，也無戒條，可以說毫無束縛，照說我是自由極了。

「但是我先師除傳授獨門武術以外，又逼著我讀書，而且我讀的書和秀才們應考的子曰詩云不一樣，儒釋道三教都有。我裝了一肚皮書，把我害苦了。江湖道上號稱俠義行為的劫富濟貧、除強扶弱，我認為治一經損一經，鬧得牽絲扳藤，結果惹火燒身，無聊已極。這種事我都不屑為，那下流的姦淫劫掠更不必說了。但是天生我才必有用，既然世上有了我這怪物，又生在亂世之際，我自然要做一點我願意做的事。

「我是海闊天空、獨行其是的怪脾氣，我做的事不必問是非，不必管別人的讚許或笑罵。因為世上的是非黑白，都是吠影，隨時而遷。別人的讚許或笑罵，淺薄得像紙一樣，根本是隔靴搔癢。我只行我心之所安，我便是這樣的怪物。

「自從先師石師太圓寂以後，我便離開了衡山，雲遊四海；隨時變貌易容，時時改裝換姓。雖然在江湖上也伸手管了不少事，做了許多我願意做的事，絕不露出我的真相，讓江湖上疑神疑鬼，自去猜疑。有時無意中有人在我面前講出我的故事，說我是劍仙，添枝帶葉，講得口沫四射，神乎其神，我只聽得笑斷了肚腸。

「這樣我遊戲三昧的過了一個時期，忽然我對於這樣行為厭倦了。從鏡子裡看到自己真面目，覺得面上起了風塵之色，和從前的面孔有點不一樣了，慢慢的要老起來了。我又忽發奇想，我要在長江上游山明水秀之區，和雲貴人跡鮮至之境，佈置幾所美崙美奐、公侯門第一般的房子，作為我倦遊休憩之所。

「但是這種事，第一需錢，第二需人。我究竟不是劍仙，憑空一指，平地湧起樓台，又不願顯跡江湖，招羅黨羽，強取豪奪，更不願低首事人，因人成事。我這種奇想，要馬上實現卻非容易。我本來一片靜無塵念的心境，起了這樣一點慾念，便有點自討苦吃了。因此我先要擇定一個建築房屋的處所，猛地想起小時生長的猿國，真是人跡罕至的地方，風景也不錯。想到便做，馬上動身，到了貴州平越州境內的猿國。

「不料猿國也有變遷，我在猿國時，原知一大群猩猿，雌多雄少。在我離開猿國以後，一群母猿依仗猿多勢眾，竟到谷外深山密林中，擄來不少土訖獰族的野苗子；一陣亂交合，竟產生了不少苗猿合種的巨人。

「這種土訖獰族是貴州深山中最凶猛的生苗，體偉力巨，披草為衣；每日用滾熱桐油澆身擦腳，遍身烏油黑亮渾如熟銅。他們縱躍如飛，伏處土窟；性烈善鬥，不知合群，種類日少。卻被母猩猿看中，弄到猿國，傳下苗猿混合的似人非人、似猿非猿的一種。

「我到猿國時，看到這種人猿，離生下時不過十年光景，卻已長得開路神一般。大約這種人猿略具人性，倚仗著體偉力猛，自視甚高，不屑與群猿為伍，把一般猩猿欺侮了個夠。猩猿嚇得傷了心，一見我到，環跪哭訴。說也奇怪，這種人猿不待我施展武力，竟搖尾貼耳俯伏足前，非常馴伏。一半也因我懂得猿語，易通易解，說起這種猿語，有音無義，完全是猿類生活習慣的自然規律。

「我見了那群人猿，又發奇想。我想世上能夠使這般人猿馴伏的，大約只有我一人，別人雖有馴伏牠們的武力，不通猿語也是枉然！我如果驅使得法，這般人猿，倒是不二之臣。

「我在猿國只留了一宿，勘察猿國裡面被猩猿弄得烏煙瘴氣，不適於建築我理想的行館。第二天把一群人猿召集，一點數目共二十二個。我對一般人猿說：『你們體大力猛，在這猿國裡不夠你們吃和玩的。我有好地方帶著你們去，快替我做一個堅固的竹兜子來。』這般人猿聽得有好吃好玩的地方，歡舞踴躍，一窩蜂搶著去造竹兜子。這種竹兜子，便是古人說的筍輿，也就是江南山行，用兩支竹竿穿個形似竹椅的東西，兩人抬著走的竹轎子。

「我做猿國之王時，自己做了一具竹兜子，常叫猩猿們抬著遊行。猿類性喜模仿，每個猩猿都能做竹兜子。這般人猿性比猿靈，當然一點就通，一忽兒做了兩具竹兜子來。一般猩猿聽得我要帶著一般人猿遠離猿國，雖然對我依戀，可是把大力士的人猿帶走，又高興得跳起來了。可笑人猿的父親土訖獰金剛般身子，只幾年功夫，被一群母猩猿折騰得瘦骨嶙峋，現在躲在猿窟裡，只剩得翻白眼兒了。

「我坐著竹兜子，帶著二十二個金剛力士般人猿，離開猿國，專找斷絕人煙的深山密林走去。不管有路無路、山高崖斷，這般人猿攀援飛躍，如履平地，而且天生猛力，能手搏虎豹。這樣，渴飲清泉，飢餐獸肉，用不著我費一點心力。另外兩個人猿扛著猿國裡捎來的黃精、山藥之類，足夠我隨路果腹。有時我撿塊新鮮獸肉，生火烤炙，掛在竹兜子上，隨意撕吃。

「一路遊賞山水之勝，有時掏出指南針來，指揮人猿前進的方向。這樣隨意穿行於人跡罕至之境，不知走了多少日子，已由黔境走入滇邊。有時難免碰著苗寨鄉鎮，我必躍下竹兜，把一群人猿安置僻靜山谷，獨自走進市鎮，問明路境，待到深夜，再率人猿們繞道而過。這樣又走了幾天，竟到了滇南阿迷雲龍山。

「我一看雲龍山水木清華，群山聳秀，和一路行來窮山惡水絕然不同，便在山內逗留下來。每天率領人猿攀嶺越澗，選擇適宜處所。我們走的地方，已是雲龍山幽險之境，連日並無人影。不料有一天，人猿從一條天然仄徑裡面，挾出兩個全身武裝的苗族壯士，送到面前。

「我以為是深山獵人，原想問明路境放掉。不意兩個苗人驟然見到鬼怪似的人猿，嚇得靈魂出竅，自供實情。說是仄徑裡面，通著一險秘的山谷；谷內地方極大，四時如春，風景無邊。當年九子鬼母發現此地，派人在內建築起一座竹樓，引水灌泉，拔茅平土，很有幾處遊賞之地。而且在此處設了不少爐灶，擄來不少鐵匠，打造軍火器械。

「九子鬼母死後，只剩得四個苗族壯丁在此看守。這幾年內，只有黑牡丹來過一次，不久即去，以後一直沒有人來過。

「我一想九子鬼母是我父母的仇人，這處秘谷也不是私有之物，正苦沒有適宜之地，這樣現成東西，天與不取，便是傻子了。

「立時命兩人引路，率領一般人猿到了那所秘谷之內。一看風景果然甚佳，當年九子鬼母建築的竹樓依然完好，而且樓內應用的東西大致尚備。不過苗人思想究嫌簡單，如要此地作為我憩息之所，還得一番經營。我便暫時在竹樓內寄住下來。正在用人之際，便把看守的四個苗人降服，命他們折箭為誓，聽我驅使。一面查勘谷內全境，把二十二個人猿教導一番，分佈扼要處所，嚴密防守。

「有一天，當年九子鬼母心腹勇將飛天狐吾必魁，領著十幾名羽黨貿然入谷。大約他們不知此地已換主，大踏步昂頭直入。萬不料我一群人猿暗伏樹上，飛將軍從天而降。飛天狐雖然袖箭齊發，無奈人猿捷逾飛鳥，猛過瘋獅，而且皮堅如鐵，滿塗松油，刀箭不入！『金鐘罩』、『鐵布衫』等功夫，還不及牠們的堅實。飛天狐這般人豈是對手？立時個個生擒。

「我另有用意，並不難為他們，立時釋放，好言相待。飛天狐倒也光棍，居然低頭服輸，願把帶來的幾個羽黨，留在谷內供我驅策，自己出谷去要邀集滇南許多好漢前來拜見。意思之間，想把我當作第二個九子鬼母了。

「我一看飛天狐面帶狡凶，斷不可靠，表面上不動聲色，我卻要趁機一見滇南苗族的人物。果然，飛天狐在半個月後帶了不少人來，而且扛的抬的送來了許多禮物。那時我一身苗裝，並沒有說明自己來歷。他們又看我能役使金剛般的怪物，他們自己說，當年秘魔崖養著幾頭狒狒，也沒有這樣高大猛烈。也許他們把我看作苗族，時時探詢我的出身，我卻故意說得非常神秘，故意把苗族的習慣和語言，偶然表演一點出來。他們真把我恭維得苗族的神聖一般了。

「我暗暗注意來的人物，其中有幾個特殊的，除飛天狐外，便是黑牡丹、普明勝夫婦。還有一個說是新平飛馬寨土司岑猛，面目凶獰，詞色桀傲，他背後有兩個凶偉苗漢，一步不離的跟著他。飛天狐、黑牡丹這般人，對於岑猛，口口聲聲稱他為岑將軍，詞色之間非常恭維，似乎這姓岑的勢力雄厚，左右一切。

「那時我在竹樓外面幾株大樹底下，陳列酒肉招待他們，好在這種酒肉，原是他們扛來的禮物，只算得自己吃自己。可笑在席間，姓岑的耀武揚威，忽地從腰裡拔下一柄飛刀，手臂一抬，向樹上橫枝上棲息著一隻白鸚鵡擲去。

「這隻白鸚鵡是我路上捉來，一路調熟，不必羈絆，不會飛去，我非常愛惜。不料那姓岑的無端逞能，不問明白便向白鸚鵡下手。恰巧我嘴上正含著一塊雞骨，我一張嘴，把口裡雞骨吐向半空。鐺的一聲，正把出手飛刀擊落地上。我笑說，這鸚鵡是我好玩養著的，姓岑的面上立時變色，立時向我道歉。

「飛天狐老奸巨滑，立時一陣拉攏，把我高抬到三十三天。他們便對我說，苗族被漢人歷年欺侮，弄得難以安生，官吏怎樣剝削凌弱，當年九子鬼母是苗族救星，怎樣被沐公府派人殺害。尤其苗族中幾個獻媚漢官、忘本負義的土司，像金駝寨龍在田、婆兮寨祿洪、三鄉寨何天衢、桑窈娘夫婦。

「最可恨是金駝寨依仗沐府，獨霸滇南。而且金駝寨內還有一件極秘密的事情，連沐府都被龍家瞞過。在金駝寨後插槍岩背面，是金駝寨禁地，要路口築著堅固碉柵，嚴密防守，不准出入。因為岩後地方很大，四面圍著高峰。從插槍岩背面掛下一條大瀑布，終年噴瓊曳玉，趨壑奔澗，彎彎曲曲分佈成岩腳下二十八道溪澗。然後匯聚一處，泄注於異龍湖中，從前誰也不知道那座插槍岩是個寶藏，直到現在由龍家苗族中一個醉漢口內洩漏出來，才明白那岩後圈為禁地的緣故，原來插槍岩竟是座金山！

「起初由那條大瀑布當時沖上無量金沙，沖入二十八道溪內，太陽一照，溪底金光閃礫，隨處可見。龍家苗只曉得圖現成，把溪水分段閘住，在溪內淘沙揀金。後來獨角龍王龍在田從別處暗地帶來兩個漢人，指點礦穴，暗掘地道，挑選苗卒每日在深夜開掘，由地道入後寨，密設煉金爐，融化成塊，深藏秘窖。可是兩個指點礦穴的漢人，卻被他們殺死滅口，從此不見了。

「這樣獨角龍王坐守金礦，直到現在，積存金塊豈在少數？說他富堪敵國，似乎尚差，可是雲南全省，不論漢苗，誰也沒有他富厚了。獨角龍王夫婦卻做得非常秘密，一面利用沐公府做護身符，把自己的秘密，絕不使沐府知道，一面訓練本寨苗卒，加緊防守，使別個苗寨不敢染指。慢慢的預備獨霸滇南，擴展土地，乘機而動。

「萬不料弄得這樣機密，依然有人洩漏出來。飛天狐還說：『我們這位岑將軍也替沐家出過力，卻不像獨角龍王般有己無人，一心想替我們苗族揚眉吐氣，召集滇南苗族好漢暗暗佈置。一聽這兒有一位本領非常的羅剎夫人，急忙帶著厚禮同我們趕來結納。大約我們氣運已轉，將來有了夫人臂助，便不怕龍、沐兩家依勢欺人了。』

「飛天狐這樣一說，我表面上當然虛與委蛇，心裡暗笑：你們想興風作浪，與我何關？不過他們所說金駝寨密藏黃金一層，引起了我注意，暗暗存在心裡。等這般苗匪走後，即就地略略佈置了一下，便單身出谷，到了石屏，夜探金駝後寨。

「果然被我探得後寨設有地道和煉金爐，可是密藏黃金處所，一時卻不易探出。間接連探了兩次，明知大量黃金一定有地窖，多半在獨角龍王夫婦臥室相近之處，卻也無法指定準處。既然知道飛天狐等所說，大半可靠，不妨留作後圖。我便回轉雲龍山秘谷。過了不少天，忽然在秘谷另一面的峰腳下，被一群人猿聽出一大群虎吼之聲，好像在峰腳地下發出來一般，飛一般來報告。

「我自己過去一聽，果然聽出峰腳內有虎吼的聲音，而且不止一二隻，其音沉悶宛在地下。細看峰腳，矮木成林，別無岩穴，略一走遠，其音便弱。我覺得奇怪，立時指揮全體人猿，拿著鐵鍬鐵鎬，把這處峰腳開掘進去。開闢了三丈多深，猛然從土內衝出一道急流，流急土崩，已經現出一個深洞。

「人猿們再用力一開闢，顯出一丈多高，兩丈多寬的天然山洞，洞內一股溪流，箭一般流了出來。一群大蟲緊緊的擠在一堆，半身浸在溪流內，似已餓得不能動彈，只剩了啞聲慘吼，形狀非常可憐。被金剛般人猿進洞去，像狸貓般一人一隻抱了出來。一共八隻大蟲，餓得一點虎威都沒有了。

「我想這真奇怪了！這麼一大堆老虎，全餓得這樣，是何緣故？這條深洞既然有虎躲入，那面當然有路可通，必須探它一個著落才好。我立時吩咐幾個人猿把八隻餓虎好好牽去餵養，不准傷害，一面吩咐人猿燃起松脂，抬來竹兜。我坐在上面，帶著幾個人猿、兩個苗漢進洞查勘。這洞真長，天然的山腹中空，自成秘徑；而且彎彎曲曲，腳下是一條淺溪。

幸而人猿健步如飛，到了出口所在，已經月影橫斜。

「出口外面一灣清流，兩岸密林，盡是合抱不交的古樹；四面都是層岩壁立，形若鐵甕。後來我替那長洞起了地名，叫做『餓虎洞』，洞外叫做『鐵甕谷』。走出谷外一看，岡巒起伏，形勢荒涼，已非雲龍山境；跟來的苗漢卻依稀認得此處接近石屏境界，亂山堆裡有一條荒路可通金駝寨的象鼻沖。我看了看四面的形勢，回進鐵甕谷，猛地想起一事。谷內谷外怎的沉寂如死，聽不見一點飛鳥走獸的聲息？竟然是鳥獸絕跡的地方，怪不得八隻老虎餓得那樣。但是這樣窮山荒谷，獵人難到的處所，正是鳥獸棲息的安樂窩，何以反而絕跡呢？再說八隻猛虎，何求不得？何以又躲在深洞，情願挨餓呢？

「這裡面當然有緣故了，一時卻想不出所以然來，預備日後再來探個明白。正在指揮人猿們回洞之際，猛然壁立的高岩上呼呼怪響，腥風下撲，兩道藍瑩瑩的電光，已從岩頂向下射來。我坐在竹轎上，已經看出岩上昂起一個巨大的蟒頭，生著亮晶晶的一支獨角，映月生光，兩道眼光更是厲害，嘴噴白霧，一條火苗般岐舌，在白霧內閃動。我知道這種巨蟒遍體鐵鱗，嘴裡噴出來的毒霧沾身即潰，金剛般的人猿也剋制不住。

「當年石師太在衡山頂峰，也碰見過一條毒蟒，比這條還小得多，後來預備好克制的東西，師徒二人還費了不少精力，才把牠除掉。我有以前經驗，暫時不去理會，慌命人猿們飛速進洞。回來時走得飛快，不到天亮，已回秘谷。立時在洞口用巨石砌成一個穹門，又利用九子鬼母遺留下的許多粗鐵條，造成鐵柵，在洞口埋樁鐵柵，嚴密封閉，並派兩個人猿看守。

「第二天我派苗漢走到雲龍山外，購辦香油燕雀等應用東西，又在九子鬼母留下軍火倉內，找出許多精鐵打就的長柄飛叉、飛鏢，外帶一口大鐵鍋，堆在洞口備用。不時派一兩個人猿到鐵甕谷四面岩上，察看毒蟒來去蹤跡。這時捉來的一群餓虎，每天餵飽了獸肉，在我竹樓面前歡進跳躍，馴伏得像犬馬一般，連鐵索都用不著。有時偶然有一隻老虎不聽話時，人猿抓住虎項，隨手一摜，摜得半死，遠遠的趴伏著，怕得要死，再也不敢倔強了。

「有一夜，人猿飛奔來報，毒蟒遠遠的已向鐵甕谷岩上過來。我立時分派兩撥人猿，第一撥帶著八隻猛虎先去，第二撥帶著應用物件跟蹤前往，我自已坐著竹兜子殿後。想不到就在那一晚，在鐵甕谷樹林上救下獨角龍王和許多苗卒。

「其實我並不認識獨角龍王，救他們完全一番好意。把這般半死不活的人運回秘谷以後，經我手下一班苗漢認了出來。用我獨門解毒秘藥慢慢救活過來，向獨角龍王好言慰問，順便用話探聽他藏金所在。可笑獨角龍王剛得性命，馬上變臉！把我當作九子鬼母部下，情願認命，剮殺聽便，至死不說藏金所在。

「我看他看金子比命還重，實在可笑！不過我既在這上面打了主意，我是決不半途歇手；何況金駝寨禍在旦夕，藏金遲早落在他人手內。與其落在苗匪手上，還不如送個人情，用藏金贖取獨角龍王和幾十條龍家苗性命。這裡邊輕重利害，用不著多說，兩位也瞭然於胸了。」

羅剎夫人口似懸河滔滔不絕的說到這兒，哈哈一笑，向沐天瀾說：「兄弟，你能從中幫點忙，叫映紅夫人獻出藏金，贖取她丈夫性命嗎？」

沐天瀾、羅幽蘭聽她這樣一講，才明白她到滇南的經過，和挾制金駝寨的原因。寫給映紅夫人的信上故意說得這麼凶，原來是預備要價還價，文章還在藏金上，她找我們來，意思想叫我們夫妻做和事佬，暗地從中說合，她可以不動聲色滿載而歸，好周密的計劃！但是她要這許多藏金何用？大約她一心想建築仙山樓閣般的房子，享受王侯一般的起居了。

當時沐天瀾對她說：「這事小弟應該效勞，為獨角龍王著想，這樣辦最妥當不過。化干戈為玉帛，何樂不為。要這許多藏金何用呢？但是他們掘金密藏，原干法紀，盜匪遍地也是禍胎，所以連我們沐家這樣交情，尚且諱莫如深。獨角龍王甚至願捨性命不捨藏金，大約也有他的苦衷，或因一經宣揚，多年雄名便要一落千丈。

「在這樣情形之下，我是沐家的人，向映紅夫人如何說得出口呢？再說，小弟還有一事不解。羅剎姊姊起初說過今晚黑牡丹到此暗探係奉命而來，此刻又說金駝寨禍在旦夕，黑牡丹究竟奉誰的命？金駝寨怎樣禍在旦夕？羅剎姊姊，你索性對我們說明了罷。」

沐天瀾這樣一說，對面的羅幽蘭不住點頭，羅剎夫人朝他們看了一眼，笑嘻嘻的說：「兄弟，你的嘴太甜了！一口一個姊姊，叫得我真有點……。」說時，秋波發澀，梨渦起暈。大約講話時羅幽蘭不斷的勸酒，吃了幾杯微有醉意。

沐天瀾被她說得心裡一盪，面上也起了紅潮，羅幽蘭卻不肯放鬆這機會，慌又問道：「我也奇怪，黑牡丹跋扈異常；現在又變成小寡婦，獨霸碧虱寨，誰能支使她呢？」

羅剎夫人格格的一陣媚笑，沒有理會羅幽蘭，卻向沐天瀾笑說：「聰明的小夥子，我說的話已經多了，這檔事你們且悶一忽兒，並不是我故意賣關子，黃金沒有下文，事不干己，我何苦做損人不利己的事？我坐在一邊，看她們窩裡翻多好。」

這幾句話明明是說，你們不替我從中說合，我是不說的。

這層意思，兩人當然明白。

沐天瀾這時對於羅剎夫人，似乎比前廝熟了，也能隨機應變，隨口答話了。慌接著說：「羅剎姊姊不要多心，小弟一定照辦。不過總得想個開口的法子罷了。」

羅剎夫人突然笑容一斂，緩緩說道：「其實不必費這許多口舌，只要去向祿映紅說，黃金和獨角龍王，要的是哪一樣？如果想要丈夫，乖乖的把地下藏著黃金如數繳納，不准偷漏一點，否則不必提了。這幾句話，明晚起更時分，我在象鼻沖嶺上恭候回音。到此為止，時候不早，我攪擾了半天，耽誤兩位一刻千金了。」

說罷，目光閃電般向兩人一掃，人已飄然離席，立在外屋門口，向沐天瀾點頭媚笑道：「玉獅子，我勸你在這三天內，帶著她趕快回昆明去，比什麼都強。千萬記住我這話，明晚我們再見。」身形一晃，便已不見。

羅幽蘭嘴上還說：「羅剎姊姊稍待，我有話說。」外屋已寂無聲響。兩人趕出外屋，哪還有羅剎夫人的蹤影？想已穿出窗戶走了。兩人面面相看，做聲不得。半晌，羅幽蘭說：「你只曉得把姊姊叫得震天響，要緊的還是沒有探出來。」

沐天瀾恨著聲說：「你還說呢，你不會想個法子使她開口嗎？」

羅幽蘭笑道：「我早已傳授錦囊妙計，你不肯照計行事有什麼辦法。話說回來，我也一時懵住了。我應該託詞避開才對，這樣你才能發揮你的天才呀！」說罷，笑得嬌軀亂顫。

沐天瀾皺著眉說：「又來了，我愁著明天怎樣對映紅夫人開口，怎樣向她交這本卷子，獨角龍王和幾十個苗卒性命，都在這本卷子上了。」

羅幽蘭向窗外一看，驚訝的說：「不得了，你瞧什麼時候了？一忽兒便要天亮了，有事明天再說罷。」

第十七章　鐵甕谷

夜晚沐天瀾、羅幽蘭和羅剎夫人在金駝寨後寨境深人靜，秘密談心，才明白羅剎夫人挾制龍土司有其目的，並非要奪取金駝寨基業，志在龍家藏金，要他們暗地說合，人財兩交。但是沐天瀾感覺突然說破龍家秘密藏金，頗費躊躇。

第二天，沐天瀾因為昨夜睡得太晚，醒來略遲。一睜眼，房內不見了羅幽蘭，輕輕叫了一聲，外屋也不見她答應。卻進來了每日貼身伺候的兩個家將，手上拿著盥洗之具，伺候沐天瀾下床。說是：「羅小姐吩咐過，公子起來以後。請暫時在房內等候，羅小姐一忽兒便回來。」

沐天瀾以為她偶然出去，沒有在意。等得盥洗結束以後，又沉了半晌，才見羅幽蘭姍姍而來。一進屋內，揮手令家將們退去。

沐天瀾便說：「我怎麼睡得這樣沉，蘭姊出去了半天，我一點沒有覺察。」

羅幽蘭笑說：「你倒睡得挺香，我可一夜沒有交睫。幸而這樣，否則連我父親怎樣走的，我還不知道哩。」說罷，眼圈一紅，盈盈欲淚。

沐天瀾吃了一驚，慌說：「岳父真走了嗎？怎的不通知我一聲。」

羅幽蘭說：「可得讓人通知呀！昨夜我們送走了羅剎夫人，我把她的話仔細一琢磨，心裡便起了疙瘩。等你睡熟以後，一看天上已有點魚肚白色，料得離天亮不遠，我心裡想和父親先商量一下，請他老人家指教我們。我存了這個主意，再也等不及天亮，便沒有上床，悄悄從外屋躍出窗外，到了父親住所飄身而下。微一推門，門原是虛掩的，走進屋內，我父親在榻上盤膝靜坐，並沒睡下，見我進屋，向我點頭說：『你來得好，昨晚談得怎樣？』我便把羅剎夫人所說的事，統統說了出來，請他老人家代我拿個主意。

「我父親思索了半天，很鄭重的說：『羅剎夫人所說一切本身經過，當然毫無虛言，不過她請你們從中說合，叫龍家獻金贖人，恐怕其中還有文章。我雖然沒有和她會面，照你們兩次和她談話，和她的舉動看來，這人武功出眾，機智百出，真未可輕視。現在不管她怎樣，只要龍家犧牲點金子，暗暗把龍土司等貸了出來，這是天大的幸事。只是你們兩人從中說合，依我看來，還是你一人出面，和映紅夫人暗地接洽的好，如果有天瀾在場，反而使映紅夫人有所顧忌了。這事總算有了眉目，要緊的是羅剎夫人說出黑牡丹奉命暗探，金駝寨禍在旦夕的幾句話。你們卻沒有細探明白，未免太疏忽了。

「現在我再囑咐你們幾句話，你們兩人自問能用智謀拉攏羅剎夫人，作為膀臂，免去將來無窮隱患，這是上策。否則龍土司一檔事有了交代，你們趕速回轉昆明，沉機觀變，看清鎮南局勢，再圖除仇之策。我言盡於此，你來得正好，我馬上要離開滇南，雲遊他處，不再自尋煩惱了。』

「我一聽父親要走，急得哭了起來，父親說：『天下無不散的筵席，假如沒有那晚破廟相逢，又將如何？再說天下亂象已起，斷非一人之力所能濟事。我心願已了，樂得做個閑散的人。不用說我心如槁木，便是滇南大俠也是如此。無住禪師倒可勾留幾天，金翅鵬沒有痊癒，他是無法脫身的。』

「我看父親意志堅決，便要打發人來通知你，父親攔住我說：『不必，我並非不再和你們見面，將來我到昆明定要去找你們的，只要你們讓我自由自在，也許我到沐公府，還可盤桓一時哩。現在希望你們記住我剛才的話，比什麼都強。』說完這話，竟不容我多說，飄然出屋，從屋上出寨走了。」

沐天瀾嘆口氣道：「岳父怎的這樣決絕，不讓我們盡一點孝道。再說，他老人家說過，要指點我們風雷劍訣哩，怎的說走就走？以後到哪裡去找他老人家去？」說罷，連連嘆氣。

羅幽蘭道：「我暗地留神，父親對我們非毫無情意，尤其對於你是非常器重的，我想也許他老人家別有用意。如其決絕的話，昨晚不會對於羅剎夫人的約會非常注意，今天聽到我說明約會的結果，才安心走了。也許我們回到昆明，父親會找我們去的。現在且不提父親的事，我聽了父親臨走囑咐的話，心裡越想越對。送走了父親以後，天色漸明，人們都起來了，我又悄悄去見映紅夫人，摒退了侍從的人們，連璇姑姊弟都不在跟前，把羅剎夫人挾制的本意，婉轉說出。

「她起初面色立變，又驚又愧低頭琢磨了半天，才妹妹長、妹妹短的說了許多感激的話，然後說是：『插槍岩發現金礦是有的，無奈有名無實。一經開掘，費了許多精力，只積存了二千多兩金子。再掘便斷了礦苗。因為有名無實，便不敢張揚出去。現在救命要緊，只好把所有金子送那女魔王去。只要我丈夫和四十幾名苗卒平安回家，也顧不得歷年白耗的心血了。這事還得仗妹妹和二公子暗暗地辦一下，看情形那位女魔王也不願明做。這倒好，免得壞了我丈夫名頭。』說罷，又千恩萬謝的送我出來。我不管她所說幾分真幾分假，事情總算有了著落，今晚可以向羅剎夫人回話了。」

沐天瀾大喜，笑說：「昨夜我正愁著這檔事難以開口，想不到你一早已替我辦妥了。不過有一層可慮，映紅夫人自己說出願將所藏二千多兩金子拿出來贖罪。照說黃金二千兩，在一個普通人眼內，是一個了不得的數目，但在羅剎夫人眼內就難說了。再說龍家藏金是不是只有這一點？羅剎夫人能否信得及？都是難以預料的，看起來這檔事還沒有十分把握哩。」

羅幽蘭笑道：「你想得不錯，我也早已料到了，事在人為，今晚和羅剎夫人會面，怎樣把事辦得圓滿，全在你一人肩上了。」

沐天瀾看了她一眼，詫異道：「我們兩人幾時分開過？」

羅幽蘭點頭笑道：「今晚我暫時失陪，勞駕你一個人辛苦一趟罷！」

沐天瀾似乎已明白她的用意，面上一陣遲疑，半晌沒有出聲。

羅幽蘭過來，貼身坐下，緊緊的拉著他的手，悄悄的說：「瀾弟，你不用為難。這是我願意叫你這樣做，有我在場反而壞事。龍家的事，在我看來還是小事一段，將來尚有比這檔事重大得多的。我昨晚怎樣對你說，今早我父親又再三囑咐，我越想越對，但是憑我兩人想收服這個女魔頭，只有智取，不能力敵。想來想去，沒有第二條道可走，只有你用一個『情』字，可以收服她。你一定奇怪，天下沒有一個女人，再三再四的勸丈夫向別個女人用情的，但是我自己覺得不是普通女子，我不能不從遠處大處著想。

「而且我另外還有一種奇想，假使我和你沒有結識在先，你和羅剎夫人何嘗不是珠聯璧合的一對呢？不幸她落後了一步，大家不見面也罷了，偏又見著了！冷眼看她，對你又這樣關切，她自恨落後了一步，空存了一肚皮說不出的怨恨。這種怨恨，將來對我們，尤其是我，一步步變成了怨家對頭。有了她這樣神出鬼沒的對頭，我們夫妻休想安全！與其這樣，不如現在我先退讓一步，消散她心頭的怨恨，使我們三人聯成一體。她有了歸宿，也和我一般，做不出什麼潑天的大事來了。你難道不懂得『兒女情長，英雄氣短』一句老話嗎？」

沐天瀾靜靜的聽她說完，眉頭微皺，搖頭不語。

羅幽蘭笑道：「你看你確不是普通男子，自己妻子一心一意勸你一箭雙鵰！教你享現成便宜，你倒有點不樂意了。」說罷，格格的嬌笑不已。

沐天瀾嘆口氣道：「你自以為女子懂得女子的性情，但是那位女魔頭不能用常情測度的。你想一想她從小到現在，過的都是稀奇古怪的境遇，當然養成了古怪刁鑽的脾氣，又加上姿色、武功、才識，都是一等一的……」

沐天瀾話風未絕，羅幽蘭笑得柳腰亂扭，一面笑，一面搶著說：「不用說了，我雙手奉送一等一的貨色，你就笑納罷！」

沐天瀾笑道：「你又胡攪，我話還沒有完呢。你的用意我早已明白，不是沒有道理。但像羅剎夫人這種女子，恐怕不是一個『情』字束縛得住的。何況我們預備虛情假意的牢籠她，萬一被她猜透機關，反而不妙了。」

羅幽蘭似乎有點誤會了，嬌嗔道：「誰叫你虛情假意？連半真半假都用不著，你就全副精神向她去罷！」說罷，一摔手，走了開去。

沐天瀾慌了，急忙湊了過去，輕輕叫著：「蘭姊，蘭姊！恕我多說。你怎樣吩咐，我怎樣去辦，還不行嗎？」

羅幽蘭禁不住他一陣低首小心，輕憐密愛，也就回嗔作喜。當下兩人又密密的商量了一陣，決定了晚上沐天瀾單身赴約的計劃。

當日無話。將近起更時分，羅幽蘭在映紅夫人心照不宣之下，暗地打發沐天瀾悄悄出寨去會羅剎夫人，只派四個家將騎馬暗地跟蹤保護。

沐天瀾走後，羅幽蘭不知什麼緣故，心裡老覺著不安，而且暗暗的有點後悔，屢次想自己騎馬趕去，終覺有點自相矛盾。只可咬咬牙，用極大的忍耐力忍住了。在她定下這種計劃，原把當前利害輕重，心裡暗暗盤算過幾次才決定的。

一半是她聰明過人，一半也出於不得已，料定自己丈夫情重如山，不致別生花樣。即使弄假成真，深知自己丈夫決不致得新忘舊，總比放虎歸山，貽留後患的略強一點。在她以為算無遺策，哪知道男女之情宛如一杯醇酒，兌一點水進去味便薄一點，水兌得多時，便質味俱變了。情人眼裡不能揉雜一粒沙子，這是名言。何況對手是個神鬼不測的女魔王，一舉一動都出人意外呢！

沐天瀾謹受閫教，一匹馬一把劍出了土司府，潑刺刺向異龍湖跑去。這時正是初夏天氣，一鉤纖月已掛樹梢，一片靜夜的天空，擁擠著無數明星，好像閃動著千萬隻怪眼，監視著他的行動。異龍湖心的水氣，和湖畔的野草花香，一陣陣撲上身來。

微風飄起，淡淡的月光照在湖面上，綴起閃閃有光的鱗波。他渡過竹橋，牽著馬穿進竹林內一條小道，踏上那條上嶺的路。到了嶺上，把馬拴在近身一株歪脖冬青樹上，按了按背上的辟邪劍，緩緩的向那面初會羅剎夫人的地方，那株參天古柏所在走去。

走了一段路，驀地聽得遠遠有人說話，立時把腳步放慢，施展輕功，鷺伏鶴行悄沒聲息的向說話所在掩了過去。走了一箭路，過了那株參天古柏，尋到了說話所在，悄悄掩在一株長松後面定睛細看，原來嶺背一叢短樹，遮住了一個突出的土坡，坡上露出一男一女兩半截身影。

借著稀微的月光，略辨出男的一個，是個虬髯繞頰，身體魁梧的大漢，女的身形和背上兵刃，好像是黑牡丹。坡下馬嘶人語，似乎還有幾個黨羽，卻被土坡和矮樹擋住，一時看不出來。留神聽他們講話時，卻是戚戚喳喳的密談，聽不出什麼來。暗想這漢子是誰，據說飛天狐是個卸頂的大老禿，這人雖是絹帕包頭，面貌輪廓決不是飛天狐。

正在猜疑，忽聽得虬髯漢子獷聲獷氣的哈哈一笑，突然的提高了聲音說：「你放心，龍家的藏金，我替他細算，少說也在萬兩以上，又打成笨的金磚，誰也沒法偷盜，穩穩的是我們囊中之物。現在我們不要打草驚蛇，我在五郎溝已按了樁，吾大哥（飛天狐姓吾名必魁）已到嘉崿臥象山一帶暗暗召集舊部。這一次，我們要甕中捉鱉，手到擒來，可是性急不得。」

那女的低低的又說了幾句，似乎和男的有點爭執，男的忽又壓低了聲音，說了幾句以後，一齊飛身下坡。一忽兒蹄聲起處，兩匹馬駝著一男一女，馬屁股後面跟著四五個苗漢，飛一般向象鼻沖嶺後山道上跑去，沒入黑沉沉一片松林以內便看不見了。

沐天瀾雖然只聽得半言半語，已暗暗吃驚，知道窺覷龍家藏金之人，不止羅剎夫人一人了。想起昨夜她口中吐露出一點消息，果然非虛！看情形金駝寨從此便要多事，現在只有先把龍土司趕快贖回來，再把這種消息通知他們，讓他們好暗地防範。

沐天瀾正在心口相商，暗暗出神，猛聽得身後噗嗤一笑。這一聲突然而來的笑聲，近在耳邊，而且一股中人慾醉的温香，也和這笑聲沖到自己鼻管，不由的吃了一驚！猛一回身，幾乎和一個人撞個滿懷。定睛一瞧，原來不是別人，正是羅剎夫人面對面的立著，身上又換了那身苗婦裝束，像異龍湖水一般澄澈的眼神，射出異樣的光輝，一瞬不瞬盯在他面上，臉色卻顯得有點莊嚴。

剛才的笑聲，好像不是從她嘴上發出的，此刻絲毫不帶笑意，可也沒有怒意。沐天瀾一見她，不知什麼緣故，心頭微微跳動，一時竟怔了神，說不出話來。羅剎夫人也奇怪，緊閉櫻唇，一聲不響。這樣眼光交射，癡立相對，足有半盞茶時，沐夾瀾面孔一紅，才茫無頭緒的說了句：「您才來，我真被你嚇了一跳！」

羅剎夫人眼珠滴溜溜一轉，鼻管裡冷笑了一聲，斬釘截鐵的說：「你們那位羅剎為什麼不來？為什麼讓你一個人來？是不是讓你發揮你的天才來了？」

這一句話真把沐天瀾嚇得心頭蹦蹦亂跳！暗想這句話，昨晚她走過以後，幽蘭對我說玩的笑話，她怎會知道？而且口鋒銳利，問得這麼凶。看情形今晚要鬧得灰頭土臉，難見江東父老的了。心裡風車似一轉，嘴上慌說：「內人因她父親桑苧翁要離開滇南，父女不免依依惜別，因此一時分不開身，所以我獨自一人來赴約了。」

在沐天瀾自以為這幾句謊話，說得非常圓滑，萬不料這位羅剎夫人好像神仙一般，金駝寨一舉一動，都逃不過她的耳目。

沐天瀾剛說完這話，她一聲冷笑，立時箭一般發出話來：「嘿！真奇怪，清早偷偷跑掉的桑苧翁又回來了，這且不去管他。我問你，你口口聲聲內人內人，這位內人，幾時從外人變成為內人的呢？可否讓我這樣外人明白一點呢？」

沐天瀾心裡又驚奇，又難受。心想：放著正事不說，一個勁兒抬杠幹嗎呢？問不上的話，也問出來了。你問我這個，我真還沒法對答，連謊都沒法編。沐天瀾心裡氣苦，嘴上又僵住說不出話來了。

羅剎夫人突然噗嗤一笑，綳得緊緊的臉蛋，立時變了花嬌柳媚的春色，玉掌一舒，拉著沐天瀾的手，笑說：「傻子，我和你鬧著玩的。現在我們到老地方去，談一談正事罷。」說罷，拉著他往回走。沐天瀾被她鬧得哭不得笑不得，只好乖乖的跟著她走了。

兩人往回走了幾步，到了那株參天古柏底下。羅剎夫人拉著他貼身坐在柏樹根上，向他說：「昨晚我托你們辦的事，辦得怎樣呢？」

沐天瀾說：「據映紅夫人說，金礦是有的，可惜費了許多精力沒有掘出多少金子來。只要龍土司等平安回來，情願把藏金全部奉送，藏金總數大約兩千多兩。現在我和你商量，你是一位智勇絕世的女英雄，和龍家又沒有什麼過節，何苦被那般苗匪利用，就此人財交換，大家交個朋友罷。」

羅剎夫人微微一笑說：「別人和我交朋友我不稀罕，我只問你，你願意和我交朋友嗎？」

沐天瀾心裡一動，暗想機會來了，慌說：「我豈但願意交朋友，我很幸運會到你這樣的女英雄。我真佩服得五體投地，我拜你做老師都甘心。」

羅剎夫人笑道：「瞧你這張嘴多甜，鐵石人也被你說動了心。現在我衝著你就這樣辦罷，龍家既然情願把所有藏金交換獨角龍王，不管數目多少，衝著你我也不計較了。我好人做到底，玉獅子，你有膽量沒有，馬上跟我走，我把獨角龍王和四十個苗卒，交你親手帶回。你放心，一路有我保護你，誰也不敢動你一根汗毛。」

沐天瀾吃了一驚，來時卻沒預備這一手，如推辭不去，未免顯得我堂堂丈夫膽小如鼠，而且事情也怕夜長夢多。難得她這樣豪爽，趁此機會把龍土司一般人救了回來，豈不大妙！心氣一壯，立時拱手答道：「我這裡先謝謝你的美意，可是路途不近罷，今晚來得及嗎？」

羅剎夫人說：「你既然跟我去，不用管路途遠近我自有辦法。現在你到那面松林內，把鬼鬼祟祟躲著的四個人叫來，我有話說。」

沐天瀾明白暗地跟來的四個家將，她早已瞧在眼內了。這樣也好，可以叫他們回去通知一聲，免得羅幽蘭著急不安。當時站起來向那面去喚四個家將。等得四個家將跟著主人回到大柏樹下，羅剎夫人面上已罩著血紅的人皮面具，丰姿綽約的美人，立時變成了可怕的鬼怪。四個家將驟然看到，未免老大吃驚！

卻聽得這可怕的女子發話道：「我便是羅剎夫人，此刻你們公子和我到一個地方，去接龍土司和一班苗卒。本來我想帶你們兩個去伺候公子，無奈你們腳程萬跟不上，便是騎著馬也不行，有幾處地方馬用不上的，反而累贅。

「現在你們回去向羅小姐說，公子和我同去，萬無一失，請她放心。明晚五更時分請她同龍土司夫人率領部下，備著馬匹，從這條嶺脊下向西南走出三十多里，看到一座草木不生的石壁，掛著一條銀線似的飛泉，你們便在那處等候，迎接你們公子和龍土司一般人回來。你們記住我的話，現在你們可以回去稟報了。」

四個家將聽了這話，向自己主人請示。沐天瀾原以為接著龍土司立時可以回來，此刻一聽，要到明晚五更才能了結此事，這一夜光陰，羅幽蘭面前似乎無法交代。但是已經答應人家，事實上也無法變更，只好點頭示可，吩咐家將們回去，照言行事。猛然想起此刻羅剎夫人絕口不提藏金，我們居間人卻不能話不應數。但是事關秘密，和家將們又不便直說，只可吩咐他們回去通知羅小姐，請她不要忘記了應帶的東西。四個家將遲遲疑疑的走向嶺下去了。

家將走後，羅剎夫人向沐天瀾說：「你跟我來。」說罷，手拉手的向象鼻沖嶺後走去。沐天瀾跟著她走下嶺脊，在一條羊腸小道上走了沒多遠，羅剎夫人忽地撒開手，一頓足，飛身登上路旁一個突出的岩角，撮口長嘯。其聲尖銳悠遠，遠處的山谷起了回音，嘯音未絕。西南角上遠遠的起了一種怪聲，既非狼嚎，也非虎吼，宏壯中帶點淒厲。餘音裊裊，歷久不絕，好像同羅剎夫人口嘯遙遙相應一般。

在荒山靜夜之中，聽到這種聲音，誰也得毛骨悚然！那面怪聲一起，羅剎夫人立時飛身下岩，和沐天瀾並肩立著，遙指前面遠處說道：「你看，我們的代步來了。」

沐天瀾定睛向指處遠眺，只見那面一片叢莽之間，隱隱的有幾條怪樣的黑影一起一落，其快如風，飛一般向這邊奔來。轉瞬之間，這幾條怪影已到眼前。

沐天瀾一看面前矗立著金剛般四個怪物，每個怪物都有八九尺高，幾乎比自己長出一半去。個個長得圓睛闊唇，掀鼻拗腮，金毛遍體，映月生光，腰後卻拖著二尺多長的一條黃尾巴。沐天瀾明白這幾個怪物，便是羅剎夫人從猿國帶來的人猿。眼前一共四頭人猿，每兩頭人猿肩上扛著用竹做就的竹兜子，在人猿肩上抬著，離地太高，看得便成怪樣。

那四頭人猿一見羅剎夫人，馬上蹲身，把肩上竹兜子放在地上，一齊過來伏在羅剎夫人腳邊，身後那條尾巴亂搖亂擺，拂拂有聲。

羅剎夫人嘴上忽發怪音，朝沐天瀾肩上拍了幾下，不知向那人猿說了什麼猿語，四頭人猿倏地跳起身來，低著頭，翻著一對大怪眼，向沐天瀾直瞪。他的頭剛齊人猿的胸口，立得近一點，便要仰著脖子看牠們。覺得自己昂藏之軀和人猿一比，簡直瞠乎其小。真奇怪，這種巨無霸似的怪物，竟被一個紅粉佳人制伏得服服貼貼，隨意指使，不是親眼目睹，誰能相信？

羅剎夫人說：「這種人猿看著身軀非常笨重，其實牠們腳程和縱躍本領，遠非人類所及。你一忽兒便可看到，現在我們坐上竹兜子走罷。」

說罷，她已坐上竹兜子去，沐天瀾也坐在另一具竹兜上。

只聽得羅剎夫人一聲呼喝，四頭人猿抬起竹兜子，登時邁步如飛，越走越快，兩邊樹林像風推雲湧一般，望後倒去。遇著闊澗深淵，前後兩頭人猿，比著腳步，輕輕一縱便飛渡而過，無論怎樣竄高度矮，肩上紋風不動。高坐在竹兜子上，雖然快得騰雲駕霧一般，卻喜平穩異常。如果用這種人猿抬著竹兜子遊覽名山勝境，什麼險峻之所，也能如履平地，倒是一樁妙事。

沐天瀾正在非非涉想，猛地一事兜上心頭。心想：這四頭人猿和這竹兜子，當然羅剎夫人預先埋伏停當，奇怪的是竹兜子不多不少，恰好預先安置了兩具，明明預先算定了我和她一同來鐵甕谷餓虎洞了。這樣一推想，聯帶想起今晚見面時的情形，好像她早已算定了羅幽蘭怎樣計劃，映紅夫人怎樣心意，必定是我一人和她會面，一切事她竟瞭若指掌。

啊呀！這人真了不得，在她面前還施展什麼詭計？真是班門弄斧了。最奇怪是最初給映紅夫人一封信內，想把金駝寨佔為己有，和我們會面以後，一變為索取藏金，到此刻竟叫我同來接取龍土司等人，連映紅夫人奉送二千兩黃金，也像可有可無不在心上了。

這樣一看，真被羅幽蘭看透她心意了。真個全衝在我身上了，我怎麼辦呢？……他坐在竹兜子上心潮起落，似憂似喜。越想越遠，迷忽忽的不知身在何處，連那飛跑的人猿，一路經過的境界，都似不聞不見。忽被前面銀鈴般聲音喚醒，只聽得前面竹兜子上羅剎夫人連聲嬌喚：「玉獅子，玉獅子！你瞧前面就是鐵甕谷了。我們人猿腳程多快，七八十里路用不了多大工夫，千里馬也比不上呀！」說話之間，已進谷口。

沐天瀾知是龍土司遇蟒之處，抬頭四瞧，岩壁如城，怪石林立，加上陰沉沉的樹影，格外顯得深幽險惡。一忽兒眼前一黑，抬入深奧莫測的山洞。一路只聽得人猿足踏溪水，嘩嘩亂響，四頭人猿，大約走慣的熟路，漆黑不辨五指的長洞，竟跑得飛一般快。

這樣走了一程，前面一個人猿突然怪聲長嘯。這種怪嘯，在這山洞裡發出來，更是動人心魄。嘯聲起處，沒多工夫，前面火光閃動，隱有人聲；人猿腳步加勁，轉眼已竄過出口。

眼前松燎高舉，境界立變。幾個勁裝苗卒，分列出口，一齊俯身向羅剎夫人行禮。看見後面竹兜子上沐天瀾，似乎面現詫異之色，四頭人猿並沒有息肩，向一條長長的鋪沙甬道上飛馳。幾個苗卒舉著松燎搶到前面引路，夾道盡是成圍的樹林。

沐天瀾一眼看到林內伏著一頭水牯牛般老虎，瞧見火光人聲，立時一聲大吼，竄出林來。羅剎夫人一聲嬌叱，頓時搖頭擺尾，像貓犬看見主人一般，跟著羅剎夫人竹兜子走。一路行去，兩面林內陸續竄出四五隻大蟲來，都乖乖的跟在轎後，沐天瀾看得暗暗驚奇。

樹林盡處，面前危崖壁立，中通一徑，徑口矗立著一丈多高、粗逾兒臂的鐵柵。柵內屹立著天魔般兩頭人猿，都握著丈許長精鐵倒鉤長矛，尺許長的矛尖子，閃閃發光。一看到羅剎夫人到來，一爪柱矛，一爪開柵。兩頭人猿把鐵柵推開，慌不及分立柵旁俯身行禮。

沐天瀾越瞧越奇，暗想這種人猿，難得她教訓得和人一般，說不定牠手上長矛子，也會施展幾手招術的。有這種大力金剛把住這種關口，外人想偷偷進柵，真是不易！念頭起落之間，又走過了幾重曲折的岩壁。

突然地形一展，嘉木環立，溪水潺潺；沿溪蓋著一排房子，足有四五十間。渡過溪橋，顯出一片廣場，場上盡是兩人抱不過來的大樹，樹蔭濃鬱，遮滿廣場。樹下設著石桌石墩，中間一條細沙甬道，直達一所巍峨的竹樓，樓內燈火通明。兩乘竹兜子便在竹樓面前停了下來。

四個持火燎的苗卒一到此地，身子倒退了一段路，便轉身自去了。沐天瀾剛跳下竹兜子，猛聽得樓下石階上，轟的一聲大吼！一隻錦毛巨虎兩道藍汪汪的目光，逼射到沐天瀾臉上，周身的毛根根蝟立，似乎乘勢要向他撲來。幸而樓門口也立著兩頭持矛人猿，一聲怪吼，那隻巨虎才慢慢的倒下去，伏在地上了。

羅剎夫人似乎最愛這隻巨虎，並不叱喝。走上階去，指著沐天瀾拍著虎項說：「阿彌，這人是我好朋友，不是壞人。乖乖的自去玩罷。」那虎真像懂得人意一般，抬起虎頭朝他看了一眼，懶龍似的虎尾搖擺了一下，一伸懶腰，緩緩的走下階來，自向林內走去了。

羅剎夫人笑了一笑，向天瀾招手道：「我這兒都是家養的大蟲，經我吩咐過，便不害人。」天瀾走上階去，羅剎夫人立在樓前，不知和身邊持矛的人猿，說了一句什麼猿語。那人猿提著長矛，一躍數丈，沒入樹影中。

片刻工夫，人猿回來，後面跟著兩個裝束不同的壯健苗漢，似乎是個頭目，立在階下，一齊向羅剎夫人行禮。她向苗人吩咐道：「從此刻起，在這三天以內，前後幾重鐵柵一律上鎖。沒有我的話，不准出入，外客一律不見。如有違我禁令，不論是誰，立即處死！」說時威稜四射，神色儼然，連旁立的沐天瀾也有點凜凜然，那兩個頭目只嚇得諾諾連聲，俯身倒退。

第十八章　色授魂與

沐天瀾跟著羅剎夫人進了竹樓，樓內宛似富家的大廳，屋宇閎暢，陳列輝煌，中間隔著一座紫檀雕花嵌鑲大理石的落地大屏風，四角掛著四盞紅紗大宮燈，光照一室。廳旁兩面竹簾下垂，尚有耳室，桌椅等傢具，都是堅木鑲竹，頗有古趣。一進樓內，屏後趨出四個年輕苗女，一齊俯身行禮，羅剎夫人吩咐了幾句話，便各自退去。

羅剎夫人沒有在廳內讓客，當先引路，轉過屏後，踏上一步樓梯，梯口早有兩個苗女分拿著一對燭台照路。樓梯盡處，轉過一個穿廊，筠簾啟處，走進一間精緻玲瓏的屋子。

屋內並不富麗，只疏疏的幾式精緻小巧的桌椅，但是一進屋內只覺滿屋子都是綠茵茵的，好像沉浸在一片湖光溪影之間。原來四壁糊著淺碧的花綾，點著幾盞宮燈也是用綠紗繃的，連四角流蘇也是淡湖色的。地下鋪著細草編成的地衣，窗口一排青竹花架上，又陳列著幾盆翠葉扶疏的花草，格外覺得雅淡宜人，沉沉一碧。

沐天瀾不禁脫口喊出「好」來。猛地想起廟兒山下，和羅幽蘭定情的小樓，也是綠綾糊壁，記憶尚新，不想又到了這種境界，人事變幻，實非意料所及了。

羅剎夫人聽他喊好，微微一笑，拉著他手，笑說：「你跟我來。」她走到左邊靠窗處，忽地呀的一聲，推開一重門戶，顯出一個圓洞。洞門上向外一邊也糊著淺綠花綾，和牆壁一色，所以一時瞧不出來。向裡一面糊著紫綾，當洞垂著一幅紫色軟幔。一掀軟幔，立時衝出一種醉人的芬芳。

進了幔內，眼界立變！滿眼紫巍巍的紺碧色。細看時屋內也沒有什麼華麗的佈置，和外屋差不多。只多了一張紫檀雕花的大床、一張龍鬚席的矮榻，和幾個錦墩。不過壁綾、紗帳、窗紗、燈紗，一色都是暗紫的，連四角陳列的盆花，也是深紅淺紫一類。

羅剎夫人笑道：「這兩間屋子，聽說是九子鬼母住過一時。我來時，只見屋內珠光寶氣，陳列得像古董鋪一般，地下壁上盡是腥烘烘的獸皮。看得頭腦欲脹，一股腦兒被我收拾起來。恰好樓後堆存著許多綾羅錦緞，撿了幾匹出來，指揮他們因陋就簡的裝糊了一下，勉強安身。你是貴公子，府上有的是崇樓錦室，到了這種野房子，怎的還讚好呢？」

沐天瀾坐在一個錦墩上笑說：「我不是稱讚屋子好，我讚的是光彩非常，慧心別具，一間淺綠，一間暗紫。在這初夏時節，一到這種所在，不由的令人意恬心暢了。」正說著話，床後忽然閃出燈光，一個青年苗女從床後一重門內，捧著一個青玉盤閃了出來，把盤內兩杯香茗，放在沐天瀾身旁的小几上，轉身向羅剎夫人低低說了幾句。

羅剎夫人說：「玉獅子，今晚累得你一路風沙，你先到床後屋內盥沐一下，回頭我也要去更衣。」

沐天瀾說：「不必！一路腳不沾地，宛如駕雲一般，涼爽極了。胡亂擦把就得，你自便罷。」

羅剎夫人笑說：「我去去就來，你到我床上休息一忽兒。」說罷，飄然進了床後門內去了。那個青年苗女，卻在床後門內進進出出忙了起來。一忽兒搬出果子食品，一忽兒送上擦面香巾，面面俱到以後才悄悄走去。沐天瀾獨坐無聊在屋中隨意閑踱，瞧見當樓兩扇落地竹窗可以開動，想看一看樓外情形，便把兩扇竹窗開了。原來窗外圍著樓窗的走廊，四面可通。踏上走廊，腳下咯吱咯吱微響，所有扶欄廊板都用堅厚巨竹做的，憑欄四眺，月色皎白，清風徐引，不過三更時分。

天瀾心想，人猿腳程真像飛一般，七八十里路程，不到兩個更次便到地頭。低頭一看階前兩個人猿，兀自翁仲一般持矛挺立。那頭巨虎卻在階下打著破鑼般的鼾聲，其餘地方沉寂無聲，只沿溪一排屋內，疏落落的透出幾線燈光。

對面森森林影以外，危崖聳峙，直上青冥；山形如城，繞樓環抱。想不到這樣奇幽絕險的所在，住著這樣一位伏虎馴獅的絕世佳人。猛然想到馴獅二字，犯著自己「玉獅子」的新號，不禁暗暗直樂。他憑欄閑眺了一忽兒，信步向左走去。到了樓角邊一看，這座走馬式的圍廊可從側面通到樓背。想瞧一瞧後面景象，緩緩走去，走過了兩三丈路。

驀見身旁一扇紗窗內，燭火通明，窗內水聲淙淙，窗紗上映出一個銷魂蝕骨的裸影，豐肌柔骨，玉潤珠圓，隱約可見。沐天瀾吃了一驚，慌向後一退，可是也只退了半步，兩隻眼始終沒有離開紗窗，兩條腿也生了根，休想再邁一步，要細細鑒賞這幅活動的「太真出浴」圖了！不！是「羅刹入浴」圖。

沐天瀾在窗外直著眼，彎著腰，從入浴鑒賞到出浴，才咽了口氣。輕輕的躡著腳步，一步一步望後倒退，直退到轉角處，才長長的吁了口氣，轉過身來。不料一轉身，那青年苗女正悄悄的立在扶欄旁，笑嘻嘻的直瞪著他。情知自己偷窺羅刹夫人入浴，都被苗女看在眼內，立時覺得自己面上，烘的直燒到脖子後面，羞得幾乎想跳下樓去逃走了。

那苗女卻向屋內一指，笑著說：「請公子進內用幾杯薄酒粗菜，我們主人更衣完畢，便來奉陪。」

沐天瀾只好低著頭，三腳兩步闖進屋內。不料走得慌忙沒有留神，被擋路熱烘烘、毛茸茸的東西絆了一下，幾乎整個身子直跌過去，忙腰眼一挺，邁出去的右腿一拳，左足一起，身子站穩。那東西洪的一聲怒吼，滿屋震動，從地上站了起來。原來是頭錦毛白額的大虎，在屋子裡格外顯得龐然巨物。

這一下，沐天瀾嚇得真是不輕。逼近虎身，急不暇擇，一點足，倏的一個「旱地拔蔥」。他也沒有看清樓頂是什麼樣子，等到飛身而上，才瞥見屋頂天花板上，一平如鏡的糊著一色紫綾，毫無著手之處，如果落下身去，依然是大蟲身上。心裡一急，兩臂一分，施展輕功「大鵬展翅」，在空中愣把身子平起，背貼天花板，腳心在天花板上微一借力，燕子一般刷的向前橫飛出去，身子正落在紫檀雕花大床的側面。

羅剎夫人不知何時已浴罷出來，悄立床後，看他這陣折騰，格格的笑得直不起腰來。沐天瀾大窘之下，兀自不放心，面紅脖子粗的回過頭來看那虎時，那名青年苗女手撫虎頭，輕輕喚「阿彌阿彌」。阿彌依然靜靜的橫臥窗前，只昂著虎頭，睜著虎目，兀自瞅著沐天瀾。

沐天瀾這陣折騰真夠瞧的，心裡又慌又愧，癡立半晌，不知說什麼是好了。

羅剎夫人忍住笑，風擺荷柳般走近身旁，拍著他肩膀說：「不必擔驚，我們阿彌忠心耿耿，每逢這時候，便縱上樓來，睡在我窗口的。我們阿彌大有靈性，和尋常猛虎不同。經我吩咐過，你便是真個踹牠一腳，牠也不會和你計較的。你瞧，被你這一鬧，害得我身上沒有擦乾，便奔出來了。」

沐天瀾不禁抬眼一瞧，她身上苗裝早已換去，頭上青絲如雲，慵慵挽了個高髻，身上披好一件薄如蟬翼的淡青細絲寬袖長裙的宮衫，隱隱透出裡面妃色褻衣，而且酥胸半露，薌澤襲人。一副儀態萬方，俏臉盈盈媚笑，脈脈含情，宛如出水芙蓉，含露芍藥。

沐天瀾竟看呆了。羅剎夫人嗤了一笑，說道：「傻子，今天才知道你也是不老實的。天天有一位千嬌百媚的美人兒陪著你，足夠你瞧一輩子的了。還瞧我老太婆怎的？來罷，咱們喝酒去。」

羅剎夫人把沐天瀾推在龍鬚席的矮榻上坐下，自己在側首錦墩上相陪。榻前早已佈署好精巧的玉杯牙箸，幾色餚饌果品也非常鮮美可口。那名苗女便侍立一邊替兩人斟酒。那頭猛虎已不在屋內，聽得呼呼的鼾聲，似乎在窗外走廊上睡覺了。

羅剎夫人朝沐天瀾看了一眼，轉身向苗女吩咐：「你們自去休息罷。」苗女退出以後。羅剎夫人笑道：「你剛才一陣折騰，是天罰你的。你知道不知道，誰叫你不老實，偷看人家洗澡呢？我早已知道你在窗外，我怕人猿誤把你當作奸細下手傷害，特地派侍女來叫你的。你要知道，我這所竹樓表面看去，門戶洞開毫無防備，其實無異銅牆鐵壁，除去人猿、阿彌和幾個苗女以外，誰也不敢踏進樓門一步。

「外客到我這幾間屋內的，只有你玉獅子一人。剛才你在窗外鬼鬼祟祟的偷瞧，幸而我有事調出去了一批人猿，樓前林內守衛的人猿比往常少得多。萬一被牠們瞧見你這種舉動，牠們不懂男女調情的勾當，誤把你當作匪人。豈不是糟？這般人猿兩臂如鋼，力逾千斤，而又忠心為主，不顧生死。我怕你受委屈，慌忙匆匆出浴，叫侍女叫你。想不到你命裡註定要受一點虛驚，在我屋子裡大展輕功。害得我笑得肚子痛，你呀！現在我認識你了……」

沐天瀾這時心神已定，面皮也老了一點。雖然被羅剎夫人調笑，並不害羞，很俏皮的說了句：「不睹羅剎夫人之美者，是無目也。」

羅剎夫人大笑道：「好！算你聰明。我記得對你說過這樣的話，用我的話堵我的嘴、遮你的羞。好，現在我問你一句話，你到這兒來，是來瞧羅剎夫人之美呢？還是受人之託，救取獨角龍王的性命呢？」她說時兩道眼神逼定了他，嘴角上卻不斷的露出媚笑。

沐天瀾卻被她問住了，面皮上又覺著有點熱烘烘了，忽地一觸機伶，不加思索的說道：「美人不能不親，英雄不能不救。英雄落於美人之手，親美人即所以救英雄；所謂一而二，二而一者也。」說罷，撫掌大笑。

羅剎夫人忽地面色一沉，咬著牙向他點點頭說：「玉獅子，現在你把你心裡的計謀都直供出來了。親美人是假意，救英雄是本心。但是這兒沒有美人，美人在金駝寨，我這兒也沒有英雄，只有一隻狗熊和一窩耗子。我既然出了口，決不後悔！你就把那隻狗熊和一窩耗子快去領走，你不必枉用心機，親什麼美人了。」說罷，拂袖而起，一陣風的搶到床前，倒在床上了。

沐天瀾正在張嘴大笑，萬不料落到這般地步。越聽越出錯兒，自己的笑聲幾乎變成哭聲，最後張著嘴，哭笑兩難，整個兒僵在那裡。屋子裡鴉雀無聲的足有半盞茶時。

沐天瀾難過已極，暗暗思索自己話裡怎樣的得罪她了？想了半天，才猛地醒悟，像獨角龍王這種人，在她眼裡根本不是英雄，和她相提並論已夠不樂意了，自己又得意又忘形的信口開河，說了句「親美人即所以救英雄」。好像明說親近美人是手段，如果不為救人，便不必親近這種美人了。在她一聽，難免要誤會上去。

何況她本來算定今晚我一人會面，完全是羅幽蘭的計謀，處處防著我這一手。兩下一湊，火上加油！「啊呀！我的天，我本心何嘗是這樣的呢！」他這一句話，本是心裡的話，慌神之際竟從嘴裡喊了出來。

不料他嘴上喊出這句話以後，床上的羅剎夫人突然一躍而起，在床沿眼圈紅紅的指著他喝道：「你本心預備怎樣呢？預備把我和黑牡丹等一網打盡嗎？你不說實話，休想出這屋子！」

沐天瀾心想：你叫我走我也不走，不過這一問又是難題，今晚我這張嘴太難了。一個不留神，心裡的話也會走了嘴，這叫我怎樣解釋才好呢？機會難得！再一遲疑，越鬧越僵，便誤了大事了。心裡風車般一轉，倏地站起身來，壯著膽走到床前。一歪身，貼著羅剎夫人坐下，低聲說道：「我心裡的事，沒法出口。千言萬語，只一句話『士為知己者死，女為悅己者容』。俗語說得好，『惺惺惜惺惺』！什麼叫計謀，那是白廢！一萬條計謀，抵不住一個『情』字。」說罷，一聲長嘆，自己感覺眼內有點潮潤，慌別過頭去。

半晌兩人都沒做聲，可是沐天瀾的頭漸漸的轉了過來，但不是他自己轉過來的，是一隻滑膩溫潤的玉手，伸過去把他撥過來的。兩人一對臉，屋子裡真個寂寂無聲了。雖然未必真個寂寂無聲，但已兩情融洽，不必再用口舌解釋了。

經過一夜光陰，沐天瀾對於羅剎夫人一切一切，依然是個不解之謎，只覺她情熱時宛如一盆火，轉眼卻又變成一塊冰。有春水一般的溫柔，也有鋼鐵一般的堅冷；溫柔時令人陶醉，堅冷時令人戰慄。鬧得沐天瀾莫測高深，心裡暗暗盤算好的一個主意，一時竟不敢直說出來。只好繞著彎子，探著腳步對她說：「你在這樣深山窮谷之中，住長了畢竟乏味。你和一般苗匪又是氣味不投，一個人獨來獨往，畢竟不妥。何妨……」

羅剎夫人不待他說下去，搖著手說：「你心裡的主意我完全明白。我和羅幽蘭性情不同，你想把我像畫眉一般關在鳥籠裡，根本辦不到！此處也非我久居之地，我自己別有安排，將來你自會明白。我們雖然短短的一夜恩情，我那夫人的名號，現在總算有了著落，不致像從前做了許多年無夫的夫人了。

「這所秘谷，從此也有了谷名，可以稱謂『玉獅谷』，紀念你到此的一段姻緣。你和羅幽蘭趁此龍家事了，聽我的話趕快回昆明去，滇南苗匪不久定有一番大騷動。你們沐府和龍家有一點淵源，可是兩地相隔，鞭長莫及，何況你們勢孤力弱，幫助不了人家，反而惹火燒身，這是何苦？昨晚你在嶺上躲在一株松樹後面，大約也聽得一言半語，也可略窺一斑了。」

沐天瀾道：「我只聽得一個虬髯漢子略露口風，也想奪去龍家藏金。他卻算定藏金在萬兩以上，不知是真是假？」

羅刹夫人笑道：「照我神機妙算，豈止萬兩？古人說『漫藏晦盜』一點不錯，可是我也是盜中之一。你回到金駝寨暗暗體察，便知分曉。你站了半天，只偷聽得這一點事，未免可惜！」

沐天瀾聽得似解非解，便問：「那個虬髯漢子，究係何人呢？」

羅刹夫人說：「這人便是新平寨土司岑猛，明面上守著本分，骨子裡窩藏著許多悍匪頭目，最近和黑牡丹打得火熱。飛天狐、黑牡丹一般九子鬼母部下，都和他秘密聯絡。岑猛野心不小，將來定必做出事來。

「據我所知，還有你那位羅小姐，在九子鬼母死後，她暗地襲取秘魔崖的寶庫，又收羅了許多九子鬼母的部下，在婆羅岩、燕子坡自成部落。自從你們兩人結合以後，黑牡丹趕到燕子坡宣佈她的罪狀，她收羅的部下，立時被黑牡丹鼓動鬧翻了窩，歃血為盟，誓欲取她項上人頭。這種事也許不在羅幽蘭心上，不過她襲取的珍寶定然不少，是否被黑牡丹囊括而去，便不得而知了。」

這種事沐天瀾還是第一次聽到，暗想她在滇南有這多仇人，真難在此久留，黑牡丹又與許多苗匪結合，自己的父仇一時未必如願。羅刹夫人勸我們早回昆明，和岳父所見相同，看情形只可依言行事。但是羅刹夫人性情這樣怪僻，一時說她不動；一夜綢繆便要分手，此後的相思夠我受的。心裡鬱鬱不樂，未免長嘆一聲。

羅剎夫人察音辨色，早知就裡，向他笑道：「你小心眼兒裡，定是恨我無情，不能如你左抱右擁的心願。我猜對的不對？」

沐天瀾說：「我不但捨不得分離，我另外還有一層心願。我自從碰著你，我自愧武功太淺薄了。說實話，我真想求你同回昆明，朝夕相依，多傳授我一點真實功夫，想不到你這樣決絕！」說罷，眼含淚光，幾乎一顆顆掉下淚珠來。

羅剎夫人偎在他懷裡，笑著說：「你這樣兒女情長，怎能再學真實功夫？你和羅幽蘭朝夕相依，於本身功夫已大有妨礙，再加上一個我，不出半年，滇南大俠傳授你一點少林功夫，便要大大減色了。我留神你和黑牡丹交手時，氣勁顯得不足。不論哪一門功夫，全憑精、氣、神修養凝固，尤其是我所學的武術，更是與眾不同，最忌一個色字。

「昨晚我已後悔，你不知道我的身子與別個女人不同。我練武功從道家調息內視著手，一呼一吸便能克敵，習慣成自然，全身都是功候。你我接近日子一久，於你卻有大礙！你反以為得未曾有，難捨難離。其實……唉……這也不必細說了，只要你明白，我無情之處正是有情之處。你不妨把我此刻說的話，仔細想想，和羅幽蘭也說一說，叫她明白明白這種道理。等到身體一弱再想補救便來不及了。」

沐天瀾聽得毛骨悚然，做聲不得。羅剎夫人柔情蜜意的安慰了一番，立起身下樓而去。

片時又進屋來，向他說：「照說此刻便應叫你和龍土司見面，但是其中有點關礙。我手下一般苗卒，我老懷疑他們替黑牡丹等在此臥底暗探，到了相當時期，我自有法子料理他們，但是你不能在他們面前亮相。

「如果暗地把龍在田提上樓來，我們兩人情形，也不願落在他眼內。再說，我也不願意讓他進我屋子來。到了今晚約會時分，我自有法子送他們出去。你晚走一步，我派人猿仍用竹兜子送你到約會地方好了。不過到了日落時分，我有事要先走一步。我一切都替你安排好，你放心好了。」

沐天瀾不明白她為什麼要先走一步，知道她不願意出口的事，問也白問，索性一切不問，寸陰寶貴，只和她依依廝守，喁喁談情。羅剎夫人看他癡得可憐，不忍過拂其意，也相偎相倚，讓他盡情領略。

情場光陰格外過得飛快，到了日落岩背，羅剎夫人陪他吃過夜餐，換上苗裝帶上面具，便自別去。樓上只幾個青年苗女小心伺候。沐天瀾黯然傷神，幾乎想哭，滿腹藏著鳳去樓空之感。好容易等到星月在天，起更時分，苗女報稱竹兜子已在樓下等候，請公子下樓。

沐天瀾無可奈何跟著苗女走下樓去，穿過大廳，階下兩頭人猿守著一具竹兜子，已在等候。沐天瀾坐上竹兜子，一聲不響，抬著便走，依然往餓虎洞這條路出去。沐天瀾覺察從竹樓一路行來，除出抬自己兩個人猿以外，沒有看到一個人猿、一隻猛虎；幾重要口守鐵柵的人猿，暫時也改用苗漢看守，心裡覺著奇怪，又想起日落時分，羅剎夫人帶著人皮面具匆匆別去，其中定然有事。為什麼這樣匆忙，還帶了許多人猿出去，便非自己所能猜想了。

思想之間，人猿抬得飛快如風，片刻已出了鐵甕谷。在層巒起伏之間，一路急馳，跑了一陣，聽得不遠溪流潺潺之聲。竹兜子轉過一處山角，穿出一片樹林，便在一個岩坳裡面停了下來。

沐天瀾跳下竹兜子，一瞧面前插屏似的一座高岩，大約是座石岩。上下寸草不生，從岩頂上掛下一線瀑布。月色籠罩之下，宛如一條銀線，把石岩劃成兩片。飛泉所在，匯成一個半月形深潭，約有一丈多開闊，沿著深潭都是參天古松，竹兜子便停在潭邊。

沐天瀾猛然想起昨天在象鼻沖嶺上，羅剎夫人吩咐家將們約定迎接龍土司地點，大約便是此處了。正想著，抬竹兜子的一個人猿突然一聲怪嘯，霎時從岩後現出火光，步聲雜遝，從那面岩角轉出一隊人來。

當先一頭人猿舉著一把松燎，領著那隊人遠遠走來，沿著潭邊越走越近。沐天瀾也看出人猿背後一個衣冠不整，鬚髮聯結的大漢，便是獨角龍王。後面一隊人，當然是同時遭難的四十八個苗卒了。慌趕過去相見，嘴上喊著：「龍叔受驚，小侄在此。」

幾日不見，龍行虎步的獨角龍王變成貓頭鷹一般，只驚喊一聲：「二公子，龍某今天得見公子之面，可算兩世為人。」說罷，抱住沐天瀾大哭。身後四十八個苗卒，其中尚有七八個蟒毒未盡，奄奄一息，背在別人身上的。

沐天瀾吩咐他們在潭邊乾燥處所席地而坐，靜候金駝寨來人迎接。在這一陣亂烘烘當口，沐天瀾留神幾個人猿時，竟自一個不見，連竹兜子也抬走了，只留下那把松燎，插在林口一塊石縫上。火頭竄起老高，發出必必卜卜的爆音。

沐天瀾和獨角龍王並肩坐在一塊大盤石上，仔細打量獨角龍王龍土司，面上青虛虛的，兩顴高插，雙眼無神，宛如害了一場大病。地上東倒西歪的一隊苗卒，更是蓬頭垢面，衣服破碎，活像一群叫化子，而且身上奇臭，連龍土司也是一樣。

一問細情，才知道當時龍土司等被人猿挾進餓虎洞時，原已全受蟒毒，雖然輕重不等，可是連驚帶嚇，都已昏死。等他們醒過來時，已被人關在一所很大的石屋內。只有龍土司囚在另一處所，每天在鐵柵門外，有幾個異樣裝束的苗漢送點茶水飯食，誰也不知道身落何處，怎會囚在石屋內。問那送飯苗漢時，始終一言不發，龍土司囚的所在，也是一般情形。

只有一次，龍土司碰見一個帶人皮面具的苗婦，問龍土司藏金所在？龍土司抵死不說，苗婦便即走去。直到今晚，龍土司忽見一個人猿開柵進去，遞過一紙條，上面寫著：「看在沐二公子面上，一律釋放！」紙條剛看清楚，進柵人猿驀地拿出一條布帕，把他兩眼蒙住，攔腰一把，挾起便走，直到鐵甕谷外，放下地來，解下眼上蒙帕。一瞧自己帶來一隊苗卒也在谷外，被那大力神般怪物，趕豬羊一般趕到此地。想起前事，宛如做了一場惡夢，而且個個身軟無力，勇氣全無。

龍土司一問沐天瀾到此情形，經沐天瀾約略告知設法解救經過，龍土司才明白了一點大概。可是怎樣和羅剎夫人幾次會面，和自己冒險到玉獅谷中種種情形，沐天瀾一時不能對他細說。

沐天瀾和龍土司等在岩坳坐待許久，看看天色，五更將盡，竟自不見金駝寨的人們到來。沐天瀾肚裡明白，羅剎夫人既然銜著自己釋放他們，決不致再生翻悔，龍土司不知內情，卻暗暗焦急起來。兩人站起身，立在高處向遠處眺望。又候了許久工夫，才聽得遠處隱隱起了人馬喊嘶之聲。

沐天瀾回頭一看插在石縫內松燎業已燒盡，只剩了一點餘火，慌俯身檢了一束枯枝，就那點餘火燃著枯枝。龍土司明瞭他的主意，慌也照樣拾了一束，撕下樹上一條細藤綁緊，便成了一個火把。將火點著了，跳在高處向人喊馬嘶的來路上，來回晃動。

果然那面望見火光，蹄聲急驟似向這邊奔來。不大工夫，一箭路外忽然火光如龍，現出長長的一隊人馬。似乎這隊人馬，以前黑夜趨行並不舉火，望見了這面火光，才點起燈火來的。

那隊人馬旋風一般奔來，越走越近。當先兩匹馬坐著兩個女子離隊急馳，先行馳進岩坳。一忽兒到了跟前，卻是映紅夫人和羅幽蘭。

映紅夫人一看自己丈夫，弄得這般模樣，一陣心酸，掩面大哭。羅幽蘭卻不管這些，一躍下馬，到了沐天瀾面前，一聲不響，只向他臉上直瞪，偏是沐天瀾手上舉著一把枯枝束成的火把，火苗老高，把他臉上照得逼青。

羅幽蘭滿臉怨憤之色，在他耳邊低聲說：「你回頭自己照照鏡子，一夜功夫，把眼眶都嘔進去了，這是怎麼鬧的？」說了這句，又跺跺小劍靴，嘆了口氣，咬著牙說：「我真後悔，悔不該叫你一人和那女魔王打交道，可是一半你也樂意跟她走呀！」

沐天瀾面孔一紅，無話可答，勉強說了句：「你們怎的這時才到，把我們真等急了。」

羅幽蘭面寒似水，並不理他。向一般因犯似的苗卒看了幾眼，便問：「羅剎夫人怎的不見？」

沐天瀾說：「根本沒有同來。在日落時分，早已離開秘谷，不知她到什麼地方去了。」說話之間，後面大隊人馬已到。

映紅夫人立時發令，把帶來的十幾匹空鞍馬匹牽來，讓沐天瀾、龍土司和遭難的幾個頭目乘坐，其餘尚能走的跟著隊伍走，有病不能走的，輪流背著走。分派已畢，向羅幽蘭附耳說：「妹妹，這種地方不能久留。羅剎夫人方面的人，一個不露面，我們帶來的話兒，怎樣交代呢？」

羅幽蘭私下和沐天瀾一商量，沐天瀾才知二千多兩黃金已經帶來，黃金打成金磚，每塊二百多兩重。雖然只有八九塊金磚，卻非常壓重，需要多人輪流分挑著趕路。好容易挑到地頭，卻沒有人交付，這倒是一件為難的事。

正在商量辦法，突然一枝羽箭赫的插在映紅夫人面前的土地上，箭桿上綁著一個紙條。大家嚇了一跳！急抬頭探視飛箭來路，似乎從松林內樹上射下來的。可是月色稀微，松林漆黑，只一片簌簌松聲，無從探查跡象。

羅幽蘭俯身拔起箭來，取下紙條，映著火燎一看，只見上面寫著：「謹贈玉獅子賢伉儷程儀黃金二千兩，希即哂納。羅剎夫人」這幾個字。映紅夫人當然也看到了，笑道：「這位女魔王真奇怪，鬧了半天，又這樣慷慨了。這倒好，我們正愁沒有交代法子，兩位不必客氣，原擔挑回好了。」

羅幽蘭卻向沐天瀾說：「這事大約她早和你說過了。」

沐天瀾搖頭說：「沒有，如她早已說過，我何必同你們商量交代的辦法呢？」

羅幽蘭說：「這是她表示一塵不染，天大交情都擱在你一人身上了。但是……」

沐天瀾在她耳邊搶著說：「但是這批黃金我們怎能收下？先挑回去再說好了。依我看，字條上程儀兩個字倒有關係，表示勸我們早回昆明的意思。我有許多話，回家去再向你細說罷。」

沐天瀾、羅幽蘭、龍土司、映紅夫人一行人等，回到金駝寨時，已是第二天的上午。一路回寨，轟動了金駝寨全寨苗民，人人傳說沐二公子救回了龍土司和四十八名勇士。龍家苗男女老幼，把沐二公子當作天人一般，沿路都站著許多苗民，拍手歡呼。

龍土司一回到寨內，土司府門外擠滿了人。照例獨角龍王龍土司應該親身出來，安慰眾人一下，可是龍土司這一次死裡逃生，認為喪失了以往的英名，有點羞見父老，而且身子也實在疲乏得可以，蟒毒未淨，也許還在體內作怪。只好映紅夫人出來，對眾人說明：「龍土司應該好好的靜養，才能復原，過幾天再和大家見面。」苗民們聽了這話，才各自散去。

大家一夜奔波，需要休息，龍土司脫難回家，夫妻子女自然也有一番悲喜。羅幽蘭、沐天瀾夫婦一天兩夜的隔離，也起了微妙複雜的小糾紛，兩人在樓上並沒有休息，卻展開了談判。

羅幽蘭坐在沐天瀾身邊，一對妙目只在沐天瀾面上用功夫，好像要從他的五官上，搜查出他一天兩夜的經過詳情。無奈他面上，除去一對俊目，略微顯得眼眶有點青暈以外，其餘地方依然照舊，毫無缺陷。

這時沐天瀾像個病人，羅幽蘭像個瞧病的大夫。望字訣原是瞧病第一步必經的程序，緊接著使用了問字訣，這位大夫關心病人太深切了。

她自己先長長的嘆了口氣：「嘜——我現在還說什麼呢？龍土司和四十八名苗卒，救是救出來了，大約此刻他們夫妻子女眉開眼笑的在那兒快樂了。你呢？自然兩面風光，既博得救人的英名，又多了一個紅粉知己！只苦了我，作法自斃，啞巴吃黃連，只落得傷心落淚，有苦難說。

「自從那天你走後，家將回來稟報，得知你跟著她走了。直到昨夜五更以後，見著你面為止，一顆心老像堵在腔子口，魂靈也似不在我身上。這兩間屋子的地板，大約快被我走穿了。一天兩夜工夫，何曾睡過一忽兒。如果今天你再不回來，我也沒有臉到羅剎夫人那兒找你去，還不如自己偷偷兒一死，索興讓你們美滿去吧！」說罷，珠淚滾滾，立時，一顆接一顆簌簌而下。

沐天瀾大驚，把羅幽蘭緊緊的擁在懷裡，沒口的說：「蘭姊，蘭姊！你不要生氣，我們是拆不開的鴛鴦。我這點心，惟天可表！我和羅剎夫人同走了一趟，為大局著想，完全是一時權宜之計。如果蘭姊事先不同意，小弟斗膽也不敢這樣做。我們夫妻與人不同，蘭姊也是女中丈夫，難道還不知小弟的心麼？」

沐天瀾還要說下去，羅幽蘭已從他懷裡跳起來，玉掌一舒，把沐天瀾嘴堵住，小劍靴輕輕一跺，恨著聲說：「好了好了！不用說了，我早知道你要這樣說的，算你能說，繞著彎兒說得多婉轉，什麼為大局著想哩，一時權宜哩，乾脆便說：『這檔事，是你叫我這樣做的呀！』好了，我也知道你的心，對我變心是不致於的，只是見著那個姊姊，便忘了這個姊姊罷了。你們男人的心呀！」

她說到這兒，堵著嘴的玉掌，本來當作盾牌用的，此刻玉掌一拳，單獨伸出春蔥似的中指，好像當作矛尖子，狠狠的抵著沐天瀾心窩。恨不得把這個矛尖子，刺進心窩去，把他心窩裡的心挑出來，瞧一瞧才能解恨似的。

如說羅幽蘭的武功，這一個玉指真要當作矛尖子用，也夠沐天瀾受的。無奈這時她渾身無力，一片柔情。柔能克剛，卻比武力厲害得多。而且這時她實行孫子兵法「攻心為上，攻堅次之」。她一切都照這樣的兵法進行，而且兵法中摻合著醫道，上面一番舉動，是醫生問字訣的旁敲側擊功夫。她要從這個問字訣上，問出沐天瀾的心，然後還要對症下藥，比大夫略問幾句病家浮光掠影的話，相去不可以道里計。

不過大夫瞧病是「望、問、診、切」四字相連的，現在羅幽蘭先「望」後「問」，也許還要實行「診、切」。不過這種診切，大約和醫生在寸關尺上下功夫的，大不相同。究竟在什麼地方診切？大是疑問，也就不便仔細推敲了。

羅幽蘭掏出一條絲巾，拭了拭淚珠，又微微的嘆了口氣。側身坐在沐天瀾身旁，用手一推沐天瀾身子，說：「喂！怎的又不說話？昨晚見著你時，你不是說有許多話回來說麼？不過我得問問你，我們兩人什麼事，都被你羅剎姊姊聽去瞧去，我真不甘心。

「你既然知道我們是拆不開的鴛鴦，你得憑良心，把一天兩夜的經過有一句說一句，不准隱瞞一些兒。便是礙口的事，也得實話實說。這樣，我才心氣略平一點。倘若你藏一點私，我也聽得出來。你不必顧忌我，我不是早已說過一眼開一眼閉？這是我的作法自斃，不能怪你。只要你對我始終如一，把經過的事和盤托出，我便心滿意足了。」

這一問，沐天瀾早在意料之中，但是措詞非常困難。暗想我們這樣恩愛夫妻，實在不能隱瞞一字，可是女人家總是心窄，直奏天庭，也感未便。為難之際，猛然想起羅剎夫人告誡保重身體的話，這一層說不說呢？說就說罷。與其藏頭露尾，暗室虧心，還不如剖腹推心，可質天日。不過大錯已成，自己總覺對不起愛妻，無怪她柔腸百折了。

第十九章　玫瑰與海棠

當下真個把他在玉獅谷的情形，一五一十統統說了出來。

羅幽蘭暗地咬著牙，一聲不哼，靜靜的聽他報告。兩人正說著，猛聽得樓梯登登急響，龍飛豹子在門外哭喊：「沐二叔！沐二叔快來，我母親不見了。」屋內二人吃了一驚，一齊走了出去，一見龍飛豹子立在門外眼淚汪汪，拉著沐天瀾往樓下便跑。

羅幽蘭也跟了下去，一到樓下，龍璇姑如飛的趕來，向龍飛豹子嬌叱道：「小孩子不知輕重，驚動了二叔二嬸。」羅幽蘭頭一次聽她叫「二嬸」，倒呆了一呆！龍璇姑心裡有急事，沒有理會到，一看幾個頭目都轟了進來，齊問什麼事？

龍璇姑忙向他們搖手道：「沒有事，都是龍飛豹子鬧的。前面我舅父和那位老方丈，千萬不要驚動，你們先出去，回頭有事再招呼你們罷。」

這幾個頭目都是龍土司心腹，明知龍璇姑故作鎮靜，因為有沐二公子在側不便多問，只好俯身退去。頭目一退，羅幽蘭拉著龍璇姑的手問道：「龍小姐，究竟怎麼一回事，龍土司和夫人到什麼地方去了？」

龍璇姑這時也是淚光瑩瑩，粉面失色，嚶的一聲，倒在羅幽蘭懷裡，嗚咽著說：「我父親回來以後，我們做子女的當然心裡快樂，父親因為身體沒有復原，沒有和眾人見面，也尚可說。但是鵬叔為了父親九死一生，我父親平日又和鵬叔像親兄弟一般，照說我父親應該急於一面。但是我父親好像忘記了鵬叔似的，連那位無住禪師也沒有會面，便一言不發的，在我母親房內似睡非睡的躺著，不住的長吁短嘆。我舅父（祿洪）和他說話，也似愛理不理，平時對我們姊弟何等愛惜，今天回來對我們姊弟似乎也變了樣，我舅父悄悄的對我說我父親氣色不對，神志似乎還沒有恢復過來，叫我們留意一點。

「我本覺得奇怪，經我舅父一說，我們格外驚惶。我和母親私下一說，母親也暗暗下淚，我母親說：『也許蟒毒未淨，也許被羅剎夫人囚了這多天，心身都吃了虧，身體太虛弱的緣故。』因此我們不敢在母親房裡逗留，我拉著我兄弟退了出來。隔了沒有多久，我兄弟跑到我屋裡對我說他瞧見母親從房內出來，面色非常難看，大白天手上提著一隻燈籠，獨個兒悄悄的進了通地道的一間黑屋子。他在後面喊了一聲『母親』，不料被母親罵了回來，不准他跟著，眼看她獨自進了黑屋子，砰的把門關上了。

「我聽了飛豹子的話也是驚疑，我知道那所黑屋子是我們寨裡的秘密室，除出我父母以外，誰也不許進去。我知道這間秘室內，有很長的地道可以通到遠處，自己卻沒有進去過，這時不知道母親為什麼進這秘密室去，而且進去以後，隔了這老半天，還沒有回來。飛豹子不懂事，先急得了不得，以為母親遭了意外，他不問事情輕重，一溜煙似的向二叔二嬸去求救了。我急急趕來，他已把二叔驚動下樓來了。」

沐天瀾羅幽蘭一聽龍璇姑這番話，肚裡有點明白，映紅夫人定是到秘密藏金處所，檢點金窟去了。龍璇姑未始不知道，有點難言之隱，偏被不懂事的龍飛豹子一鬧，只可半吞半吐的一說。但是隔了許久，還沒有開出門來，也有點可疑，自己卻不便進秘密室去查勘，正在為難，忽見龍土司像搖頭獅子一般，拄著一支拐杖踉踉蹌蹌走來。一見沐天瀾，直著眼，搖著頭說：「二公子，在田跟著老公爺南征北戰，一世英雄……現在完了……完了！」嘴上把這句話，顛三倒四的呻吟，一手緊拉著沐天瀾，腳下劃著「之」字，一溜歪斜的向樓下一條長廊走去。言語舉動之間，大有瘋癲之意。

沐天瀾慌把他攙扶著，跟著他走去。龍璇姑和龍飛豹子含著兩泡眼淚，一齊趕過去，一邊一個扶著龍土司想叫他回房去。龍土司回頭叱道：「你娘這半天不見，你們難道隨她去了。」說了這話，依然一手抓緊了沐天瀾腕子向前走。

羅幽蘭也覺龍土司和從前龍行虎步的氣概，大不相同。留神內寨幾個頭目都不在跟前，自己帶來的家將，有幾個遠遠立著伺候，便暗使眼色叫他們不要跟來。自己悄悄跟在後面，且看龍土司走向何處。長廊走盡是塊空地，上面鋪著細沙，大約是龍璇姑、龍飛豹子姊弟練武的場子。空地對面蓋著幾間矮屋，龍土司和沐天瀾在前面並肩而行。剛踏上空地，對面中間屋內的一重木門，突然從內推開，飛一般從黑屋子內奔出一個披頭散髮的婦人。

眾人看出是映紅夫人，見她面皮鐵青，眼光散漫，掛著兩行眼淚，而且滿身灰土，高伸著兩隻手臂，形如瘋狂般，遠遠衝著龍土司奔來，嘴上狂喊著：「天啊！我們鐵桶般金駝寨，一下子毀在羅剎夫人手上了。」她一路哭喊著飛跑過來，大約神經錯亂，兩眼直視，只瞧見自己丈夫龍土司，沒有留神別人。等得跌入龍土司懷內，才看清沐天瀾、羅幽蘭和自己兒女都在面前，頓時一聲驚叫，悲憤、愧悔，百感攻心，竟是兩腿直伸，暈厥過去。

龍土司兩手一抄，把自己夫人抱起來，一語不發回身便走。龍璇姑、龍飛豹子急得哭喊著娘，也飛步跟去。只剩了沐天瀾、羅幽蘭立在空地上，沐天瀾肚裡有點明白，羅幽蘭還有點莫名其妙，慌問：「這是怎麼一回事？」

沐天瀾搖著頭嘆口氣說：「人為財死，鳥為食亡，黃金能夠救人，也能殺人。」

兩人回到樓上，羅幽蘭滿腹狐疑，向沐天瀾追問剛才在樓下說的「人為財死」那句話的內容。沐天瀾正想把自己見到的話說出來，忽又聽樓梯微響，龍璇姑在門外低低喊著「二嬸」。羅幽蘭跑出屋去，門外兩人戚戚喳喳說了一陣，腳步聲響，龍璇姑似已下樓。

羅幽蘭回進房來，柳眉倒豎，粉面含嗔，跺著腳說：「好厲害的女魔王，世上的便宜都被她一人佔盡了。」說了這句，骨嘟著嘴坐在床上。沐天瀾湊了過去，慌問：「究竟怎樣一回事？」

羅幽蘭玉掌一舒，掌心疊著一個摺疊，嘴上說：「你瞧！」

沐天瀾把摺疊拿在手中，展了開來，是一張字條，上面寫著寥寥十幾個字：「黃金萬兩，如約笑納，財去禍滅，慎守基業。羅剎夫人寄語。」

沐天瀾詫異道：「這字條怎樣發現的，難道羅剎夫人又跟著我們來了？」

羅幽蘭瞧了他一眼，鼻子裡「哼」了一聲，說：「來了，你的心上人來了，快去親熱吧！」

沐天瀾涎著臉說：「好姐姐，你真冤屈死人，我因為這張字條來得奇怪，才問了一聲，你心裡存著這口氣，怎的還沒有消呢？」

羅幽蘭搶著說：「我這口氣一輩子也消不了。老實對你說，事情確是我願意教你這樣做的，在你還可以說我逼著你做的，正惟這樣，我現在越想越後悔，我為什麼這樣傻呢？假使我們兩人掉了個兒，假使羅剎夫人是個男兒，你願意自己親愛妻子和一個野男子打交道，放她出去一天兩夜嗎？你這一趟溜了韁，便像挖了我一塊心頭肉似的，你這一趟得著甜頭，難保沒有第二次，我以後這日子怎麼過呢？」說罷，淚光瑩瑩，柳眉緊蹙，一種纏綿悱惻之態，鐵石人也動了心。

溫柔多情的沐天瀾，怎禁得住這套情絲織成的巨網兜頭一罩，而且網口越收越緊，似乎一個身子虛飄飄的失掉了主宰，又甜蜜、又酸辛，意醉神癡，不知怎樣才好。心裡卻又暗暗自警，暗暗打鼓：「啊喲！好險，幸而那一位神奇怪僻，天馬行空，不受羈勒，萬一昨夜被我說動，遂我一箭雙鵰左右逢源之願，定是兩妻之間難為夫。不用說別的，僅是左右調處，也夠我形神俱疲了，看起來二者不可得兼。那一位是有刺兒的玫瑰花，還要難伺候，我不要得福不知足，我還是一心一意，守定我這朵醉人的海棠花罷。」他這樣低頭癡想，半天沒有開聲。

羅幽蘭以為他被自己發作了一陣，心裡難過，雖然還有點酸溜溜的，到底心裡不忍，伸手向沐天瀾肩上微微一推，嬌啐道：「你半天不則聲，心裡定然恨上我了。」

沐天瀾和羅幽蘭原是並肩坐在錦榻上，回身把她攬在懷裡，嘆口氣說：「我怎能恨你，只恨我自己沒有主見，一心想救龍土司，竟跟著羅剎夫人走了。你說得好，假使我是個女子，她是個男子，我也跟他走嗎？」

羅幽蘭嗤了一笑，在他懷裡仰著臉說：「所以世間最不公平的是男女的事，好像天生男子是欺侮女子的，世間多少薄命紅顏的淒慘故事，都被薄倖男子一手造成的。我這話並不是說你是薄倖男子，只怪老天爺既生了你和我，怎的又多生出這個羅剎夫人的怪物來？不用說別的，只說她花樣百出的笑樣兒，不用說你們男子被她笑得掉了魂，連我見她笑，也又恨她，又愛她。

「她雖然長得不錯，也未見得十全十美，只是她面上一露笑意，不知什麼緣故，便是我也愛看她的一笑，你說奇怪不奇怪？此刻我也想開了，世間上沒有十全十美的事，我自己覺得太美滿了，怕我沒有福消受，這樣帶點缺陷也好，天上的月亮兒還不能天天圓滿哩。」

沐天瀾一聽暗暗轉愁為喜，暗想她這樣自譬自解，從酸氣衝天忽然一轉而變為樂天知命，無異把她剛才自己越收越緊的情絲網，突然又自動的網開一面。這面網一開口不要緊，沐天瀾心裡一動，魂靈兒便滋的飛出網去，又到羅剎夫人那兒打了個來回。這便是普天下男子們的心！

羅幽蘭一抬身，從他懷裡，跳起身來嬌嗔道：「我看你有點魂不守舍，我說了半天，大約對牛彈琴，滿沒入耳。」

沐天瀾說道：「對，我是牛！可是我這笨牛，是羅幽蘭小姐的心頭肉，別人的話聽不到耳朵去，羅幽蘭小姐心裡的話，不用張嘴，她的心頭肉我會不知道？」

羅幽蘭想起自己剛才說過「挖了心頭肉」的話。忍不住格格的嬌笑不止，伸手打了他一下，笑著說：「誰和你油嘴薄舌的打趣，你明白我這句話的苦心便好了。」

沐天瀾說：「咱們鬧了半天，放著正事不說，到底羅剎夫人這張字條怎麼來的呢？」

羅幽蘭說道：「這張字條，剛才龍璇姑奉著她父親龍土司的命送來的。據她說，她的父親回來以後，母親張羅著她父親沐浴更衣，在她父親解下頭巾時，卻在頭巾上發現了這張字條，兩老夫妻一瞧這張字條，立時神情大變，面目改色。她母親一聲驚喊，點起一只燈籠，便獨自奔向後面秘密室去。秘密室內有通地道的門，這地道非常曲折，重門疊戶，暗設機關，有藏金的暗窖，熔金的巨爐，還有密藏軍器火藥的暗庫，建築得非常堅固巧密。

「雖說這地道可以通到插槍岩藏金處所，但是藏金藏軍火的地方，卻是另有機關，外人斷難闖入。便是寨內，也只有龍土司、映紅夫人二人知道啟開方法能夠入內。別人便是進了地道，也無法到了藏金秘密窖之處，連龍璇姑、龍飛豹子都進不去，別人更難擅入了。

「萬想不到今天她母親心慌意亂的走下地道，到了藏金所在，機關失效，秘密盡露。堅固的幾重鐵門統統敞開，門上巨鎖統統折斷，全部藏金一萬餘兩統統不翼而飛，竟不知這樣沉重的萬兩黃金，用什麼法子搬走的，而且搬走得點滴無餘。只地道內，留著一堆堆的獸骨，一支支的燃燼的松燎尾巴。

「她母親一看歷年秘密存下來的全部精華，一掃而光，在她父母原把這黃金看作金駝寨命脈，突然遭此打擊，驚痛惶急之下，把手上燈籠一丟，竟自暈死過去。她在地窖內暈死了半天，自己悠悠醒轉，業已神志失常，回身奔了出來，便被我們在空地上撞見了。

「映紅夫人在龍土司懷裡第二次又急暈過去，被龍土司抱進臥室，叫他們姊弟找來映紅夫人兄弟祿洪。大家把映紅夫人弄醒過來，竟成半瘋狀態，卻對自己兒女璇姑和飛豹子說：『羅剎夫人是你們父母最大的仇人，也是金駝寨龍家苗全族的仇人。』叫他們姊弟記住這話，長大起來務必要想法把羅剎夫人置之死地，她兩老才能死後瞑目！

「那龍土司雖然身體衰弱，精神也失狀態，但比映紅夫人還好一點，和祿洪一商量，把這檔碼事還是嚴守秘密的妥當，不過在我們兩人面前，怎能再守秘密？而且覺得事態不祥，後來不知是否還有禍事。祿洪立時要自己上樓來和我們商量，可是他姊姊、姊夫言語舉動，都失狀態，不敢離開，才命璇姑拿著羅剎夫人字條，上樓來通報我們。這便是剛才璇姑對我說的話，但是我前後一想，羅剎夫人這位女魔王，真是神通廣大，這樣秘密的地窖，這樣大量的黃金，用什麼法子探明藏金機關，再用什麼法子，搬得這樣乾淨呢？」

沐天瀾突然跳起身來，吃驚的拍著手說：「啊呀！好一位神出鬼沒的女魔頭，現在我都明白了。」

羅幽蘭問道：「究竟怎麼一回事，你明白什麼？快說！」

沐天瀾說：「我和羅剎夫人到她住的所在，和她對我所說的話，我已經細細的對你說了，你只要把我們兩人會到羅剎夫人以後的一切經過，仔細一琢磨，便可推測她奪去龍家全部黃金的計劃了。羅剎夫人不是對我們說過，她兩次夜探金駝寨，探出後寨地道和煉金爐，明知密藏黃金定有地窖，一時不易探出準處的嗎？正惟她不易探出藏金準處，才想法叫我們替她傳話，從中做和事佬，最後還把天大人情，落在我一人身上。其實她何嘗要我們做和事佬，何嘗賣人情？無非巧使喚我們，把我們當作投石問路的工具罷了。她料定我們替她一傳話，映紅夫人善財難捨，定然不甘心將全部黃金送與別人，定必偷偷到地窖去，拿出一點黃金來騙人。

「羅剎夫人卻利用映紅夫人到地窖去的當口，她定必早已藏在地道內，親眼看到映紅夫人出入處所。這一來，她本來不易探尋的地窖，無異映紅夫人自己指點她藏金所在了，那地道不是通到插槍岩嗎？羅剎夫人出入地道，更不必從後寨進出，地道內原沒人看守，她從插槍岩地道口進去使得，她在地道內藏幾天，也不會被人發現的。

「我不是隨意推測，我還有證明。而且現在我還知道她那晚在這屋裡向我們告別，故意突然退到屋外，一晃無蹤，我們總以為跳出窗外去了，其實她根本沒有離開，仗著她輕身功夫與眾不同，不知又藏在哪兒了。」

羅幽蘭詫異道：「你怎知她沒有走呢？」

沐天瀾說：「當時被她蒙住了，現在想起來，事情很明顯。她來過第二天，起更時分，你叫我一人到象鼻沖赴約，她一見我面，便說：『為什麼讓你一個人來，是不是讓你發揮天才來了？』你總記得頭一天晚上她走過以後，你和我打趣，說是：『應該託詞避開，你才發揮天才。』的話。羅剎夫人不是神仙，她不聽到這樣的話，怎能說出那樣的話來。」

羅幽蘭點點頭道：「唔，這樣說來，我們兩人所說關於她的私話，大約她都偷聽得去了。」

沐天瀾說：「不但如此，那天晚上她在象鼻沖不遠地方，早已埋伏的幾頭人猿，兩乘竹兜子，明明是知道我一人和她會面，預定和我同走，才這樣佈置的。那時她故意問我為什麼一人去的當口，我不知她怎樣用意，我還用話掩飾，說是因為岳父要走，父女惜別，你有事才讓我一人來的。她卻冷笑著說：『清早偷偷跑掉的桑苧翁，又回來了。』

「你想她連岳父怎樣走的，都瞧得清清楚楚，可以斷定那天她連大白天都沒有離開這兒。她為什麼不肯離開這兒，她定必算定映紅夫人不放心密藏的黃金，或者算定已應許的二千兩定必要進地道去的。還有那晚我同她到了那秘谷，現在她把那地方叫做玉獅谷了，她對我說許多人猿派出去辦事去了。

「第二天下午她又帶了不少人猿出谷而去，一面又約定你們在五更時分到中途指定地點迎接我們。你們走路，當然比不上人猿飛一般快，說是五更，有這許多路程，還怕一起更不出發麼？她卻算定時間，在你們出發寨內空虛當口，她早已率領人猿從插槍岩進身，埋伏在地道內了。到時打開密藏黃金地窖，指揮人猿盡量搬運，黃金分量雖重，在兩臂千鈞之力的一群人猿身上，便輕而易舉了。

「不過她把這許多黃金，是否運回玉獅谷，或者另有密藏處所，便不得而知了。可是最後存心把映紅夫人掩耳盜鈴的二千兩黃金，送與咱們作程儀，簡直是開玩笑。在映紅夫人、龍土司碰著這位神出鬼沒的女魔王，把他們多年心血視同命脈的東西，席捲而光，還要處處擺布得人哭笑不得，無怪他們兩夫妻要急瘋了！便是我們兩人，何嘗不被她攢在手心裡玩弄呢？」

羅幽蘭聽他這樣詳細的一解釋，前後一想，果然是這麼一回事，微笑道：「羅刹夫人雖然刁鑽古怪，玩弄我們，但是我們還是勝利的。第一：她對你鍾情是千真萬確的，無論如何，她不會幫助黑牡丹和我們敵對了。第二：龍土司四十八名苗卒，到底被我們救回來了。我們總算不虛此行，不過便宜的是你，吃啞巴虧的是我罷了。」

沐天瀾一聽到她吃啞巴虧的話，便覺心裡勃騰一震，總覺有點愧對嬌妻，慌不及用話岔開，搶著說：「今天龍土司夫妻倆為了全部藏金失去，幾乎變成失心瘋，可見一個人逃不了名利二字，可是名和利，又像犯鬥似的。龍土司夫妻平時也是雄視一切，赫赫威名，想不到為了萬兩黃金，弄成這樣局面。非但辱沒了英雄兩字，簡直和便便大腹的守財奴一樣了。可見一個人要做到『名利雙收』實在不易，其實照我想來，龍家失了這許多黃金，焉知非福。我在象鼻沖嶺上，無意中聽到黑牡丹和飛馬寨土司岑猛談話，他們也是窺覷這批藏金的人。現在禍胎已去，大可安心了。羅刹夫人字條上說的『財去禍滅』倒是實話。」

沐天瀾自不小心，說溜了嘴，又漏了這一句。

羅幽蘭立時一聲冷笑：「你那位羅刹姊姊的話還會錯？當然句句是金玉良言囉！但是你應該替龍家想一想，他們歷年守口如瓶，絕對不承認家有藏金，現在怎能說全部藏金都丟了？便是不顧一切，為免禍起見，故意張揚出去，試問在這樣神秘的局面之下，除去我們兩人知道內幕外，旁的人誰能相信了？龍土司夫婦也和我一般，啞巴吃黃連，有苦說不出罷了。」

沐天瀾一聽話裡話外，老帶酸溜溜的味兒，嚇得不敢答腔。

羅幽蘭看他半天不則聲，心裡暗笑，故意逗著他說：「你這幾晚太累了，躺著養養神罷。」

沐天瀾一伸手把她攬在懷裡，笑著說：「旁的事不必再說，現在我們總算把人救出來了，我們還是聽從岳父的話，不必在此地逗留了，咱們早點回昆明罷。」

羅幽蘭笑道：「你說了半天，這一句才是我願意聽的。」

請續看《羅剎夫人》下　羅剎神話

近代武俠經典復刻版

羅剎夫人(上) 藏金之秘

作者：朱貞木
發行人：陳曉林
出版所：風雲時代出版股份有限公司
地址：10576台北市民生東路五段178號7樓之3
電話：(02) 2756-0949
傳真：(02) 2765-3799
執行主編：劉宇青
美術設計：吳宗潔
業務總監：張瑋鳳

出版日期：2024年6月
ISBN：978-626-7369-78-4
風雲書網：http://www.eastbooks.com.tw
官方部落格：http://eastbooks.pixnet.net/blog
Facebook：http://www.facebook.com/h7560949
E-mail：h7560949@ms15.hinet.net
劃撥帳號：12043291
戶名：風雲時代出版股份有限公司

風雲發行所：33373桃園市龜山區公西村2鄰復興街304巷96號
電話：(03) 318-1378
傳真：(03) 318-1378
法律顧問：永然法律事務所 李永然律師
　　　　　北辰著作權事務所 蕭雄淋律師

行政院新聞局局版台業字第3595號 營利事業統一編號22759935
©2024 by Storm & Stress Publishing Co.Printed in Taiwan
◎如有缺頁或裝訂錯誤，請退回本社更換

定價：320元

版權所有　翻印必究

國家圖書館出版品預行編目資料

羅剎夫人 / 朱貞木著. -- 臺北市：風雲時代出版股份有限公司, 2024.05
冊；　公分

ISBN 978-626-7369-78-4 (上冊：平裝). --

857.9　　113002735

風雲時代

風雲時代